真田太平記

第七巻　関ヶ原

池波正太郎著

新潮社版

3971

真田太平記《さなだたいへいき》

第七巻・関ケ原

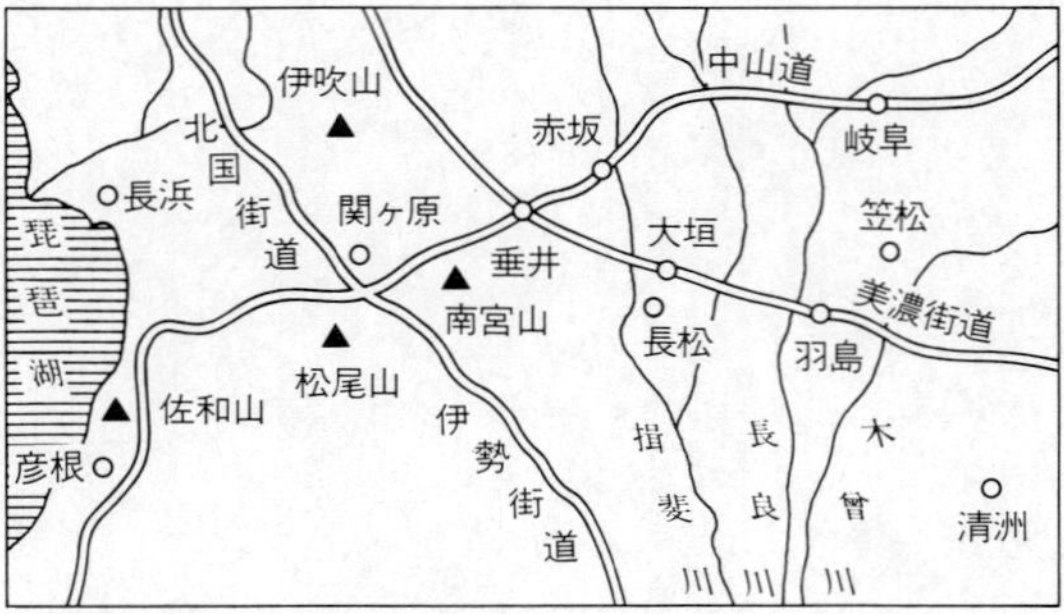
伊吹山
北国街道
長浜
琵琶湖
関ヶ原
赤坂
中山道
岐阜
笠松
大垣
垂井
南宮山
松尾山
佐和山
彦根
伊勢街道
長松
羽島
美濃街道
揖斐川
長良川
木曽川
清洲

家《いえ》康《やす》西上

一

一説には……。

八月二十四日の夜の美濃《みの》・赤坂へは、藤堂高虎《とうどうたかとら》の部隊のみが進出していただけで、他の東軍は、呂久《ろく》川のほとりに野営をしていたともいわれる。

とすれば、宇喜多秀家《うきたひでいえ》の提言によって夜襲作戦が決行されていたなら、おそらく赤坂の藤堂部隊を追い退け、ここへ西軍の陣地を構えることができたのではあるまいか……。

ともかくも、翌二十五日には、東軍の大半が赤坂へ集結してしまった。

赤坂の宿駅の南に、小高い丘があって、これを岡《おか》山(現代の御勝《おかち》山)とよぶ。

ここへのぼって南方を見わたせば、一里余の彼方《かなた》の大垣《おおがき》城を中心とした西軍の陣営は、ことごとく目に入ってしまう。

福島正則《ふくしままさのり》は、徳川《とくがわ》家康の軍監・本多《ほんだ》忠勝《ただかつ》と井伊《いい》直政《なおまさ》へ、

「この岡山を、内府公の本陣にされるがよろしかろう」

と、いった。

忠勝も直政も、異論はない。

東軍は岐阜《ぎふ》から赤坂の線をむすんで、西軍の大垣城と対峙《たいじ》し、決戦場は、いよいよ、このあたりになるかとおもわれた。

こうなれば、一時も早く、徳川家康に出馬をしてもらわねばならない。

ところが、その総大将は、まだ江戸城に腰を落ちつけているのだ。

「かまわぬ。大垣を攻め落としてしまおう」

と、逸《はや》っていた福島正則も、いまは大垣へ宇喜多秀家の軍団が入ったのを知り、たやすくは攻め切れぬと考え直したらしい。

「すぐさま、このむねを内府公へお知らせなされ」

正則にいわれるまでもない。

二人の軍監は、この朝、赤坂から急使を江戸へ送っている。

東軍は竹藪《たけやぶ》から沢山の竹を切り出し、これへ、さまざまな色彩の布をむすびつけ、岡山の山裾《やますそ》から山頂へかけて林立させた。

大垣からも、これまた、はっきりと、この様子が見てとれる。

西軍から見ると、東軍先鋒《せんぽう》は意外の大部隊を編成しているらしくおもわれ、石田《いしだ》三《みつ》

成《なり》も、

（もしや、敵の一部が、さらに進み、関ヶ原を抜けて、佐和山《さわ》へ攻めかかるのではあるまいか……）

と、不安をおぼえたらしい。

中山道《なかせんどう》は、赤坂へ陣を構えた敵に扼《やく》されている。

それならば、こちらも兵力を割き、赤坂の東軍を牽制《けんせい》できる場所へ進出したらどうか……。

いや、そのために、大垣の南西一里弱のところの長松の砦《とりで》には武光忠棟《たけみつただむね》が入っていたのである。

しかし、武光忠棟は、東軍が赤坂へ進出するや、城を捨てて伊勢《いせ》へ逃げてしまった。

彼が、すぐれた武将だったとはいえないけれども、あながち、卑怯《ひきょう》ともいえぬ。

目と鼻の先にいる総司令官の石田三成は、長松へ援兵をさしむけてくれない。

「これでは、防ぎようがない」

ともいえよう。

つまりは、石田三成にとって……いや、西軍にとって、

「長松の砦は、必要ではない」

ということになる。

これで、赤坂と長松の線がむすばれ、大垣を包囲したというのではないが、少なくとも監視の態勢をととのえてしまったことになる。

二十五日の夜になると……。

福島正則は、多数の兵士に松明《たいまつ》を持たせ、赤坂から関ヶ原の方へ向けて、何度も何度も往復させた。

これを大垣から見ると、東軍部隊が、しきりに、関ヶ原方面へ移動しているかのように見える。

関ヶ原を西へ抜け、琵琶《びわ》湖のほとりへ出れば、その南方に石田三成の佐和山城をのぞむことができる。

三成の胸は、大いにさわいだ。

居たたまれなくなった石田三成は、まず、越前《えちぜん》・敦賀《つるが》の居城に帰っていた大谷吉継《おおたによしつぐ》へ、

「急ぎ、出陣ありたし」

と、急使を走らせた。

この使者は、大垣城を出て、いったん南下し、南宮山《なんぐうさん》の南の裾をぬけて関ヶ原へ出た。

南宮山は標高五百メートルに足らぬ山だが、この山は、のちに重要な意味をもつ。

つまり、南宮山の北の裾に東軍が扼している中山道が関ヶ原へ通っており、南の裾には、大垣の西軍が扼しているといってよい道が関ヶ原へ抜けている。

南宮山は、両軍が関ヶ原へ向かう道を北と南に分けていることになる。

そして、関ヶ原は、近江《おうみ》へ……さらに京・大坂へ通ずる要所といってよい。

ゆえに石田三成は、大谷吉継へ、

「急ぎ、関ヶ原の備えを、かためてもらいたい」

と請《こ》うたのである。

この三成の使者が大垣を出たのは、二十五日の夜であった。

使者は、三成の家来二名で、このあたりの地形に通じており、夜の山間《やまあい》の道にも迷うことはない。

同じ二十五日の夜ふけに……。

近江の国、甲賀《こうが》の里の山中屋敷へ、突如頭領・山中大和守俊房《やまなかやまとのかみとしふさ》が帰って来た。

山中俊房は、徳川家康の東下に従い、みずから、諸将の動向を探るための指揮を執っていたのだ。

俊房は、いまも、江戸の徳川家康の許《もと》にいる又従弟《またいとこ》の山中内匠長俊《たくみながとし》と以後の打ち合わせをすませ、甲賀へもどって来た。

組織の層の厚さと、忍びの者の員数の多さを誇る山中俊房も、さすがに、このときばかりは、手不足となってしまった。

探るべき相手が、あまりにも多く、配下の忍びたちを、遠く九州から会津の上杉《うえすぎ》領内へまで侵入させねばならなかった。

僧正《そうじょう》ヶ峰《みね》と、近江の長比《たけくらべ》の忍び小屋が何者かに襲われ、合わせて十七人の山中忍びが殺害され、二つの忍び小屋は、地下蔵《ぐら》にそなえておいた火薬、その他の忍び道具と共に爆破されてしまったことが、すでに山中俊房の耳へ入っている。

(真田《さなだ》家《け》の草の者の仕わざじゃ)

と、大和守俊房は直感した。

「まさかに……」

と、又従弟の山中長俊は、信じきれぬ面《おも》もちであったが、

「いや、そうではない」

山中俊房は苦にがしげに、

「真田安房守《あわのかみ》は、信濃《しなの》の上田でのみ、戦《いくさ》をするつもりはないのじゃ」

「ふうむ……」

「油断はならぬ。数年前……いや、亡《な》き太閤《たいこう》殿下の朝鮮御陣のころより、真田の草の者は近江に根を下ろしていたのじゃ」

それは、山中長俊も知っている。

だが、いまこのとき、真田の草の者が、主家の戦闘から遠く離れ、単独の暗躍をおこなっていようとはおもわなかった。

それほどに、近江や上方へ草の者が根を下ろし、集結していようとはおもえなかった。

徳川家康が上杉攻めから反転して西上し、敵軍と決戦をおこなうことが決まったので、山中俊房は上杉攻めのために投入しておいた配下の忍びたちへ、

「甲賀へ、もどれ」

と、指令を下しておき、さらに家康西上のため支障がないと見きわめてから、三人の配下を従え、まだ戦闘が継続していた伊勢を抜け、鈴鹿《すずか》峠を越え、甲賀へもどって来たのだ。

帰館するなり、山中俊房は、待機していた忍びの者たちをあつめ、

「大垣から、近江、京、大坂へ向けて走る石田三成の使者を一人も通すな」

と、厳命を下した。

二

同夜、石田三成が敦賀の大谷吉継へさしむけた使者二名は、山中俊房が、まだ甲賀の屋敷へ到着する前に騎乗で大垣城を出発している。

このため、大和守俊房の命令によって、山中忍びたちが出動するころには、関ヶ原を通過し、翌二十六日の朝となるや、馬に鞭《むち》を打って琵琶湖岸を北上し、この日の夕刻には敦賀へ到着した。

そこで大谷吉継は、急ぎ北陸方面の守備をととのえ、関ヶ原の西南・山中村へ陣を構えることになった。

さて……。

二十六日の朝を、石田治部少輔《じぶしょうゆう》三成は、ほとんど眠れぬままに迎えた。

不安が消えないのだ。

岐阜の織田秀信《おだひでのぶ》が、

(あれほど、よく戦うてくれたにもかかわらず……)

東軍先鋒の諸部隊は、怒濤《どとう》のように岐阜を落とし、合渡《ごうど》川の味方の抵抗を事もなげに排除し、

(あっ……)

という間に、赤坂へ陣を張ってしまった。

石田三成は、固唾《かたず》をのみ、これを見つめたままであった。

合理を重んじる三成の脳裡《のうり》には、どうしても、兵力において味方が劣っていることが消えない。

劣っているといっても、宇喜多秀家の軍団が大垣へ入ったいま、それほどの差はない。

だが、そのわずかの劣勢が気にかかって、

(家康との決戦の前に、兵を損じてはならぬ……)

と、おもうあまりに、勇将・島津《しまづ》義弘《よしひろ》の怒りを買い、たのもしい味方の宇喜多秀家に愛想《あいそ》をつかされ、みすみす、味方の士気の衰弱をまねいてしまった。

(かくなっては……)

と、夜明けを待ちかねたかのように、石田三成は、大坂城にいる総大将の毛利《もうり》輝元《てるもと》の出馬を請うことにした。

ともかくも、敵を圧倒するほどの兵力を大垣へあつめぬうちは、安心ができないのであろう。

「急げ」

三成の書状を携えた使者は、五名の騎士に護《まも》られ、日が昇りきらぬうちに大垣を発し、南宮山の南麓《なんろく》を関ヶ原へ駆け抜けて行った。

この一行六名が関ヶ原の小盆地を走り抜け、ふたたび山間の道を柏原《かしわばら》から長沼のあたりへさしかかったときである。

南側の山林の中から、突如、数条の矢が疾《はし》り出て、騎士たちを襲った。

五条や六条の矢ではない。

木々の間から、つづけざまに射かけてくる矢を受けて、

「うわ……」

「ああっ……」

二人、三人と、騎士たちが馬上から放《ほう》り出された。

(こ、ここまで、敵が来ていたのか……)

このことである。

石田三成の書状を携えていたのは、池尻勘太夫《いけじりかんだゆう》といって、三成の信頼も厚く、これまでに武功も多い人物であったが、こうなっては逃げるも退くもできぬ。

ただ、まっしぐらに敵の攻撃を切り抜け、

(何としても、大坂へ到着せねばならぬ)

と、必死に馬腹を蹴《け》った。

背後で、また、騎士たちの絶叫が聞こえた。

池尻の背後に、味方の馬蹄《ばてい》の音が絶えた。

「うぬ!」

池尻勘太夫は左手に手綱をつかみ、右手に太刀《たち》を引き抜いた。

そして、馬を疾駆させつつ、あたりへ目を配った。

しかし、山林の中に敵の姿はみとめられない。
(逃げ切れたか……)
と、おもった。
もしやすると、東軍の少数の兵が、このあたりを偵察《ていさつ》に来ていたのやも知れぬ。
五人の味方は、矢を受けて殪《たお》されたらしいが、
(わしは、どうやら、切り抜けたらしい……)
池尻勘太夫は、なおも馬足をゆるめずに疾走しつつ、
(いま、すこし……いま、すこしだ)
と、おもった。
琵琶湖へながれ込む天野川沿いの道の、両側の山肌《やまはだ》が西に向かって開けはじめた。
何といっても、山間で襲撃を受けたのでは、逃げる余地がない。
(や……?)
池尻の耳は、背後に馬蹄の音をとらえた。
(おお……だれかが、切り抜いて附《つ》いて来た。又左衛門か、小兵衛……)
こころ強くなり、池尻勘太夫が振り向いて見て、はっとなった。
たしかに、馬に乗った男が背後から走って来る。
その馬は、味方の騎士が乗っていた馬らしいが、馬上の男はちがう。

男は、武装をしていない。

ちらりと見たところでは、このあたりの住人のような風体《ふうてい》であった。

だが、敵にはちがいない。

何故なら、味方の馬を奪い、これに乗って池尻を追いかけて来たからである。

「小癪《こしゃく》な……」

なおも馬を走らせつつ、池尻勘太夫は追跡が一騎であることをたしかめた。

(よし。討ち取ってくれる!)

決意した池尻が、手綱を引きしぼって馬足を停《と》め、

「それっ!」

馬首をめぐらしたとき、追手の馬が、杉林の向こうの曲がり道からあらわれた。

小柄《こがら》な男らしい。

その男が鞍壺《くらつぼ》から腰を伸ばして、半弓に矢を番《つが》えているのを、池尻は見た。

見て、これに対応する構えをとる前に、男の弓弦《ゆんづる》をはなれた矢が池尻勘太夫へ向かって疾った。

池尻は躱《かわ》そうとして、ついに躱しきれなかった。

矢は、池尻の喉元《のどもと》へ突き立った。

たまったものではない。

「う、うう……」

それでも池尻勘太夫は太刀を二度三度と打ち振り、眼球を剝《む》き出し、寸時は落馬に堪えた。

そのとき、追いせまった馬上の男が半弓を捨て、腰の刀を引きぬき、擦れちがいざまに池尻勘太夫の頸部《けいぶ》を切り払った。

池尻の首が切り飛ばされたわけではないが、喉と頸《くび》に致命の傷を受けては、どうしようもない。

叫ぶこともなく、池尻が馬から落ちた。

擦れちがって、走り過ぎた男が馬足を停め、落馬してうごかなくなった池尻勘太夫を、凝《じっ》と見つめている。

池尻の馬は狂奔し、関ヶ原の方へ駆け去った。

風に、雲がうごき、日が陰った。

男が馬から下り、刀を構え、池尻の死体へ近寄って来た。

老人である。

ほとんど白くなり、薄くなった髪を茶筅《ちゃせん》にむすび、灰色の小袖《こそで》に細い袴《はかま》をつけた老人の、垂れ下がった瞼《まぶた》の下の小さな眼《め》の光は尋常のものではない。

山中忍びの、猫田与助《ねこたよすけ》であった。

いま、与助は六十前後の年齢になっているはずだ。顔の皺《しわ》は深いが、顔の血色はまことによい。それも紅色の、まるで少年のような血色なのである。

猫田与助は、池尻勘太夫が息絶えたことをたしかめ、しずかに近寄って屈《かが》み込み、池尻の懐中から、石田三成が毛利輝元へあてた書状を引き出した。

そこへ、八名の山中忍びが追いついて来た。

八名とも、馬に乗っていない。

猫田与助が、立ちあがった。

三

駆け寄って来た八名の山中忍びは土民の姿で、手に半弓を携えている。

「いずれも討ち取ったか？」

と、猫田与助が忍びたちへ訊《き》いた。

忍びたちが、うなずいた。

「よし。なおも見張りを怠るな」

「与助殿は、いずれへ？」

「甲賀へもどり、頭領様へ、お知らせいたさねばならぬことがある」

池尻勘太夫をふくめて、六つの死体は木蔭《こかげ》へ隠され、八名の山中忍びたちは、また、関ヶ原の方へ引き返して行った。

猫田与助は、石田方の騎士が乗っていた馬へ跨《また》がり、甲賀の山中屋敷を目ざした。

他の騎士たちの馬は、四散して何処かへ駆け去ってしまっている。

与助は、まだ、空が明るいうちに甲賀へもどった。

山中屋敷の前で馬を下りた与助が、空濠《からぼり》の前へ立つと、屋敷門の正面の〔はね橋〕が濠の上へ下りてきた。

門内にいる見張りの者が、覗《のぞ》き穴から与助を確認したのである。

与助が〔はね橋〕をわたると、屋敷門の一部が開き、与助を吸い込んだ。

〔はね橋〕が軋《きしみ》をたてつつ、巻きあげられていった。

やがて……。

猫田与助は、いくつもの土塀《どべい》や石塀を抜け、奥庭の一角の銀杏《いちょう》の大樹の下まで来て片ひざをついた。

与助の目の前に、土蔵のような造りの白壁がある。

その白壁へ向かって、

「与助。もどりまいてござる」

声をかけると、白壁の一隅《いちぐう》が三尺四方ほどの口を開け、

「入るがよい」

山中大和守《やまとのかみ》俊房の声がした。

与助が白壁の内へすべり込み、小さな扉《とびら》が音もなく閉じられた。

幅一間の廊下に面した板戸を引き開けると、そこは十坪ほどの板敷きの間で、大きな囲炉裏が切られてい、その前に、山中俊房が端座していた。

「何ぞ起こったのか?」

「これを……」

与助が池尻勘太夫の懐中から奪い取った石田三成の書状を差し出し、

「大垣《おおがき》より、おそらくは大坂へ向かう使者かと存じまいたが……六名ほど、一人残らず討ち果たしまいてござる」

うなずいた山中俊房が文箱《ふばこ》を開け、中の書状を開封し、読み下してのち、

「手柄であった」

「やはり、大坂への……?」

「さよう。右馬頭《うまのかみ》(毛利輝元)の出馬を請《こ》うている」

山中俊房は二度、三度と石田三成の書状を読み返しながら、何やら沈思している様子であった。

猫田与助が、

「下がって、よろしゅうございましょうや？」

「あ……待て」

「何ぞ？」

「大坂へまいってくれ」

「大坂へ……？」

「右馬頭が軍勢をひきいて、こなたへ出陣されてはまずい」

「は……」

「でき得るかぎり、右馬頭が大坂を離れぬようにいたさねばなるまい」

と、山中俊房が、与助へ何やらささやいた。

するとと、猫田与助はかぶりを振り、哀願の眼《まな》ざしとなって、

「こたびは何としても、美濃《みの》・近江《おうみ》の戦陣にて、この一命を捨てとうございます」

と、いったものである。

「お願いでござります。与助は何としても、真田の草の者を相手に闘いとうございます」

「わしの指図に、したがえぬと申すか……」

「は……」

与助の、そそけ立った白髪が微《かす》かにふるえはじめた。

たれ下がった瞼の下の両眼が、激しい怨念《おんねん》をこめて、針のように光っている。

「頭領様……」

「む……」

「大坂での御役目は、この与助ならずとも、他に打ってつけの忍びの者が何人もおりましょうず」

たしかに、そのとおりだ。

いま、山中俊房が考えていることは、大坂城内に流言を振り撒《ま》くことである。

その流言によって、毛利右馬頭輝元を、

「いまは、滅多に大坂をうごけぬ。秀頼《ひでより》様の御側《おそば》をはなれてはならぬ」

と、おもい込ませなくてはならぬ。

山中俊房は、すぐさま、その方策が浮かんだらしい。

なるほど、この役目は強《し》いて猫田与助にあたえなくてもよいのだが、与助だとてやってのけられぬことではない。

ちょうど、目の前に与助がいたので、俊房は、

(すぐさま、与助を大坂へ……)

おもいついたにすぎない。

だが、頭領の自分の命令に叛《そむ》くことをゆるしたのでは、他の忍びの者への、

（示しがつかぬ……）

ことになる。

それゆえ、山中俊房が猫田与助を見据《みす》えた眼光は鋭く、厳しかった。

「し、死にまする！」

ほとばしるように、与助が叫んだ。

「何じゃと……」

「こたびこそ死にまする。真田の草の者と闘い……いや、あの馬杉市蔵《ますぎいちぞう》のむすめ、お江《こう》を討ち果たして死にまする。与助が最後の御願いにござる。何とぞ、何とぞ……」

「さほどに、馬杉市蔵のむすめが憎いか」

「憎うござる」

「お前の父・猫田与兵衛《よへえ》を討ったのは、お江ではない。馬杉市蔵じゃ。その市蔵も、すでに死んだいま、私《わたくし》ごとの怨《うら》みにかまけ、甲賀《こうが》忍びの本分を忘れてはなるまい」

「う……」

「与助は何故、さほどまでに、馬杉市蔵のむすめにこだわるのじゃ？」

与助は沈黙した。

眼の光が、瞼の奥へ消えてしまっている。

八年前に……。

この山中屋敷内の忍び小屋の一つをまもる田子庄左衛門《たごしょうざえもん》に助けられ、瀕死《ひんし》の重傷を負ったお江が、みごとに甲賀を脱出して以来、猫田与助がお江へかける怨念は、さらに激しいものとなった。

京・大坂から近江へかけて蠢動《しゅんどう》する真田家の草の者の在処《ありか》を探るときも、与助は熱中のあまり、山中俊房の指図から、ともすれば逸脱することが多かった。

山中忍びたちは、何度も草の者を追いつめながら、取り逃し、討ち洩《も》らしている。

そしていまも、草の者の忍び宿・忍び小屋を、ほとんど発見できていない。

大坂の備前島《びぜんじま》に、五瀬《ごせ》の太郎次《たろうじ》がいた忍び小屋をつきとめたとき、早くも草の者は、この小屋から引きあげていたのである。

まして、今度の僧正《そうじょう》ヶ峰《みね》・長比《たけくらべ》の忍び小屋を奇襲され、甲賀は大きな犠牲をはらったことになる。

これは、山中俊房にとっても、

(打ち捨ててはおけぬ……)

ことにちがいはなかったが、何といっても、これまでは、諸国諸方へ手をひろげなくてはならず、上方と近江・美濃へかけての手配りがおろそかになった。

それは、どうしようもないことであった。

しかし、ようやく、大和守俊房は甲賀の〔本拠〕へもどり、配下の忍びの者も集結して、これよりは、来《きた》るべき東西両軍の決戦に備えることができる。

だが、いかにも、あわただしい。

徳川家康は、間もなく西上の途につくであろう。

となれば、おそらく一、二カ月の間に両軍の決戦は終わると看《み》てよい。

僧正ヶ峰と長比の、二箇処の忍び小屋を襲ったのが、もし、真田の草の者だとしたら、

(これは、おもいのほかに手強《てごわ》い……)

相手となるわけであった。

真田父子《おやこ》が上田へ帰城し、東軍の〔第二軍〕を迎え撃つとなれば、草の者たちの大半は信州へ引きあげて行くにちがいないと、山中忍びの者たちは考えていたようだが、そうではないらしい。

彼らは、主家の戦闘から遠く離れ、独自の活躍を、真田安房守昌幸《あわのかみまさゆき》から、

「ゆるされている……」

ことになる。

これは、恐るべきことではないか。

猫田与助が、亡父の怨みをお江へかけているというのは、いささか腑《ふ》に落ちぬが、

(いま、ここで、むりにも与助を大坂へさしむければ、おそらく、与助は独りにても

甲賀に叛き、草の者を相手にする決心なのであろう）

と、山中俊房は見抜いた。

俊房は、結局、この老いた忍びの執念が、これからの事態に益することが多いこと
を、みとめざるを得なかった。

渋面をつくりながらも、大和守俊房が猫田与助に、

「よし、ゆるす」

「はっ」

「行けい」

与助はひれ伏して、

「死にまする。与助、かならず死にまする」

くり返すのみであった。

四

石田三成は、この日の朝に、大坂へ向けて使者を送ったが、それでもなお、落ちつけなかった。

佐和《さわ》山の居城は、三成の父・石田隠岐守正継《おきのかみまさつぐ》が守っている。

それに、岳父にあたる宇多頼忠《うだよりただ》・頼重《よりしげ》の父子も、すでに城に入っているし、三成の

兄・木工頭正澄《もくのかみまさずみ》も大坂から入城していた。

佐和山城を守る兵力は、三千弱とみてよい。

三成は、東軍先鋒《せんぽう》のうごきを、この際、くわしく佐和山へ知らせておかなくてはならぬとおもった。

使者を送ってもよいのだが、

（これは、やはり、自分が佐和山へもどり、細かに指図をしておいたほうがよいのではあるまいか……）

そう考えはじめると、居ても立ってもいられなくなってきた。

父の正継は、なるほど執政としての手腕は立派なものだが、戦時の城将としては、たよりない。

そこで石田三成は、この日の午後になって、突然、二百の部隊に護《まも》られ、大垣を発し、強行軍で佐和山へ向かったのである。

これもまた、まずいことにちがいない。

敵軍と対峙《たいじ》している最中《さなか》に、自分の城が近くにあるからといって、総司令官が〔本営〕を離れたのでは、他の武将の怒りをよぶのは当然といってよい。

「この戦《いくさ》は、もはや、負けたわ」

呆《あき》れ果てて、島津義弘が、甥の豊久に断言したのは、このときであった。

二百の兵に護衛されて大垣城から出て行ったその後で、もしも、東軍先鋒が大垣へ攻めかけて来たら、どういうことになるのか……。

三成《みつなり》は、

「近江口の備えを、この目でたしかめぬうちは安心できぬ」

と、いい、大垣を発したそうだが、それは理由にならぬ。

戦は、すでに始まっているのだ。

総司令官が本営を留守にして、どうなるものか、である。

石田三成一行も関ヶ原を抜け、近江へ出て、夜に入ってから、松明《たいまつ》を連ねて佐和山城へもどった。

これを、山中忍びたちが見逃すはずはない。

しかし、まさかに三成が出て来ようとはおもわなかったので、小人数の忍びの者が二百の兵に護られている三成へ襲いかかるわけにもまいらぬ。

この報告を受けたとき、山中俊房は、

「すりゃ、まことか?」

「はい。佐和山の城へ入るのを、見とどけまいてござります」

「ふうむ……」

俊房にも、石田三成の行動が不可解におもわれた。

ために、

（何ぞ、おもうことあってか……？）

疑念が生じたほどだ。

三成が、おもいもかけぬ作戦に転じようとしているのではあるまいかと、おもったのである。

「なおも、佐和山を探れ。かまえて油断するな」

「はっ」

猫田《ねこた》与助は、もどって行ったか？」

「まだでございます」

先刻、与助が山中屋敷を出て行ったと、山中俊房は表門の見張りの者から報告を受けていた。

俊房は、苦い顔つきになった。

すでに、夜に入っている。

山中俊房は、先刻、老巧の忍びの者で、

「こうした役目には打ってつけ……」

といってよい北脇留右衛門《きたわきとめえもん》に、三名の配下をそえて、大坂へさしむけた。

この四人は、家康東下に前後して街道を下り、さまざまな流言を振り撒き、効果をあげた。

今度は、大坂へ急行して、諸方へ流言を撒こうというのだ。

それは、一言でいうと、

「増田《ました》右《う》衛門尉《えもんのじょう》殿に謀叛《むほん》のうたがいあり」

というものである。

増田右衛門尉長盛《ながもり》は、いま、奉行《ぶぎょう》の一人として大坂へとどまり、石田三成と密接に連係をたもちつつあるが、長盛が密《ひそ》かに徳川家康《いえやす》へ意を通じていることは、すでにのべた。

三成と西軍を裏切ることはできぬ増田長盛だが、もしも西軍が敗北したときのことをも考えておかねばならぬ。

長盛のみでなく、西軍の諸将の中には、複雑な立場のものが少なくない。

総大将の毛利輝元にしても、よろこんで戦おうというのではなかった。

奉行たちに説得され、煮え切らぬまま、総帥《そうすい》に推されたのだ。

そうした西軍の〔本拠〕である大坂に、浮説流言が振り撒かれたとなれば、人心が動揺するのはいうをまたぬ。

それが、山中俊房のねらいであった。

北脇留右衛門たちが大坂へ入って、謀略の実行にかかり、それが効果をあげるまでには、さらに、数日を経なくてはなるまい。

そのころ……。

岐阜《ぎふ》城下の北東六里ほどのところにある笠神《かさがみ》の村外れの、山林の中の木樵《きこり》小屋で、お江《こう》が何やら身仕度をととのえている。

この草の者の忍び小屋が、いまは〔本拠〕となった。

地下蔵《ぐら》もさらに広くなり、多くの火薬や忍び道具も運び込まれたし、壺谷又五郎《つぼやまたごろう》も、奥村弥五兵衛《おくむらやごべえ》も、すでに此処《ここ》へ移って来ていた。

彦根《ひこね》山のふもとの長曾根《ながそね》の忍び宿には、いま、五瀬の太郎次が入り、それに向井佐助《むかいさすけ》がつきそっていて、笠神との連絡《つなぎ》にあたっている。

お江と同じ女忍びのおくには農婦の姿となり、他の草の者と共に、岐阜から赤坂・大垣《おおがき》の情況を見聞きしては、笠神へ報告に来る。

いま、このたびの決戦にそなえ、美濃《みの》から近江《おうみ》へ集結した真田《さなだ》家の草の者は、合わせて二十三名であった。

甲賀山中の忍びたちは、その数倍の人数を擁している。

それだけに、草の者としては、手をひろげるわけにはまいらぬ。

壺谷又五郎と、お江が意図するところのものは、ただ一つである。

その一つへ的をしぼっているので、いまは諸方へ飛び散っていない。

なればこそ、山中忍びの目にもとまらぬのであろう。

身仕度をととのえた、お江が、炉端にいる鞍掛八郎《くらかけはちろう》へ、

「又五郎どのは？」

と、訊《き》いた。

五

壺谷又五郎は、地下蔵にいた。

お江《こう》が、そこへ下りて行くと、

「夜中《やちゅう》に出かけずともよいではないか……」

荷箱の間から、又五郎が顔を振り向け、

「まだ、急ぐこともあるまい」

「二日ほどして、また、もどって来ましょうよ」

「家康は、まだ、江戸城から腰をあげぬわ」

「なれど、探りは、いくたびおこなってもよい」

「よう、はたらくことよ」

「何年も何年も、はたらきつづけてきたなれど……又五郎どの。こたびの戦で、私の

忍び暮らしも終わりましょうよ」

「何故、そのようにおもうのだ？」

「あまりにも長い間を、はたらきつづけてきたので、疲れ果ててしもうた……」

半眼を閉じて、お江が物憂《う》げにつぶやいた。

「なるほど……」

「又五郎どのとて、この二十年というものは、ほとんど、息をやすめてはおらぬはず」

「ふむ……」

「疲れてはいませぬのか？」

「さて……疲れているのやら、疲れておらぬのやら、自分《おのれ》にもわからぬ」

「われら忍びの者が、息をやすめるためには、この世に別れを告げるよりほかに手だてがありますすまい」

又五郎の口から、深いためいきが洩《も》れたようだ。

「因果なことよ」

ややあって、又五郎がつぶやいたとき、すでに、お江の姿は地下蔵から消えていた。

お江は、かねてから、今度の東西両軍の決戦に、真田家の草の者としてはたらくからには、他の草の者とは離れ、

「私一人《いちにん》にて、おもうままに、はたらいてみたい。そして、こたびの戦で、私は生き残りたくはない」

と、これは、この笠神の忍び宿で、お江が鞍掛八郎へ洩らしていたことだ。

そして、ついに、お江は自分の単独の活動を、

「ゆるしてくだされ」

と、壺谷又五郎へ願い出たのである。

これが、つい三日ほど前のことであった。

「ひとりきりで、忍びのはたらきをすると申す……？」

「あい」

又五郎は、沈黙した。

「いけませぬか？」

「いや……そのように申すからには、何ぞ、存念があってのことであろう。それを聞きたい」

「又五郎どのには、笑われるやも知れぬ」

「笑われてもよいではないか。わしとお前の仲だ」

又五郎がそういったのは、二人に男女の関《かか》わり合いがあったからではない。

お江の父・馬杉市蔵《ますぎいちぞう》は、もと、甲賀の山中大和守俊房《やまとのかみとしふさ》配下の忍びの者であった。

そのころ、山中俊房は甲斐《かい》の武田信玄《たけだしんげん》から報酬を受け、配下の忍びたちの一部を武田家へ派遣していたのである。

やがて、山中俊房は織田信長《おだのぶなが》のために総力を結集すべく、諸方に散っていた配下の忍びの者へ、

「甲賀へもどれ」

の、密命を発した。

このとき、馬杉市蔵ほか数名の甲賀忍びは、頭領・山中大和守俊房の許《もと》へ帰ることを拒んだ。

つまり、一代の英雄であった武田信玄の人格を慕い、信玄のためにはたらくことの生き甲斐をおぼえたからといってよい。

その時の事情は、すでにのべておいたが、武田忍びとなってから、馬杉市蔵は壺谷又五郎の遠縁にあたる女を妻に迎えた。

そして生まれたのが、お江なのだ。

ゆえに、お江と壺谷又五郎には、わずかながら、

「血のつながりがある……」

ことになる。

いま、又五郎が、

「わしと、お前の仲……」

といったのは、このことをさしたのだ。

「笑うて下され、かまいませぬ」

お江は満面に血をのぼせ、

「かなわぬまでも、徳川家康の首を討ってみたい」

と、いいはなった。

「一人でか？」

「あい。みなみなとは別に、又五郎どのの指図をも受けず、私ひとりの判断にて、自由自在にはたらいてみたい」

「死ぬる気か……？」

「その気になったとて、家康を討つは、むずかしいことゆえ、申すまでもなく生きてはもどりませぬ。ただ、万に一つの的へ矢を射かけてみたい。それを女忍びの一期《いちご》のおもい出にして、死にたい」

お江は、いま、何歳になっているのだろうか……。

四十を、一つ二つは越えたにちがいない。

男の忍びとはちがって、女の忍びには、どうしても限界がある。

女忍びには、その特性を生かした活動の仕様もあるし、それならば、たとえ六十、

七十の老婆《ろうば》になろうとも、

「それなりに、役立つ……」

ものなのだ。

だが、お江は、若いころから男の忍びの者にまじり、戦場に出て、武器を取って闘うことも辞さなかった。

ひとつには、武田家にいたころから、絶えず、壺谷又五郎と行動を共にしてきた所《せ》為《い》もある。

人なみすぐれて、強靱《きょうじん》な心身のもちぬしであるお江なのだが、しかし、女は女ゆえに、このときまで、あれほどの活動をつづけにつづけてきた裏側には、

「人知れぬ……」

苦痛と苦悩があったにちがいない。

それを、決して、お江は又五郎にも見せなかった。

それだけに、

(さぞ辛《つら》かったことであろう)

いまにして、又五郎は、つくづくと、そうおもわずにはいられない。

ときに、お江が男の肌《はだ》をもとめてやまぬのも、又五郎にはよくわかる。

今度の戦陣では、壺谷又五郎も奥村弥五兵衛も、

「生き残れぬ……」

と、覚悟をさだめていた。

お江のみではない。

又五郎にしてみれば、せめて、お江だけは生き残り、これより先も、女忍びとしての特質を生かし、真田本家のために、

(はたらいてもらいたい……)

これが、本心であった。

さほどに又五郎は、お江を深く信頼しているといってよい。

だが、お江にしてみれば、

(男の忍びたちにも退《ひ》けをとらずに、ここまではたらいてきたのだから、かなわぬまでも……)

かなわぬまでも、これまでの、忍びの者としての自分が体得をしたすべてのものを集中し、ただ一人で、徳川家康襲撃をこころみたい。

(いまならば、まだ、男忍びに負けずにはたらけよう)

このことであった。

長年にわたって酷使しつづけてきた心身のちからは、一瞬の気のゆるみにも萎《な》えかけてくる。

ちから、、、が萎えてしまい、白髪の老いた女忍びとなるのは、お江にとって、

（たまらぬこと……）

なのである。

（いまじゃ。いまこそ、最後の花を咲かせて、死んでしまいたい）

家康を討つといっても、これという計画があるわけではない。

ただ、これより江戸から西上して来る徳川家康を待ち受け、その場のなりゆきで、臨機応変に、

（襲ってみたい……）

のである。

いまこそ、お江の〔忍びの血〕は、燃えさかっている。

壺谷又五郎は、ついに、

「おもうままにするがよい」

ゆるしをあたえた。

又五郎は又五郎で、こなたにあつめた草の者を指揮し、

「家康を討つ！」

決意をかためていた。

それよりほかに、道はないのだ。

主家の真田本家は、遠く、信州・上田にあり、これをたすけてはたらくことはできない。

真田の草の者といっても、これを、親しく知っているものは、大谷刑部吉継《ぎょうぶよしつぐ》のみといってよいほどだ。

真田幸村《ゆきむら》と壺谷又五郎が、草の者を上方から近江へ残しておいたばかりでなく、新手《あらて》を真田の庄《しょう》の草屋敷からあつめたのも、乾坤一擲《けんこんいってき》の徳川家康襲撃を計画したからであった。

もとより、成果はわからぬ。

むしろ、可能性は少ない。

けれども、不可能を可能とするところに、忍びの者の本領がある。

地下蔵から、小屋の炉端へあがって来た壺谷又五郎が、

「お江は？」

と、鞍掛八郎に尋《き》いた。

「いま、出て行かれまいた」

「さようか……」

坐《すわ》り込んで、又五郎が、

「明後日には、いったん、この小屋へもどるというていたが……」

「私にも、そのように申されました」

「お江が、いうたか？」

「はい」

「ならばよい」

ともかくも、いま一度は、生きているお江の顔を見ることができるのだ。

「八郎……」

「は……？」

「馬は、あつまったか？」

「大丈夫でござる」

「酒の仕度をいたせ。今夜は二人きりだ。たまさかには、のびのびといたそうではないか」

こういって、又五郎は炉端へ寝そべった。

めずらしいことではある。

六

翌八月二十七日。

東軍の先鋒《せんぽう》が、岐阜《ぎふ》城を攻め落とした知らせが江戸城へ届いた。

岐阜の落城は二十三日であるから、その捷報《しょうほう》が四日で江戸へ届いたのは、いかにも早い。

こうした連絡《つなぎ》のための手配りに、徳川家康は、まったくぬかりがなかった。

この捷報を受けたとき、家康は、

「うむ!」

大きくうなずいたかとおもうと、立ちあがって、

「力足を踏み鳴らした……」

と、いわれている。

五十九歳になった徳川家康の闘志の旺盛《おうせい》さが、しのばれるではないか。

家康は、すぐさま、先鋒軍の戦功を賞し、

「自分は本軍をひきいて東海道を進み、秀忠《ひでただ》は第二軍をひきいて中山道《なかせんどう》を進む……」

旨《むね》を答書し、

「われら父子《おやこ》が戦場へ到着するまでは、あくまでも慎重に事を運ばれよ」

と、つたえさせた。

同時に家康は、上杉《うえすぎ》軍と対峙《たいじ》している味方の……ことに、伊達政宗《だてまさむね》や最上義光《もがみよしあき》などの諸将へ、岐阜落城の事を急報した。

伊達政宗は、この知らせを受けたとき、

「もはや、勝敗は決まった」

と、断言したそうな。

翌二十八日に……。

またしても先鋒軍から、合渡《ごうど》川の戦闘における勝利を知らせて来たが、このときも家康は、伊達・最上の両将へ、勝利の報を、

「急ぎ、つたえよ」

と、命じている。

そして、ついに、

「九月一日に、江戸を発し、西上いたす」

と、家康が命を下した。


同じ日に……。

徳川秀忠の第二軍は、上州・松井田へ到着をしている。

すでに沼田から松井田へ到着していた真田伊豆守信幸《いずのかみのぶゆき》が、これを迎えた。

秀忠は、挨拶《あいさつ》にあらわれた真田信幸を引見《いんけん》し、

「伊豆守には、さだめし、苦労のことであろうな」

と、いった。

皮肉ではない。

父と弟を敵にまわし、戦わねばならぬ信幸の胸の内を察してのものであったろう。

信幸は、

「格別の事にてはございませぬ」

つとめて冷静に、こたえた。

まことに、信幸の立場はむずかしい。

父子兄弟が敵味方に別れ、

「どちらが勝っても負けても、真田家の血筋が絶えぬようにしたのではないか……」

などというささやきも、きこえぬではないのである。

ところで、第二軍の秀忠を補佐させるため、父の家康がつけてよこした老臣・本多正信《まさのぶ》は、

「まず、上田へ使者をさしむけ、真田安房守《あわのかみ》へ、城の明け渡しをすすめてみるがよいかと存ずる」

と、いい出た。

かつての上田攻めで、徳川軍が真田父子に打ち破られた苦い経験を、本多正信は忘れていない。

あのときといまとでは、兵力の差もちがうし、情況も異なる。

戦って負けるとはおもわぬが、さりとて、七日や十日で上田城を、

(攻め落とせるものではない……)

ことを、本多正信はわきまえている。

徳川家康は、正信を第二軍へさしむけるにあたり、

「かまえて、遅参いたさぬよう」

と、念を入れた。

四万に近い第二軍が決戦に遅れてしまっては、どうにもならぬ。

だからといって、第二軍が中山道を制圧しておかなくては、家康も安心して決戦場へのぞむことができない。

たとえば……。

上田城を放置しておけば、真田昌幸は上杉景勝《かげかつ》と連係をたもちつつ、大形《おおぎょう》にいうなら、

「江戸を奇襲しかねぬ……」

のである。

本多正信は、徳川秀忠に進言し、上田城へおもむく軍使を二人えらんだ。

一人は、本多美濃守忠政《みののかみただまさ》である。

本多忠政は、本多平八郎忠勝《ただかつ》の長男であるから、忠勝の女《むすめ》を妻に迎えた真田信幸に

とっては義弟にあたるわけだ。

そして、いま一人は、ほかならぬ真田信幸であった。

ゆえに本多忠政にとって、真田本家も縁者ということになる。

「伊豆守殿。気が重いことになってまいった」

軍使にえらばれて、本多忠政は苦笑を浮かべた。

忠政も信幸も、非常な責任を負わされたことになる。

「城を明け渡せと申し入れたところで、そこもとの父御《ててご》や弟御が、かしこまって候《そうろう》と、素直に聞き入れてくれるものか、どうか……」

信幸は、沈黙している。

(これは、父や弟と戦うよりも、むずかしい……)

ことだといわねばなるまい。

いま、ここで、素直に開城するほどなら、なんで父や弟が徳川にそむいて上田へ帰ったりするものか……。

本多忠政は、このとき二十六歳。小田原攻めの折には十六歳の若さで北条《ほうじょう》方の武州・岩槻《いわつき》城攻略に参加し、目ざましい戦功をたてたほどの勇士だが、

「かくなっては、義兄上《あにうえ》をたのむよりほかに道はござらぬ」

などと、笑顔を見せながらも、あぐねきっているようだ。

しかしながら、正使が本多忠政であり、伊豆守信幸は副使を命じられている。

したがって、真田昌幸との交渉は、まず、本多忠政が表に立っておこなわねばならぬ。

「義兄上。よろしゅう、介添えをお願い申す」

忠政にこういわれては、信幸も、

「心得てござる」

と、こたえるより仕方もないではないか……。

七

慶長五年九月一日。
徳川家康は、三万三千の本軍をひきいて江戸城を発し、西上の途についた。
この日。
徳川秀忠の第二軍は、碓氷《うすい》峠を越え、軽井沢に到着している。
同じ日に……。
近江《おうみ》・佐和山《さわやま》城へ帰っていた石田治部少輔《じぶしょうゆう》三成は、近江一帯の備えを見きわめて、
一応、納得がいったとみえ、西軍本拠の大垣《おおがき》城へもどることにした。
もどるに際して、三成は、ふたたび大坂城の毛利輝元《てるもと》へ、

「出馬ありたし」

の急使を佐和山からさしむけた。

先ごろ、大垣から大坂へ出発せしめた使者と、これを護衛する五名の騎士は、すでに大坂へ到着しているはずであった。

彼らは夜を日についで馬を飛ばしたはずだから、毛利輝元の返事をもって帰還してもふしぎではない。

三成は、それを待ち受け、佐和山から一隊を草津のあたりまで出しておいたが、

「いまだ、もどってまいりませぬ」

とのことだ。

何とはなしに、三成は不安をおぼえ、再度の使者を大坂へ送ったのである。

この、三成が佐和山から送った使者は、甲賀《こうが》・山中忍びの目にとらえられることなく、無事に大坂へ到着した。

この使者がもたらした石田三成の書状を読み、西軍の総帥《そうすい》・毛利輝元は、熟考の末に、出馬の決意をかためた。

使者は、そのことを、大垣へもどった石田三成へ報告した。

ところが……。

毛利輝元は、突然、出陣を中止してしまった。

これは、先に、山中大和守《やまとのかみ》が大坂へ潜入させておいた北脇留右衛門《きたわきとめえもん》以下三名の山中忍びが、

「増田右衛門尉《ましたうえもんのじょう》殿に、謀叛《むほん》のうたがいあり」

との流言を諸方へ振り撒《ま》いておいたのが大坂城内にもひろまりはじめたからだ。

毛利輝元としては、まず、豊臣秀吉《とよとみひでよし》の遺子である秀頼《ひでより》と、豊臣家の本拠・大坂城を、

「護《まも》らねばならぬ」

のであって、自分が出陣した後に、大坂で味方が謀叛を起こしたのでは、どうしようもない。

奉行《ぶぎょう》の一人である増田右衛門尉長盛の謀叛の証拠はない。ないが、しかし、いまの大坂では、増田長盛のみか、

「だれだれは、どうも、徳川方へ意を通じているらしい」

とか、

「だれだれは怪しい」

とか、浮説流言が絶えないのだ。

その中でも、増田長盛の去就については、かねてから諸将の間で問題になっている。

石田三成が、あまりにも増田長盛を信頼することについても、

「何故に、増田をたのみなされるのか……?」

と、いい出るものもいて、毛利輝元も増田長盛に疑念を抱いていた。

それというのも、輝元自身の足許《あしもと》が定まっていないからだ。

徳川家康を相手に、必勝の闘志を燃やしているわけではないのである。

自分の養子の毛利秀元《ひでもと》を、代理として伊勢《いせ》方面の攻略に出陣させているが、これとても、

「やむを得ず……」

というわけなのだ。

「このように、奇怪な浮説流言がひろまっては、秀頼公を大坂城へ残して出馬するわけにはまいらぬ」

毛利輝元の、この言葉の裏側には、

(いまこのとき、迂闊《うかつ》にはうごけぬ)

そのおもいが潜んでいる。

そして、結局、西軍の総帥《そうすい》・毛利輝元は決戦場にあらわれぬままに終わってしまった。

九月二日。

徳川秀忠の第二軍は、信州・小諸《こもろ》に到着した。

小諸から上田までは、五里ほどの近距離である。

ここで、秀忠は、上田城の真田父子へ向けて、

「開城せよ」

との使者を、さしむけることになった。

その正使・副使は、本多忠政《ただまさ》と真田信幸に決まっている。

そこで、忠政と信幸は、三十余騎に護られ、上田領内へおもむいた。

真田信幸は、城外の国分寺へ本多忠政を案内し、ただちに使者を上田城へつかわした。

使者は、信幸の家来で、木村甚右衛門《きむらじんえもん》といい、真田本家の人びとも、よく見知っている温厚篤実の士《もの》である。

「ほう。甚右衛門がまいったか」

真田昌幸は、本丸の居館へ木村甚右衛門を通し、

「久しぶりじゃな」

「恐れ入りましてござります」

「そのほうが使者にまいったところをみると、伊豆守も近くへまいっておるのか?」

「国分寺におわしまする」

木村が、このたびの正使・副使の名を告げるや、

「すりゃ、まことか……？」

安房守昌幸は、おどろいたような顔をした。

夜に入って国分寺へもどって来た木村甚右衛門が、このことを真田信幸に報告すると、

「何を申す」

信幸は破顔して、

「われらが此処《ここ》へ到着したることは、すでに、草の者が見とどけていよう。父上は何も彼《か》も存じておわすのじゃ」

と、いった。

「して、父上は何と申された？」

「大殿には、使者のおもむき、たしかに聞きとどけたとおおせられまいた」

木村甚右衛門も、本家の大殿を敵とはおもえぬ。

まして、自分が住み暮らしていた上田の領内に入ったことでもあるし、

「御城下も、見ちがえるばかりに、立派になりまいてござる」

などと、なつかしげに語るのを、信幸の傍で聞いている本多忠政が苦笑を洩《も》らした。

信幸は、父・昌幸へ、

「徳川秀忠公よりの御言葉をおつたえいたしたい。何とぞ、国分寺までお出向きあり

たし」

と、木村につたえさせた。

忠政と信幸が小諸を出発するにあたり、三十余騎の護衛では、

「こころもとないのではないか……」

と、徳川秀忠がいった。

だが、信幸は、

「御案じなされますな。安房守は使者に危害をあたえるようなことはありませぬ」

きっぱりと、いいきっている。

しかし、これだけの人数で上田城内へ乗り込むことも、どうかとおもわれる。

「城を明け渡すように」

との命令をつたえるのだから、これは、

(父上に、われらの許へ出て来てもらわねばならぬ)

信幸は、そうおもったのだ。

あくまでも、徳川の威風をもって、開城を迫らねばならぬ。

もっとも信幸は、父が素直に、上田城を明け渡すとはおもっていない。

「おお、さようか……」

真田昌幸は、にこやかに、

「よし、よし。明日、わしが国分寺へまいろう」

いとも気軽にこたえた。

「まことに、お出向き下されまするか?」

「わけもないことじゃ」

木村甚右衛門が、よろこびもし、安心もして、

「なれば、その旨《むね》、あるじ伊豆守へ申しつたえまする」

「うむ、うむ」

うなずいた昌幸が、

「伊豆守は、どのような顔をしておるかのう?」

「は……」

「困りきっておるか……いや、そうでもあるまい」

にんまり笑い、

「わしも、伊豆守の顔を、つぶさぬようにいたそうよ」

こういったそうな。

「何、わしの顔をつぶさぬようにと……?」

「はい」

「父上が、しかと、そのように申されたのか?」

「はい」

本多忠政が、

「伊豆殿。それは、どのような……？」

「さて……よう、わかり申さぬ」

と、こたえておいたが、伊豆守信幸は、父の言葉の半分ほどは、一種の感覚として、

（わかったような……）

おもいがしたのである。

八

国分寺は、上田城下の東を流れる神川《かん》の辺《ほと》りにある。

聖武《しょうむ》天皇によって、信濃《しなの》・国分寺建立《こんりゅう》の詔《みことのり》が発せられたのは、天平十三年（西暦七四一年）であったそうな。

これは、信濃のみでなく、

「国家安泰のために……」

天皇の勅願により、諸国ごとに建立の詔を発したのだ。

奈良《なら》の東大寺は、総国分寺である。

諸国は、みな、天皇の詔を奉じて、僧・尼の国分二寺と造仏・造塔の大事を成しと

げることになった。

奈良時代の国分寺は、小県《ちいさがた》郡神川村大字《おおあざ》国分にあって、いまも、往時の土壇の阯《あと》がみとめられる。

七重塔・金堂・僧房をはじめとする大伽藍《がらん》は、二町四方におよんだという。

それが後年、やや北面に移転し、現代の国分寺となった。

東京を発した信越線の列車が上田市へ近づくと、車窓の左手に旧・国分寺跡の公園が見え、右手の木立の向こうに、現・国分寺の三重塔がのぞまれる。

この三重塔を昭和初年に大修復したとき、通肘木《とおりひじき》に〔建久八年〕の墨書があるのを発見したのは、寺伝に、

「建久八年、源　頼朝《みなもとのよりとも》、善光寺詣《もうで》の途次、国分寺の頽廃《たいはい》を歎《なげ》き、修覆を加えたることありし」

とある記述を、裏づけるものといってよいであろう。

ゆえに、真田安房守昌幸《さなだあわのかみまさゆき》が、東軍の正使・副使と会見をしたのは現在の国分寺においてであった。

当時の国分寺の客殿は茅《かや》ぶきの屋根で、真田昌幸は早くから此処《ここ》へ到着し、徳川の使者を迎えた。

武装もせぬ昌幸は、わずか十五名ほどの供を従えたのみである。

客殿へ、本多忠政と真田信幸があらわれると、

「おお、伊豆殿……」

安房守昌幸が、にんまりとして、

「伊豆守殿には、さだめし苦衷のことでござろう。察し入る。察し入る」

ことさらに、丁重な物腰であった。

父子《おやこ》とはいえ、いまは敵味方にわかれた昌幸と信幸だし、本多忠政もいる手前、昌幸も親密な態度や言葉づかいをせぬ。

昌幸は、長男の嫁の弟にあたる本多忠政を見知っているし、

「一別以来のことでござるな」

何のこだわりもなく、笑いかけたが、忠政は、まさか笑ってもいられぬ。

真田昌幸については、

「稀代《きたい》の謀略家である」

との、天下の評価が、うごかしがたい。

本多忠政にしてみれば、昌幸の微笑の底には、

(何が潜んでいるか、知れたものではない……)

そのおもいが消えぬ。

二十六歳の、若い忠政の顔《おもて》が緊張しきっているのを見やった真田信幸が、

「安房守殿」

と、父へ呼びかけた。

「何でござる？」

「そこもとが石田治部少輔《じぶしょうゆう》への義理立てもわからぬではないが、いまここで、たがいに無益な戦《いくさ》をはじめてみても仕方のなきことと存ずる」

「ははあ……」

「いさぎよく、城を明け渡されてはいかが？」

「もしも、われらが城を明け渡したならば、何となさるな？」

「それは……」

と、本多忠政が割って入り、真田父子が東軍をはなれて上田城へ帰ったことは、戦後、いっさい不問に付すと言明した。

これは、徳川家康《いえやす》の内意を、そのままにつたえたのである。

たとえ昌幸が、素直に上田開城を承知したとあっても、このたびの決戦に勝利をおさめたときの徳川家康が、

「これを、いっさい咎《とが》めぬ」

ということはあり得ない。

だが、その咎め方にもいろいろあるはずで、上田から他国へ移されるにしても、真

田本家の存続については、

（ゆるされるにちがいない）

と、伊豆守信幸は、確信していた。

事実、岳父の本多忠勝も、先鋒《せんぽう》軍の軍監として西上する際に、息《そく》・忠政を通じ、

「もしも安房守が上田を明け渡すならば、自分が身をもって……」

真田本家の存続を徳川家康に願い出るつもりだと、信幸へ意中を洩らしている。

「それは、かたじけない」

真田昌幸が、本多忠政へ軽く頭を下げ、

「せっかくに、伊豆守殿がまいられたのじゃ。無下《むげ》にもなるまい」

と、いい出たではないか。

これには信幸よりも本多忠政のほうが興奮し、

「なれば、城を明け渡さるるか？」

と、身を乗り出した。

これを、安房守昌幸が、じろりと見やった。

何ともいえぬ不気味な眼《め》の色である。

そして、昌幸は、忠政へ一言もこたえず、信幸へ向かい、

「伊豆守殿は、まぎれもなく、わしの子でござる。相なるべくは悪《あ》しゅう取りはから

いたくはない」

　これは、どういうことなのか……。

　いま、ここで、素直に城を明け渡すほどなら、何も東軍にそむき、会津攻めの陣営から離脱することもないはずだ。

　信幸は口を引きむすび、父の顔に凝《じっ》と見入った。

　五十四歳の父の老顔が、何か若々しく見えた。あざやかな血の色が照ってい、かっと見ひらかれた両眼が爛々《らんらん》たる光を放ち、信幸の顔をのぞき込むようにしている。

　一瞬の沈黙が、

「息づまるようであった……」

と、のちに、信幸の背後に控えていた木村甚右衛門が述懐している。

　突然、安房守昌幸が信幸から眼を逸《そ》らし、本多忠政へ、

「よろしゅうござる。これなる伊豆守殿の面目を立てもそう」

　と、いった。

「何と申される。では、城を……」

「はい、上田の城を明け渡すこと、承知つかまつった」

「す、すりゃ、真《まこと》でござるか……」

「はい。わが子が使者にまいったゆえ……」

あくまでも昌幸は、信幸のほうを〔正使〕としてあつかっている。

だが、本多忠政は不快をおぼえるよりも、よろこびのほうが大きかった。

「かたじけのうござる。われら、縁につながる者として、一命にかけても悪しゅうは計らい申さぬ」

「家康公へ、取りなして下さるか？」

「申すまでもござらぬ」

「それは、かたじけなし」

ふかく頭を垂れた真田昌幸が、つぶやくように、こういった。

「なれど、いささか、待っていただきたい」

九

真田昌幸のつぶやきを耳にして、本多忠政の顔色が、ふたたび緊張した。

(何を、待てというのか……？)

忠政が膝《ひざ》をすすめ、口をひらきかけるのへ、安房守昌幸が、

「いや、なに、おもいもかけぬことでござった」

向き直って、正面から忠政と相対した。

今度は、本多忠政を正使としてあつかうつもりなのか。

「まさかに、わが子が……いや、真田伊豆守殿が徳川方の使者の一人としてあらわれようとは、おもいもかけぬことでござった」

「いや、安房守殿。それは……」

それは、はなしが別のことだ。

いいさした本多忠政へ、真田昌幸が、

「いや、なればこそ、困り申した」

「何と……?」

「それがしも左衛門佐《さえもんのすけ》も、徳川勢の攻め来《き》たらば、すぐる上田攻めの折と同様に、おもうさま蹴散《けち》らしてくれようと存じおりましたが……」

「む……」

本多忠政は、不快の色を隠しきれなかった。

「なれど、使者にあらわれたわが子を苦しめることもならぬと、おもい返してござる」

昌幸が、いかにも神妙の様子であるのを見て、本多忠政は、たちまちに不快を忘れた。

やはり城を明け渡すことに変わりはないらしい。

「安房守殿……」

「何でござる?」

「して、いささか待てと申されるのは……?」

「さればさ。この上田の城へ立てこもり、いさぎよく戦うつもりでおりましたなれば、城の内外《うちそと》がまことに見苦しゅうござる」

「ふうむ……」

「何日も汚れほうだいのまま打ち捨ておきまいたゆえ」

「なるほど」

「されば、明け渡すにつき、城の内外を塵《ちり》一つとどめずに洗い清めた上、秀忠《ひでただ》公へお引きわたし申したい。あまりにも、むさ苦しゅう汚れたままの城を明け渡し、これが真田の本城かと、皆みなに笑われてもいかがなものか……」

眉《まゆ》を顰《ひそ》め、嘆息を洩《も》らした真田昌幸へ、

「もっともでござる」

本多忠政が、好意のうなずきを見せた。

「おわかり下さるかな?」

「御胸の内、察し申す」

「かたじけない」

と、真田昌幸は人が変わったように、いまは伊豆守信幸へ、一顧もあたえようとは

せず、

「何分にも、旧主・武田家《たけだけ》の滅びて後、われら、辛酸を嘗《な》めつくし、血と汗と脂《あぶら》をしたたらせ、ようやくに築き構えた本城でござれば……」

昌幸の声が、しみじみとして、

「お察し下され」

と、いう。

本多忠政も深刻な顔つきになり、何度も、うなずきを繰り返した。

「では、城の内外を洗い清めることを、御承知下さるか？」

「承知つかまつった」

「かたじけなし、かたじけなし」

昌幸は、両手をつき、頭を下げた。

あわてた忠政が、

「いやお手をおあげ下され、安房守殿」

「御厚情……忘れませぬぞ」

「いや、何……」

「では、三日ほど猶予《ゆうよ》が願いたい」

「三日……で、ござるか……」

「でき得るなれば十日ほどもかけて、念入りにいたしたいが、いまは、そうも相なるまい。三日で、よろしゅうござる」

「うむ」

本多忠政が、さすがに屹《きっ》となって、

「では、かならず、三日の後に城を明け渡されるのでござるな」

「二言はござらぬ」

きっぱりと、真田昌幸がこたえた。

「よろしゅうござる。この旨《むね》、秀忠公へ申しあぐるでござろう」

と、忠政がいったのは、自分が〔正使〕としての責任をもって、昌幸の懇願を聞きとどけたことになる。

「かたじけない。まことにもって、かたじけない」

またしても真田昌幸は低頭する。

本多忠政は、ようやくに、この重く難しい役目を果たした満足感を、こころゆくまで味わっているかのようである。

伊豆守信幸《いずのかみのぶゆき》は、無表情の顔を、やや俯《うつむ》けている。

しかし、胸の底では、浮かびかかる苦笑を必死に堪えているのだ。

信幸には、父の肚《はら》の内がどのようなものか、およそわかっている。

昌幸もまた、信幸の推察をわきまえているにちがいない。

わきまえた上で、昌幸は正使の本多忠政を、

「からかっている……」

のである。

(おそらく、父上は秀忠公の軍勢を、たとえ一日でも二日でも、でき得るかぎり、上田へ引きつけておくおつもりらしい)

その日数だけ、第二軍が決戦場へ到着するのを引きのばし、邪魔をするつもりなのだと、信幸は看《み》て取った。

もしも決戦の日に、秀忠の第二軍が参加できぬとなれば、徳川家康の目算は大きく狂ってしまう。

二千や三千の兵力ではないのだ。

けれども、いま、この場において、真田信幸は、

「父が申すことは、嘘《うそ》でござる」

と、口をさしはさむわけにもまいらぬ。

そのようなことをしては、正使の本多忠政の、

(顔を潰《つぶ》す……)

ことにもなってしまう。

それに、真田昌幸は、

「三日の後に、清掃した上田城を明け渡す」

と、いっているのだ。

これを、

「嘘だ」

と、きめつけてしまったら、交渉というものが成り立たぬし、徳川秀忠が、わざわざ使者をさしむけた理由も立たなくなる。

正使の本多忠政が交渉成立によろこんでいるのを、副使の自分が、

「およしなされ」

とは、いえぬではないか。

若い本多忠政は、武勇の将であっても、

（父上には、まだ、歯が立たぬ……）

このことである。

使者の一行が国分寺を出て行くとき、真田昌幸は客殿の外まで見送ったが、信幸の顔を一度も見ようとはせぬ。

真田伊豆守信幸の片頰《かたほお》へ、わずかに苦笑がただよったのは、馬上の人となって国分寺を離れてからであった。

十

小諸《こもろ》の本陣で、使者の一行がもどるのを待ち受けていた徳川秀忠は、本多忠政の報告を聞くや、

「さようか」

満面を笑みくずして、

「よし、よし。安房守が、おだやかに上田の城を明け渡すなれば悪しゅうは計らわぬ。豆州《ずしゅう》（信幸）も安心いたすがよい」

と、いってくれた。

秀忠の後見として、第二軍に加わっている本多佐渡守正信《さどのかみまさのぶ》も、

「まずは、めでとうござる」

秀忠へ、そういった。

徳川家康の謀臣といわれる老練の本多正信が、疑惑をもたぬのだから、真田信幸としては、いよいよ口をさしはさむことができなくなってしまった。

また、ここで、

「父の申すことを信じては相なりませぬ」

ともいえぬではないか。

そこはやはり、骨肉の情が信幸の口を、さらに封じたのやも知れなかった。

ともかくも徳川軍は、あの上田攻めでの大敗を忘れかねている。

上田攻めの折、徳川家康は、みずから戦場へあらわれなかったが、あまりの惨敗に、

「このような恥を受けたことは、かつてなかった」

激怒を押さえきれなかったという。

そして、徳川軍は野戦を得意にしているが、城攻めには長じていない。

さらに、徳川秀忠としては、

「一時も早く……」

中山道《なかせんどう》を制圧し、父・家康の本軍へ合流しなくてはならぬという、一種の焦燥感があるといってよい。

「真田父子《おやこ》との戦《いくさ》に捲《ま》きこまれたなら、まことに面倒なことになる」

この潜在意識が、かえって、本多忠政の報告を鵜呑《うの》みにする結果となったのではあるまいか。

これは、本多正信の場合も同様であったといえよう。

真田信幸が寡黙《かもく》に控えている態度も、

(父や弟が、本城を明け渡すことになり、伊豆守の心痛も、もっとものこと)

と、看られたらしい。

一方、上田城へ引きあげて来た真田昌幸を迎えた左衛門佐幸村《さえもんのすけゆきむら》が、

「いかがでありましたか？」

「おぬしも、共に来ればよかったのじゃ」

「いや、国分寺で、兄上と敵味方に別れて顔を合わすのも、よい心もちではありませぬゆえ」

「うふ、ふふ……」

「いかがなされまいた？」

「見せたかったわえ」

「何をで……？」

「伊豆守の顔をな」

「どのような……？」

「困りきっておったが、感心に口をさしはさまなんだわ」

「こなたの申し出《い》でを、徳川の使者は受けいれまいたか？」

「尻《しり》の青い若僧がのう」

「忠政殿……」

「いかにも」

うなずいた昌幸が、さも満足げに幸村を見やって、

「左衛門佐が若きころと引きくらべてみれば、大ちがいじゃ。わしは、よい伜《せがれ》どのをもったわえ」

「なれど父上。草の者の知らせによりますと、本多佐渡守も小諸の本陣に在るとのことでござる。油断はなりませぬ」

「何の、かまわぬ。わしの言葉を疑って、この上田へ攻めかけて来るというのなら、それはかえって好都合ではないか」

「いかさま……」

「また、さらに使者をさしむけて来るならば、それもよし。いずれにせよ、われらは、いささかも困ることはない」

夜に入って、小諸の徳川本陣を見張っていた草の者からの知らせが入った。

徳川軍はうごく様子もなく、これといって変わったうごきもないとのことであった。

「どうやら、父上の、おもいどおりになったようでござる」

「徳川勢はな、この上田の城へ攻めかかるのが恐ろしいのじゃ。そこが、わしのつけ目なのじゃ」

真田昌幸が、この東西両軍の決戦において、西軍の勝利に賭《か》けたのは、自分が天下《てんが》人《びと》になろうなどという野望を抱いていたわけではない。

しかし、西軍勝利のあかつきには、いうまでもなく真田昌幸・幸村父子へは、豊臣《とよとみ》家《け》から大きな恩賞があたえられることになろう。

信州・上田で五万石そこその城主から、中央へ躍り出て、何十万石もの太守に成りあがることは必定《ひつじょう》である。

さらに、豊臣家の大老・中老・奉行《ぶぎょう》などの重職をあたえられることも不可能ではない。

そうなれば、天下の大事に関《かか》わることになり、豊臣家の支柱の一つにもなるわけであった。

両軍の決戦場が何処になるか、それはわからぬが、上方から近江《おうみ》・美濃《みの》へかけて、壺谷《つぼや》又五郎《またごろう》が草の者をひきい、決戦の日を待ちかまえている。

さらに、江戸を発した徳川家康の本軍の動向を、草屋敷の横沢与七《よこざわよしち》がひきいる草の者が探り、上田へ急報することになっていた。

家康の本陣が西へ進むにつれ、秀忠の第二軍を、どれほどの間、この上田へ引きつけておけばよいかが、およそ、昌幸にはわかるはずであった。

九月一日に家康が江戸を出発した知らせは、まだ、上田にとどいてはいなかった。

この知らせが、草の者によって上田へもたらされたのは、翌四日の午後になってからである。

ところで……。

この三日の夜ふけに、大谷吉継《よしつぐ》からの使者が、上田城へ到着した。

吉継は、左衛門佐幸村の妻子を引き取ってくれた。

西軍の部将として、石田三成《みつなり》の信頼も厚い大谷吉継だけに、幸村の妻子でもあり、自分のむすめと孫でもある人びとを、単に手許《てもと》へ引き取っただけではなく、これを、京都の菊亭《きくてい》（今出川《いまでがわ》）晴季《はるすえ》の屋敷へ移したと、わざわざ使者をもって知らせてくれたのである。

菊亭晴季は、真田昌幸の妻・山手殿《やまのてどの》と、その妹・久野《ひさの》（樋口角兵衛《ひぐちかくべえ》の母）の実父であり、天皇の寵臣《ちようしん》として知られ、豊臣家との関係も深い。

晴季は、関白《かんぱく》・秀次《ひでつぐ》事件に連座し、豊臣秀吉《ひでよし》によって一時は追放されたが、間もなく赦《ゆる》されて京都へもどり、右大臣に還任している。

こうしたわけで、菊亭晴季にとって、真田幸村は〔孫〕にあたるのだ。

その孫の妻と曾孫《ひまご》を大谷吉継にたのまれ、晴季は、今出川の自邸へあずかってくれたという。

大谷吉継が、このような配慮をしたのは何故か……。

大坂にいた東軍諸将の家族は、西軍によって軟禁されているが、西軍に参加した真田幸村の妻子ならば自由の身である。

それをわざわざ、大谷吉継は菊亭晴季の屋敷へ、

「密《ひそ》かにあずけた……」

のである。

これは、何を意味しているのか。

吉継は、西軍が勝てるとはおもっていないのではあるまいか……。

いや、すくなくとも、

「絶対に勝てる……」

との自信をもってはいないと看《み》てよい。

もしも、西軍が決戦に敗北したときは、上方にいる西軍諸将の家族の立場は、いまと反対のものになってしまう。

このことを大谷吉継は慮《おもんぱか》ったにちがいない。

菊亭晴季は、公家《くげ》であり、天皇の臣である。

その屋敷へ、幸村の妻子を隠しておけば、西軍敗北となったときも、

「ひとまずは、その身も安全であろう」

と、吉継は考えたものであろう。

左衛門佐幸村は、使者がさし出した大谷吉継の書状を見て、岳父の深い、あたたかい配慮と処置に感動した。

そして、この岳父のためにも、

(勝たねばならぬ!)

と、おもった。

もっとも、幸村と昌幸は決戦場へおもむくことが不可能である。

ゆえに、上田へ秀忠の第二軍を引きつける事と、それよりもなお、幸村が痛切の期待をかけているのは、自分の意を体した壺谷又五郎や、お江《こう》たち草の者の活動であった。

(又五郎、お江……)

幸村は胸の内で、よびかけずにはいられぬ。

(たのむぞ!)

祈らずにはいられなかった。

同じ、この夜。

お江は、美濃の笠神《かさがみ》の忍び小屋へあらわれた。壺谷又五郎へ最後の別れをするつもりなのである。

十一

この夜の、笠神の山林は雨にけむっている。

数日前に、笠神の忍び小屋を去ってから、お江の行方が知れなくなった。

いまは、このあたりを中心に諸方で暗躍している草の者たちの目にもふれず、耳にも聞こえなかったのである。

(何処へ、行ってしまったのか……?)

口には出さなかったけれども、時が時、場合が場合だけに、壺谷又五郎は、

(気が気ではない……)

おもいをしていたのだ。

お江がもどって来たとき、笠神の忍び小屋には又五郎と、鞍掛八郎《くらかけはちろう》・姉山甚八《あねやまじんぱち》・伏屋太平《ふせやたへい》のほか五名の草の者がいた。

ちょうど、夕餉《ゆうげ》を終えたばかりであったが、お江があらわれるや、一同は地下蔵《ぐら》へ下りて行った。

お江と又五郎との間に、密談が交わされるものと看たのであろう。

「何処へ行っていたのじゃ。案じていたぞ」

又五郎が、叱《しか》りつけるようにいった。

「相すみませぬ」

「昨日、長曾根《ながそね》の忍び宿から、佐助《さすけ》が連絡《つなぎ》にまいったが、あちらへも姿を見せぬというので、みなみな、案じていたのだ」

「それは、すこしも知らぬことで……」

「いまが大事なときだ。つなぎだけは、つけてもらわぬと困るではないか」

きびしい又五郎の声の底には、やはり、親族としての情がこもっている。

「申しわけもありませぬ」

素直に、お江は頭を下げ、

「さほどに案じていて下されたとは、おもいもよりませなんだ」

それも、もっとものことなのだ。

これまでも半月も一カ月も、音信を絶ったまま、たがいにはなれて忍びのはたらきをすることなど、めずらしくもなかったのである。

ゆえに、又五郎以外の草の者たちは、お江の身を案じてはいても、さほどでもなかったといえよう。

だが、壺谷又五郎は、この前に、この忍び小屋をお江が出て行くとき、

「ただ一人にて、おもうままにはたらいてみたい、家康の首を狙《ねろ》うてみたい」

と、いい出たのを、

「では、おもうままにするがよい」

と、これをゆるしている。

それだけに、

(もしや、お江は東下して、家康西上の道中に襲いかかるつもりではあるまいか？)

お江ならば、

（やりかねぬ）

そのようにも考えられ、そうなると、不安が募るばかりであった。

（いまさらに、何のことだ）

おもいなおそうとしても、むだであった。

自分と同じ血が、お江の躰《からだ》にもながれているということのみではなく、長い歳月を、忍びの者としてはたらきつづけ、辛酸を分かち合ってきた二人だけに、

（間もなく、たがいにあの世へ旅立つという、その束《つか》の間《ま》だけでも、顔を見て暮らしたいとおもうていたのに……）

これは、恋情ではない。

強《し》いていうならば、妹へかたむける兄の愛といったほうがよいであろう。

「いま、何処にいるのじゃ？」

「岐阜《ぎふ》城下の近くにおります」

「ほう……」

岐阜城下の東方一里ほどのところに、長森《ながもり》という村里がある。

ここは、往昔《おうせき》に長森城という城があったところだけに、村邑《そんゆう》も大きい。

先般の岐阜攻防戦で、このあたりの村人たちは、手に持てるかぎりの物を持ち、そ

れぞれに避難していた。

それが、いまは、岐阜城が東軍の手におさめられ、一応は戦火も絶えたので、ぼつぼつと、それぞれの家へもどって来つつある。

お江は、長森の村外れの小さな百姓家へ、人がもどって来たのをたしかめ、飢えて行き倒れた旅の女をよそおい、その家の世話になっているらしい。

熟練の女忍びにとって、これほどのことは、

「わけもない……」

ことであった。

その百姓家には、老いた夫婦のみが暮らしてい、三人の子たちは、いずれも病気で死なせてしまっているという。

それだけに、行き倒れた旅の女ひとりの世話をすることは、老夫婦にとって、日常のさびしさに一種の活力をあたえることにもなったのであろうか……。

「いつまでも、此処《ここ》にいなされや」

「すこしも遠慮をせずにのう」

と、老夫婦は、お江の身の上を穿鑿《せんさく》することもない。

「なるほど……」

壺谷又五郎は、うなずいて、

「その百姓家にいて、家康が岐阜へ到着するのを待つつもりなのか?」

「はい」

「ふうむ……」

いま、東軍の先鋒《せんぽう》と西軍は、赤坂と大垣《おおがき》にいて、睨《にら》み合っている。

双方とも、決戦のための兵力が結集するのを待っている。

徳川家康の本陣が、そこへあらわれるならば、まず、東軍の先鋒が確保した尾張《おわり》の清洲《きよす》から美濃《みの》の岐阜へ、

(進んで来るに相違ない)

と、お江は見きわめをつけた。

これから後のことは、お江にもわかっていない。

ただ、長森村に住み暮らす女として、怪しまれぬための手段として、件《くだん》の老夫婦へ取り入ったまでだ。

そうしたわけゆえ、

「又五郎どの。ゆるりとしてもおられませぬ」

「うむ……」

「これよりは、二度と、お目にかかれますまい」

「いや、一度は、わしが長森へ訪ねて行こう」

「それにはおよびませぬ」

「まことに、一人でよいのか？」

「あい」

「どうじゃ、長曾根にいる佐助を連絡《つなぎ》につけては……」

「要りませぬ」

きっぱりと、お江は断った。

間もなく……。

お江は、笠神の忍び小屋から去った。

又五郎へ、

「では、これにて……」

淡々とした一語を残したのみであった。

むしろ、壺谷又五郎のほうが、胸に咳《せ》きあげてくるおもいに堪えかね、お江が出て行った後の小屋の戸を引き開け、

「お江……」

よびかけたとき、すでに、お江は雨の山林の闇《やみ》へ溶け込んでしまっていたのである。

九月一日に、徳川家康の本軍が江戸城を発し、西上の途についたとの知らせが壺谷

又五郎へもたらされたのは、翌朝のことであった。

すでに、草の者が江戸へ潜入しており、家康出陣の日を待ち構えていたのだ。

江戸から東海道にかけて、四名の草の者が待機しており、徳川本軍が西上するにつれ、そのうごきを、つぎつぎに又五郎の耳へ届けることになっている。

そして彼らは、家康の本軍が戦場へ到着すると同時に、又五郎の許《もと》へ駆けもどってくるはずだ。

こうなれば、東西両軍の決戦は、半月ほどのうちに、おこなわれるのではあるまいか……。

又五郎は、五名の草の者をよび、

「家康が西上の途についたことを、それぞれに、味方の忍び小屋へ知らせるがよい」

と命じ、長曾根の忍び宿へ向かう草の者に、

「急ぎ、向井佐助を、この笠神へ連れてまいれ」

と、いった。

(このことを、お江の耳へも届けてやらねばならぬ)

自分も余所《よそ》ながら、長森の百姓家にいるお江を見とどけておきたいが、まず佐助につなぎをさせるつもりの壺谷《つぼや》又五郎であった。

又五郎は、笠神の他《ほか》に、新しい忍び小屋を設けてある。

それは、西軍の本拠となった大垣城の東面をながれる揖斐《いび》川の上流が伊吹《いぶき》の山地へさかのぼるあたりの、山林の中の、これも廃屋となっていた木樵《きこり》小屋を改造したものだ。

ここも、ほとんど人目につかぬ場所で、しかも山峡《やまかい》を脱《ぬ》けて五里ほども南下すれば、両軍が対峙《たいじ》するあたりへ出られる。

草の者たちは、この忍び小屋を「伊吹の忍び小屋」とよんでいた。ここには数頭の馬も確保しておいた。

いま、伊吹の忍び小屋には、奥村弥五兵衛《やごべえ》がいる。

十二

九月四日の朝。

徳川秀忠の後見として第二軍に加わっている本多佐渡守正信は、一夜明けてみると、いささか不安をおぼえたらしく、真田信幸《さなだのぶゆき》をまねいて、

「上田城の様子を、しかと見とどけのうてはなるまいと存ずるが、いかが？」

と、いった。

これに対して伊豆守信幸は、

「もっともの事に存ずる」

ためらうことなく、こたえている。

これが平時の城明け渡しならばともかく、城の清掃に足掛け三日をかける必要もないのだ。

信幸には、はじめから、わかっていることであった。

そこで、本多正信は徳川秀忠へ進言をし、物見の騎士たちを上田方面へさしむけてみると、城の清掃どころではない。

城下の町民たちを立ち退《の》かせた後へ柵《さく》を設け、武装の真田勢が諸方の木戸を守備している。

城の櫓《やぐら》には六文銭《ろくもんせん》の戦旗が翻《ひるがえ》っているし、城門を出た武装の部隊が何処かへ移動しつつあるではないか。

おどろいた物見の士《もの》たちが小諸《こもろ》の本陣へ引き返し、このことを告げたので、

「おのれ、安房守《あわのかみ》め……」

徳川秀忠は激怒した。

ただちに、本多忠政《ただまさ》・真田信幸が三百余の一隊をひきい、国分寺へ駆け向かい、そこから使者を上田城へ送り、

「すぐさま、城を明け渡すべし」

と、せまった。

すると真田昌幸《まさゆき》は、

「こなたより、国分寺へ返答をいたす」

徳川の使者を帰しておいて、間もなく、使者を国分寺へさしむけてよこした。

この使者は、鴨屋甚左衛門《かものやじんざえもん》といって、むかしは武田家《たけだけ》に仕えていた勇士である。年齢は五十をこえていようが、若いころから諸方の戦陣にはたらき、躰に受けた傷が、

「数え切れぬ……」

というほどの男であった。

むろん、真田信幸も鴨屋を見知っている。

鴨屋甚左衛門は黒の具足《ぐそく》に身をかため、三十余の兵を従え、国分寺へあらわれた。

鴨屋は、凄《すさ》まじい面貌《めんぼう》をしている。

額から鼻すじの傍へかけて深くきざまれた刀痕《とうこん》が顎《あご》のあたりまで尾を引いているのだ。

この傷は、十五年前の徳川軍の上田攻めの折に受けた傷であって、このように徳川軍との戦闘に曰《いわ》くのある家来を返答の使者にさしむけた真田昌幸の意中が、

「手に取るように……」

伊豆守信幸には看《み》て取れた。

国分寺の客殿へあらわれた鴨屋甚左衛門は、信幸に一礼をしたが、その後は見向き

もせず、本多忠政のみへ、

「あるじ、安房守の返答をおつたえ申す」

と、いい出た。

これも、昌幸からの指示があったにちがいない。

真田昌幸は、こういってよこした。

「一時は、本城を明け渡すつもりでござったが、よくよくおもいみるに、亡《な》き太閤《たいこう》殿下の御恩忘れがたく、この上は当上田の城に立てこもり、いさぎよく戦って討死《うちじに》をいたし、わが名を後代にとどめたく存ずる。西上のおついでに、ま、一攻め攻めてごらんあれ」

まことに、人を喰《く》った口上ではないか。

本多忠政は満面に血をのぼせて怒ったけれども、いまさら、

「約束が違うではないか……」

と、使者の鴨屋を責めてみたところではじまらぬ。

真田信幸は、この義弟の怒りに対しても黙ってはいられなくなった。

「これ、甚左」

信幸が、しずかによびかけると、

「何でござる」

鴨屋は胸を張って信幸を睨《にら》んだ。

「おのれは、わしの顔を見忘れたか」

「そのようでござるな」

あくまでも、鴨屋は惚《とぼ》けぬこうとするらしい。

「伊豆守信幸が申すことを、上田へもどって安房守殿へ、しかとつたえよ」

叫ぶでもなく、怒鳴るでもない信幸の声に、鴨屋甚左衛門が目を伏せてしまったのは、信幸の威厳に抗しきれなかったからであろう。

「戦陣での使者の役目は、どこまでも謙譲でなくてはならぬ。おのれのごとく無作法に相つとめたのでは、あるじの安房守殿の顔へ泥《どろ》を塗ることに相なるのがわからぬか」

依然として、物しずかな口調なのだが、鴨屋は、しだいに項垂《うなだ》れてしまった。

若き日の信幸が、父・昌幸に代わって上州・岩櫃《いわびつ》の城をまもっていたころ、鴨屋甚左衛門は信幸に仕えていたこともある。

それだけに、いかに虚勢を張ってみても通らなかった。

「いったんは城を明け渡すと申しておきながら、小細工をたくらみ、密《ひそ》かに戦《いくさ》仕度をおこなうなどとは、父上のなさる事とも思えぬ。まことにもって呆《あき》れ果てたものじゃ」

「…………」

「これ甚左。面《おもて》をあげよ」

「は……」

「城へもどって父上へつたえよ。嘘《うそ》をつかれるほどなれば、もそっと大きな嘘をつかれるがよい。かように伊豆守が申していたと、つたえるがよい。わかったか」

青ざめた鴨屋甚左衛門が、蒼惶《そうこう》として帰って行くのを見て、本多忠政の胸の閊《つか》えも、いくらかは除《と》れたようだ。

このとき、徳川秀忠《ひでただ》は全軍をひきいて小諸を発し、上田の東方二里のところにある染屋の台地へ本陣を構えつつあった。

本多忠政・真田信幸の報告を聞いた秀忠は、

「ならばよし」

すぐさま、上田攻めの軍令を発した。

すでに夕刻であったから、攻撃は明朝からのことになる。

真田信幸は、徳川の譜代の部将で、日ごろから親しくしている榊原康政《さかきばらやすまさ》へ、

「今夜、夜討ちをかけてまいるかも知れませぬ」

と、洩《も》らした。

康政が、はっとして、

「いかさま、な……よう、お洩らし下された」

「武蔵守《むさしのかみ》様（秀忠）へ、申しあげて下さらぬか」

「心得た」

そこで、多数の篝火《かがりび》が用意された。

ところで……。

鴨屋甚左衛門が上田城へ帰り、真田昌幸へ、

「御分家の殿が、かように申されまいた」

伊豆守信幸の言葉をつたえるや、昌幸が顔を顰《しか》めて、

「愚か者め」

「は……」

「つまらぬことを、わしの耳へ入れずともよいわ。そのようなことはおのれが口へ呑《の》み込み、尻《しり》から出してしまえばよいのじゃ」

さも、苦にがしげにいったものである。

十三

この四日の夜。

すでに、真田左衛門佐幸村《さえもんのすけゆきむら》は七百余の兵をひきい、伊勢《いせ》山の城へ入っていた。

伊勢山の城というのは、つまり、砥石《といし》城の一部といってよい。

砥石城は、上田城の東北約一里のところにあり、二つの峰を中心に、いくつもの曲輪《くるわ》が設けられてい、北の峰に、かつての〔本丸〕があった。

伊勢山城は、南の峰の〔米山曲輪〕の東方の峰に築かれてある。

つまり、真田昌幸の旧居館に最も近い出城であった。

十五年前の徳川軍の上田攻めの折には、真田信幸が七百ほどの部隊をひきいて、砥石の城へ入ったものだが、今度は弟の幸村が、砥石の出城へ入ったわけである。

幸村は、

「伊勢山に入ったほうが進退の自由がきいてよい」

こういって、犬伏《いぬぶし》の陣所から上田へ引きあげて来ると、すぐさま、伊勢山の防備をかためにかかった。

このほかにも、百、百五十。あるいは五十、三十というように、大小の隊が上田城外へ出て、諸方の出城や砦《とりで》に入っている。

砥石の旧居館に住み暮らしていた真田家の奉公人たちは、いずれも上田の本城へ収容された。

向井佐平次《さへいじ》・もよの夫婦も同様である。

佐平次の子を宿しているもよの腹は、相応の量感があったけれども、近年のもよは躰《からだ》が肥えてきはじめたので、さほどには目立たぬ。

「もよを連れてまいれ」

と、幸村にいわれ、上田の城へ入ったばかりの妻をともない、目通りをするや、

「ほう……」

左衛門佐幸村は、もよの腹のあたりを凝《じっ》と見て、

「これは、女だ」

と、いったものである。

「女と、おおせられますのは……？」

「佐平次。その、腹の中の子が女だと申している」

「そのようなことが、何ゆえ、わかりまする？」

「理屈ではない。女だから女だと申した」

断定的に、幸村がいう。

後になって佐平次が、

「もよ。あれは左衛門佐様の冗談《てんごう》だ」

苦笑まじりに、妻にいったが、この真田幸村の言葉は、後に事実となってあらわれる。

ところで……。

徳川の大軍がせまろうとしている上田城内へ入ってからの、向井佐平次の落ち着きぶりは、もよにとって心強くもあったし、意外でもあった。

城の内外は、きびしい緊迫に包まれ、どの家来たちも討死を覚悟している。妻の目から見た向井佐平次は、およそ、武勇の士とはおもえなかったし、長年、左衛門佐幸村の側《そば》にあって仕え、これといった手柄《てがら》もないし、身分もむかしのままであった。

やさしく、温和な夫である佐平次も三十七歳となり、小鬢《こびん》のあたりには何やら白いものが混じりかけているではないか。

十五年前の上田攻めの折のことは、よくおぼえていないが、もよも三十五歳になって身ごもっているだけに、今度ばかりは、夫の平静さが、

(ほんとうに、たのもしく……)

おもわれたのであろう。

佐平次は、もよに、

「高遠《たかとお》の城攻めの折は、これほどのものではなかった……」

遠いものでもながめるような眼《まな》ざしになって、

「この城で、死ぬるようなことにはなるまい。腹の子は立派に生まれよう」

事もなげに、いった。

真田幸村は、伊勢山の出城へおもむくとき、

「佐平次は、上田に残るがよい」

といった。

身仕度をととのえていた佐平次が、

「何故でござります？」

「長くはかかるまいゆえ……」

「では、間もなく、この上田の城へ、おもどりなされますするか？」

「さようさ」

幸村は小鼻をふくらませ、いたずらめいた笑いを両眼《め》に浮かべ、

「そもそも、こたびの戦は長引かぬのだ」

「はあ……？」

「長引いては困るのだ」

「それは、もう……」

「これ、佐平次。困るのは、われらではない。徳川の父子《おやこ》が困るのだと申している」

さて……。

伊勢山へ入った幸村は、いよいよ手切れとなって、徳川秀忠の本陣が染屋の台地へ移動してきた九月四日の夜を待ちかまえていた。

「角兵衛《かくべえ》よ」

と、幸村が、伊勢山へ連れてきた樋口《ひぐち》角兵衛に、

「今夜、夜討ちをかけるぞ。おもうさま暴れて見せてくれい」

角兵衛は、うなずいた。

上田へもどってからの角兵衛は、

「気味がわるい……」

ほどに物静かとなってしまい、めったに、口をきこうともせぬ。

城内の小さな館《やかた》に生母の久野《ひさの》と共に住み暮らしているわけだが、

「彼奴《きゃつ》め、見たところは、おとなしゅうなったようにおもわれるが、眼つきが狂うてきたぞよ」

いつであったか、真田昌幸が幸村に洩らしたことがある。

角兵衛の眼つきといっても、それは左眼のみだ。

去年の十二月。沼田城から伏見《ふしみ》屋敷へもどる鈴木《すずき》右近《うこん》を襲ったとき、右近が投げつけた得物《えもの》に右眼を突き刺されている。

むろん、右眼は失明した。

幸村や、母の久野が、

「たれに突き刺された？」

いかに尋ねても、角兵衛はこたえようとはせぬ。

角兵衛が上田へもどって来たときは、来《きた》るべき戦闘のために大手口の町屋を焼き払っていた、その黒煙の中から馬を駆ってあらわれ、

「それがしは、徳川のために、はたらくつもりはござらぬ。御本家の御味方をつかまつる！」

獣のような咆哮《ほうこう》をあげた樋口角兵衛であったが、いまは沈黙し、陰鬱《いんうつ》に蒼《あお》ざめた顔の左眼に妖《あや》しげな光が凝っているのを、真田昌幸は、

「眼が狂うてきた……」

と、評したのであろうか。

安房守《あわのかみ》昌幸は、沼田の信幸の許《もと》にいたときの角兵衛を知らぬ。

ゆえに、角兵衛の変貌《へんぼう》におどろいたのであろう。

幸村は、そのとき、父にこういった。

「狂うていると申されるなら、角めは、むかしから狂うております」

十四

ところで……。

九月四日の夜襲は、ついに、決行されなかった。

伊豆守信幸《いずのかみのぶゆき》の進言によって、徳川秀忠本陣は、精鋭の諸部隊が幾重にも守りかため、いささかの隙《すき》もない。

数知れぬ篝火が燃え連なり、本陣の周囲の夜の闇《やみ》を

「追い払って……」

しまったのである。

物見の士《もの》の報告を聞いて、真田幸村は、

「なるほど……」

微《かす》かに笑って、

「敵陣には、兄上がいたことよ」

と、つぶやいた。

そしてすぐさま、夜襲を中止せしめ、

「明日は、こなたへ攻めかけて来よう。おもい知らせてくれるわ。いまのうちじゃ、よく眠れ」

指示をあたえ、みずからも湯漬《ゆづ》けを食べ、眠った。

翌五日の朝となって……。

徳川本陣から、部隊がうごきはじめた。

伊勢山城の攻撃部隊である。

先鋒《せんぽう》は、真田信幸・榊原康政《さかきばらやすまさ》の両部隊に、本多忠政が加わっている。

いよいよ、信幸が、弟の幸村と戦う日が来た。

伊勢山城の櫓《やぐら》の上から、左衛門佐幸村は兄の部隊が段丘《だんきゅう》を越えて、こなたへ進んで来るのを見ている。

すでに、

「沼田勢が押してまいりまする」

との知らせが、草の者によって幸村の耳へとどいていた。

「やはりのう……」

幸村は、仕方もなさそうに笑い出した。

「兄上が先陣か……さもあろう」

信幸としては、今度の上田攻めにおいて、何としても徳川家康《いえやす》への忠誠のしるしを見せねばならぬ。

伊勢山攻めの先鋒を、徳川秀忠から申しつけられるまでもなく、信幸は覚悟をきめていた。

さすがに、馬上の伊豆守信幸は緊迫の面持《おもも》ちであった。

兄の部隊が真っ先に進んで来るのを、しばらくは見まもっていた幸村が、突然に、

「上田へ引きあげよ」

と、命を下した。

「何とて、伊勢山を、戦わずしてお捨てなされます?」

家来たちが、咎《とが》めるように問い詰めてきた。

もっともである。

伊勢山城を捨てることは、外部から上田の本城を助勢できぬことになるからだ。

上田城の兵力の一部が外へ出て、諸方の砦《とりで》などに入っているとしても、それは少数のものであり、幸村がひきいる伊勢山城の兵力が最も大きい。

本城の攻防戦がはじまれば、

「最も、たのみになる……」

遊撃部隊ということなのだ。

だが、左衛門佐幸村は、反対を唱える家来たちへ、こういった。

「兄上と戦《いくさ》するわけにもまいるまい」

冗談ではない。

こちらで、そうおもっていても、兄のほうは弟と戦うつもりで進軍中なのである。

「これは、左衛門佐様の御言葉ともおもえませぬ!」

「沼田勢は、敵でござる!」

口ぐちに言い募る家来たちへ、幸村が、

「骨肉相喰《あいは》むは、本意でない」

厳然として、かたちをあらため、

「余人は知らぬ。なれど、これは左衛門佐の道理である」

と、いいはなった。

平生は、すこしも高ぶることなく、たとえば、兵士たちが角力《すもう》をとったりしているのを見れば、

「おれも入れよ」

たちまちに裸体となって組み打つ幸村だけに、このときの「これは、左衛門佐の道理である」と言った声には何人《なんぴと》も侵しがたい厳粛さと気品とがそなわってい、家来たちに有無をいわせぬものがあった。

「急げ」

幸村は敏速に兵をまとめ、尾根づたいに〔米山曲輪《くるわ》〕を抜け、東太郎山の山腹を引きあげて行く。

約半里をへだてて、信幸と幸村の部隊は、入れちがうかたちとなった。

弟の部隊は山腹の道を迂回《うかい》している。

兄の部隊は、下の平地を伊勢《いせ》山へすすむ。

真田信幸は、弟がひきいる部隊の、六文銭《ろくもんせん》の旗じるしが東太郎山の山腹を悠々《ゆうゆう》と移

動して行くのを馬上から見あげ、唇《くち》をかみしめた。

信幸の旗じるしも、当然のことながら六文銭である。

(左衛門佐《さえもんのすけ》め……)

さすがの信幸も、弟の伊勢山撤退は、

(意外のこと……)

であった。

「兄上は、徳川方の一将にすぎぬゆえ、まさかに、先陣を断るわけにもまいりますまい。さぞ、辛《つら》いおもいをなされたろう。よろしゅうござる。では、源二郎《げんじろう》が引きあげてさしあげましょう」

山腹から、こなたを見下ろしながら、幸村はそういっている……ように、おもえてならぬ。

伊勢山城に着いてみると、一兵も残ってはいない。

伊豆守信幸は、それこそ、

「苦虫を嚙《か》みつぶした……」

ような顔つきになった。

一方、左衛門佐幸村は上田城へもどり、父の昌幸へ、

「兄上が攻めかけてまいりまいてな」

「ふむ、ふむ……」

「伊勢山へ入れて進ぜました」

「戦わなんだそうじゃの」

「はい」

「ふうん……」

それきりであった。

昌幸は、酒と共に碁盤も運ばせて、

「相手をしてくれるかの？」

「はい」

「伊豆守は、さぞかし、おどろいていたろうな」

「はて……」

「よう仕てのけた」

「よろしゅうございましたか？」

「よいとも、よいとも」

うれしげに昌幸が笑い出して、

「さすがに左衛門佐じゃ」

「おほめをいただいているので？」

「おお。ほめているとも」

「これは、どうも……」

「伊豆守の、あの勿体《もったい》らしい顔が、どのように変わったか……見たかったのう」

「そのようなことは、ありますまい。兄上は、それがしのいたすことなど、見通しておられましょう」

「いや、そうでない。そうでないぞよ」

「それがしが伊勢山を戦わずして引きわたしましたゆえ、兄上の面目も立ちましたろう」

「そのことよ、そのことよ」

と、昌幸は尚《なお》も、うれしがるのである。

徳川方は、幸村が信幸の攻撃を恐れ、

「戦わずして逃げた……」

と、おもうにちがいない。

だが、そのように受けとられ、面目をほどこしたとおもわれる真田信幸の胸中は、どうであろうか……。

信幸は、戦わずして幸村を屈服させた、などとは到底おもえぬにちがいない。

「さほどに伊勢山が欲しければ、さあ、遠慮なく、お入りなされ」

とでもいいたげな弟と、本城にいる父との余裕が、

（目に見えるような……）

おもいを、消し去ることはできない。

そのことを安房守昌幸は、うれしがっているらしい。

果たして……。

徳川秀忠は、大いによろこんだ。

秀忠が、江戸城の留守居をうけたまわっている浅野長政《あさのながまさ》へ、

「……砥石城《といしじょう》（伊勢山）明け退き申し候《そうろう》間、真田伊豆守を彼《か》の城へ入れ置き申し候条、まずもって、御心安かるべく候」

と、書き送った文書が、いまも残っている。

秀忠としては、真田信幸が伊勢山を奪い取ったので、上田本城の抵抗にも限度があると看《み》た。

籠城《ろうじょう》戦は、孤立してしまっては成り立つものではないのだ。

外部からの応援がない籠城は、無意味なのである。

「さすがに、伊豆守殿じゃ」

と、本多忠政も姉聟《あねむこ》の信幸を称讃《しょうさん》してやまない。

それまでは、

「家名を残そうとして、親子兄弟が敵味方に別れたのであろう」

などと蔭口《かげぐち》をしていた徳川の部将たちも、真田信幸を見直したようであった。

けれども、面目をほどこしたはずの信幸の顔は、一度も笑みを浮かべなかった。

徳川秀忠は、後見の本多正信に計り、伊勢山城へ精鋭部隊を残し、上田城を押さえさせ、みずからは第二軍をひきい、父・家康の本軍へ一日も早く合流することにした。

十五

徳川秀忠は、九月七日の朝に上田攻めの本陣を引きはらい、木曾路《きそじ》から美濃《みの》へ出て、父・家康の本軍と合流することにした。

伊勢山の城へ無血入城した真田《さなだ》伊豆守信幸には、さらに兵力をあたえ、監察の部将をつけた。

伊勢山を落としたということは、砥石城を、

「わがものにした……」

ことになる。

砥石城が、戦時の上田の本城にとって、どれほど重要な拠点であるかは、だれの目にもあきらかである。

徳川秀忠は、満足であった。

秀忠は、上田の本陣を発《た》つことを家康へ知らせるため、六日の早朝に急使を出発せしめた。

その急使が出て行って間もなくのことだ。

秀忠本陣がある染屋の台地の西方の、依田《よだ》肥前守《ひぜんのかみ》の陣地の近くへ、朝霧にまぎれて、真田の偵察隊《ていさつたい》があらわれたのである。

これを発見した依田部隊が、

「それ！」

すぐさま、発砲をした。

すると、真田方も負けじと鉄砲を撃ちかけてくるではないか。

単なる偵察隊ともおもえぬ。

伊勢山を落とされて、上田の本城が、

「手も足も出なくなった……」

と、おもいこんでいる依田肥前守は、

「小癪《こしやく》な。追い散らしてしまえ！」

猛然と、打って出た。

すると……。

真田の一隊は、あわてふためき、逃走をはじめた。

なおも追撃すると、突然、隠れていた別の一隊が木立の中から鉄砲を撃ちかけてきて、依田隊の兵が、たちまちに乱れ立った。

「おのれ！」

依田肥前守は逆上すると同時に、

(これは、御本陣が奇襲を受けるやも知れぬ)

と、危惧《きぐ》した。

すぐに、肥前守は秀忠本陣へ、このことを知らせると共に、すぐ近くに陣を構えていた味方の牧野忠成《まきのただなり》へ、応援を請《こ》うた。

忠成は、病中の父・牧野康成《やすなり》(上州・大胡《おおご》二万石の城主)に代わって出陣しており、血気さかんな武将だけに、

「心得た」

みずから兵をひきい、真田勢へ立ち向かった。

この辺りは秀忠本陣に近いので、徳川譜代の武将たちが陣を取っている。

その諸部隊も、急ぎ、戦闘準備に入った。

「うわあ……」

喊声《かんせい》をあげて攻撃する牧野・依田の両部隊に、真田勢は、

「とても、かなわぬ」

とでもいいたげな様子で、隊伍《たいご》を乱し、逃走しはじめた。

牧野忠成は、一兵も残さずに、

「討って取れ！」

と、勝ち誇り、なおも追撃した。

いまも、上田市内の常田《ときだ》に残っている科野《しなの》大宮《おおみや》の社《やしろ》のあたりまで追撃して来た牧野隊を、木立や段丘《だんきゅう》の蔭に隠れていた真田方の伏兵が一斉《いっせい》に迎え撃った。

おもいもかけぬことであった。

まだ、霧が霽《は》れていなかった為《ため》もあるが、伏兵が撃ちかける鉄砲の弾丸や、雨のように射かけてくる矢を防ぎようもなく、真田方から見れば、まるで、

「おもしろいように……」

牧野隊の兵が打ち倒された。

「おのれ、おのれ」

牧野忠成は馬上に苛立《いらだ》ち、混乱する兵を何とかまとめようとするのだが、どうにもならぬ。

そこへ、救援の東軍が駆けつけて来た。

秀忠の旗下もつとめている戸田半平、朝倉藤十郎《あさくらとうじゅうろう》などの武勇の士《もの》が槍《やり》をそろえて果敢に突撃する。

さすがに、選びぬかれた徳川の戦士たちだ。

突きくずされた真田勢が、じりじりと退却をはじめた。

これを見た大久保忠隣《おおくぼただちか》（相模《さがみ》・小田原城主）、酒井家次《さかいいえつぐ》（下総《しもうさ》・碓井《うすい》城主）など、徳川家生えぬきの武将たちも、

「いまこそ！」

とばかり、追撃に加わった。

このあたりは、上田城の東南半里にもみたぬ地点であった。

だが、押し捲《ま》くられつつも、真田勢は一気《の》に上田城へ逃げ込もうとはせぬ。

逃げては踏みとどまり、闘っては引き退く。

勝てぬと決まっている戦闘なのだが、

「なかなかに、しぶとい」

のである。

いきおい、徳川勢の闘志も燃えさかってくる。

押し捲くり、突き進む猛烈な攻撃に、真田勢も、

「たまりかねた……」

かたちとなって、上田城・大手口の街路の近くまで引き退りはじめた。

これから先の町屋は、戦闘の足場を能《よ》くするため、すでに焼き払われていたが、そ

れでもなお、諸方に焼け残りの木材が積み重ねられてあった。

追撃の徳川勢は、その余勢を駆って、上田城へ、

(攻め込むのではないか……)

と、おもわれるほどの凄《すさ》まじさであった。

ちょうど、そのときである。

秀忠《ひでただ》本陣の北方の低い山蔭から、突如、真田の鉄砲隊があらわれ、本陣へ一斉射撃をおこなった。

本陣のまわりの東軍諸部隊は、前面の真田勢へ気を取られていたので、この鉄砲隊が山蔭からあらわれたことに、いささかも気づかなかったらしい。

それだけに、秀忠本陣の狼狽《ろうばい》は相当のものといってよかった。

この一斉射撃の銃声は、上田城下まで敵を追撃中の徳川諸部隊の耳へもつたわり、

「あっ……」

「御本陣が、危ない」

諸将は、色を失ったそうな。

このとき、すでに、徳川勢の一部は追撃の手をゆるめず、大手口の街路へ敵を追い込んでいた。

秀忠本陣から聞こえる銃声は、逃げる真田勢の耳へも入った。

それを合図にでもしたかのように、真田勢は、おどろくべき速さで上田城の大手門へ逃げた。

門の扉《とびら》が八文字に開かれ、逃走する兵を収容しはじめた。

これを目の前に見ては、

「追わぬわけにはまいらぬ……」

ではないか。

「かまわぬ。攻め込め！」

雪崩《なだれ》のように、徳川勢が押し進んだ。

大手門の扉は、まだ開いたままで、逃げ込む兵を迎え入れつつある。

徳川の寄せ手の前に、口を開けた上田城の大手門が接近し、逃げ込む兵のあわてふためくさまが、手に取るように見えた。

いや、徳川勢には、敵が、

（あわてふためいている……）

ように、見えたのやも知れぬ。

十六

大手門へ肉迫した徳川勢は、勝ち誇っていたというよりも、あまりにも円滑に城門

前へ攻め寄せることができたので、おもわず、

「我を忘れた……」

かたちとなったのであろう。

十五年前の上田攻めの、城頭の激戦では、押し詰めた徳川勢が石垣《いしがき》を這《は》いのぼろうとすると、その頭上からおびただしい石塊《いしくれ》と樹木が落下してきて、将兵を打ち叩《たた》いた。

だが、いまは大手門前の「はね橋」も捲きあげられていない。

その橋を、真田の兵士が逃げ渡りつつあるのだ。

「この機《しお》を逃してはならぬ！」

牧野部隊の旗奉行《ぶぎょう》・贄掃部《にえかもん》と、大久保部隊の、これも旗奉行をつとめる杉浦久勝《すぎうらひさかつ》が、

「攻め込め！」

「後《おく》るるな！」

真っ先に、押し詰めて行った。

その瞬間であった。

大手門の櫓《やぐら》のあたりから、突如、狼煙《のろし》が打ちあげられた。

贄も杉浦も、はっ、とおもったろう。

これまでの真田方の奇襲作戦を想《おも》えば、この狼煙を無視することはできない。

そもそも、いまこのとき、大手門で狼煙を打ちあげる意味がわからぬ。

贅と杉浦は、馬の手綱を引きしぼり馬足を停《と》めたが、兵たちは勢いに乗って大手門へ押し寄せている。

そのとき、逃げ走っていた真田勢が、狼煙を合図に颯《さつ》と散開した。

〔はね橋〕の向こうに、大手門が口を開けている。

そこから、真田左衛門佐幸村《さえもんのすけゆきむら》が一隊をひきいてあらわれた。

同時に、城塁の上から鉄砲の一斉射撃が起こり、無数の矢が疾《はし》り出た。

〔はね橋〕へ、いま一歩というところまで押し寄せた徳川勢が、将棋倒しのかたちで打ち倒された。

贅と杉浦が、

「しまった！」

「退《ひ》け、退けい！」

叫んだときには、もう、遅かった。

〔はね橋〕を走りわたった馬上の真田幸村が槍を構え、手勢と共に徳川勢へ突入した。

この日、幸村は伊予札《いよざね》の黒糸縅胴丸《くろいとおどしどうまる》の具足《ぐそく》に身を固めている。草摺《くさずり》には金箔《きんぱく》で六文《ろくもん》銭《せん》の家紋が捺《お》してあった。

この具足は、父・昌幸《まさゆき》が十五年前の上田攻めの折に使用したもので、後に幸村が、

「ぜひとも……」

と、父にねだって、もらい受けたものであった。

幸村も父に似て、どちらかといえば小柄《こがら》のほうだが、さすがに、そのままでは身につかぬので、わざわざ京都へ運び、名ある甲冑師《かっちゅうし》に修理をさせたほどの逸品なのだ。

山形《さんぎょう》の兜《かぶと》をかぶり、六尺余の片鎌《かたかま》の槍をつかんだ左衛門佐幸村の突撃は、凄烈《せいれつ》をきわめた。

「うぬ！」

杉浦久勝が乱闘の中に馬を寄せ、幸村へ槍を突き入れたかとおもうと、これが幸村の槍にはね飛ばされてしまったのである。

幸村は、杉浦久勝の顔面を槍の柄《え》で叩き払った。

「ああっ……」

久勝は、目が暗み、落馬してしまった。

落馬したのが、杉浦久勝にとっては幸運だったともいえる。

少なくとも、この場においては幸運であった。

もしも馬上に踏みとどまっていたなら、幸村の槍に突き伏せられていたろう。

しかし、戦闘が終わった後に、杉浦久勝は責任《せめ》を負って切腹することになってしまうのだ。

突き捲くり、叩き伏せ、鬼神のように荒れまくる真田幸村と共に、出撃した真田勢の新手《あらて》が縦横にはたらき、押し包むかとおもえば突入し、突入したかとおもうと散開する。

そのときには、何処から射かけてくるのか、それさえもわからぬ混乱の徳川勢へ矢が疾ってくる。

そのうちに、大手口の町屋の三方から火の手があがった。

これは、わざと残して置いた木材などへ、迂回《うかい》して来た真田勢が火を放ったのである。

徳川の戦士を乗せた馬は、燃えあがる炎と煙に脅《おび》えて狂奔した。

そこへ、何処からともなくあらわれた真田の一隊が襲いかかった。

この一隊は三十名ほどであったろう。

いずれも馬には乗らず、徒立《かちだち》であった。

この中に、樋口角兵衛《ひぐちかくべえ》がいた。

角兵衛は七尺におよぶ鉄棒を振りかざしている。

ふとい樫《かし》の棒へ鉄条をはめ込み、鉄の輪をつけた得物《えもの》なのだ。

これを揮《ふる》って角兵衛は、片端から敵の馬の脚を薙《な》ぎ払う。

横ざまに倒れる馬から起きあがろうとするのへ、すかさず真田の兵が槍を突き入れる。

角兵衛は咆哮《ほうこう》をあげ、水を得た魚のように躍りあがり、走りまわり、馬を、敵を叩き伏せ、殴《なぐ》り殪《たお》した。

浮足立った徳川勢は、火煙をくぐり、必死に逃走しはじめた。

そこへ……。

今度は、秀忠本陣を襲った鉄砲隊が、これも迂回して引きあげて来て、

「撃て！」

射撃を開始した。

この鉄砲隊などは、二十余名ほどのものにすぎない。

それが、こうしたときには何倍もの鉄砲に感じられる。

秀忠本陣へ、山蔭《やまかげ》から一斉《いっせい》射撃をおこなったときも、まだ霧が残っていたことだし、この威《おど》し発砲に本陣は、

「色めき立った……」

のである。

真田幸村は、徳川勢を大手口の町屋の彼方《かなた》へ追い退けるや、

「引けい！」

敏速に兵をまとめ、城内へ引きもどった。

どこまでも追撃すれば、大宮社のあたりから秀忠本陣へかけて、四万に近い大軍が

集結しているのだから、これと戦うのは愚かにきまっている。

徳川勢の中には、さすがに、たまりかねて突撃して来る部隊もあったけれども、徳川秀忠は、急ぎ、

「戦闘中止」

の命令を発し、総軍を本陣近くにまとめ、陣容を立て直した。

まったく、想像もつかぬほどの惨敗をこうむったことになる。

秀忠は、苦り切っていた。

そのころになると、雨がけむりはじめた。

追撃した徳川勢は、おびただしい死傷者を出してしまった。

何といっても兵力がちがうことだから、上田城を包囲しているかぎりは、真田父子《おやこ》も手が出せぬわけなのだ。

それなのに、巧妙なさそいに乗って、無用の打撃を受けたのである。

秀忠の後見としてつきそって来た本多佐渡守《さどのかみ》正信《まさのぶ》は、

(かような恥をどのように内府公へ申しあぐればよいのか……)

さすがの謀将も、途方に暮れたといってよい。

第二軍が上田を引き払い、決戦場へ向かおうとする間際《まぎわ》に、このような失態を演じてしまった。しかも十五年前のときと同様、真田父子のさそいに乗せられてのことな

のだ。

本多正信は、激怒を隠そうとはしなかった。

すなわち、無謀の追撃と突進をおこなった牧野忠成、大久保忠隣等に対し、本陣からの軍令を待たずして、

「功を焦《あせ》るとは何事ぞ」

と、きびしい処断をあたえた。

このとき、杉浦久勝と贄掃部が切腹を命じられたのである。

久勝は切腹をしたが、掃部は、ついに脱走してしまった。

のちに、徳川家康《いえやす》が、

「いささか、きびしすぎる……」

と、いい出し、杉浦久勝の子を召し出して、家を継がせたり、脱走者を召し返したり、謹慎を解いてやったりした。

それほどに、本多正信の怒りは激しかったのであろう。

伊勢山《いせやま》城へ入っている真田信幸《のぶゆき》は、本多忠政《ただまさ》を通じ、

「くれぐれも、御油断なきよう……」

と、本多正信へ念を入れてあった。

正信も、これを受けいれ、諸将の陣地へ伝達しておいたにもかかわらず、このよう

な結果となってしまった。

本多正信の無念も、察しられよう。

信幸は信幸で、侍臣へ、

「ちかごろの男どもは、戦《いくさ》の仕様も忘れたと見える」

苦笑まじりに、洩《も》らしたという。

近ごろの男どもというのは、徳川方の諸将をさしたのだ。

それに引きかえ、わが父と弟の、あまりにも鮮《あざ》やかな駆け引きには、

(さすがじゃ)

と、おもわざるを得ない。

自分が、もしも徳川秀忠や本多正信であったなら、このような惨敗を喫することはなかったろう。

しかし、いまの真田信幸は徳川の一部将にすぎない。

「御油断なきように」

と、念を押しておいたのだから、信幸としては、充分に責任を果したことになる。

それにしても、上田城内で会心の笑みを浮かべながら、酒を酌《く》みかわしている父と弟の姿を想うと、信幸も気が重くなってきた。

十七

徳川秀忠は、七日の朝に、またも本陣を小諸《こもろ》へもどした。

前日の大敗がなければ、第二軍をひきいて木曾《きそ》から美濃《みの》へ進軍するつもりの秀忠であったが、さすがに、

「このまま、引きあぐるは無念……」

の、おもいがある。

上田城外の染屋の台地から、本陣を小諸へもどしたのは、老臣・本多佐渡守正信の強硬な進言によるものであった。

こちらは四万に近い大軍であるし、上田籠城《ろうじよう》の真田勢は三千数百にすぎぬ。

戦って負けるはずもないが、三日や五日で、城が落ちるとも考えられぬ。

それに、秀忠本陣が上田城外に在れば、

(また、どのような奇襲を仕かけてくるやも知れぬ)

このことであった。

折しも、この日。

江戸を発するにあたり、徳川家康が秀忠へさしむけた使者が小諸へ到着をした。

信州では、大雨は降らなかったけれども、江戸から上州にかけて大雨が降りつづき、

川は氾濫《はんらん》し、橋は落ちるというわけで、使者の到着が相当に遅れてしまったのだ。

家康は秀忠に、

「自分は明日、江戸を発して西上いたすゆえ、其方《そなた》の軍も急ぎ木曾路を経て美濃へ出会われたし」

と、いってよこした。

こうなれば、真田を相手に、いつまでも此《こ》の地へ停《とど》まってはおられぬ。

秀忠は本多正信と相談の上、仙石秀久《せんごくひでひさ》（小諸城主）、森忠政《もりただまさ》（海津《かいづ》城主）、石川康長《いしかわやすなが》（松本城主）など、信州の諸大名に、

「上田を押さえよ」

と、命じ、急遽《きゅうきょ》第二軍をひきいて木曾路へ進発することになった。

なお、徳川家康は真田伊豆守《いずのかみ》信幸へも、書状をよこしている。

「自分は本軍をひきいて決戦場へ向かうが、伊豆守は、くれぐれも上杉《うえすぎ》勢の越後《えちご》侵入に、こころをつけてもらいたい」

と、いうものである。

伊勢《いせ》山の城へは、仙石・森の両部隊の一部が入って来たし、真田信幸は、岩櫃《いわびつ》城の守りを強化すると共に、越後の坂戸城との連絡を緊密にせねばならなかった。

坂戸城には、東軍の将・堀丹後守《ほりたんごのかみ》が入っていて、上杉勢の侵入に備えていたからだ。

徳川家康の使者が小諸へ到着をした九月七日に……。

家康の本軍は、駿河《するが》（静岡県）の島田を発している。

江戸から決戦場までの道程の、およそ半ばまで進んで来たわけだ。

この進軍の道中にあって、家康は日々、諸国の大名へ使者を飛ばし、指令をあたえている。

さて……。

信州・小諸を発した徳川秀忠の第二軍が木曾路へ出るには、丸子《まりこ》から長久保を経て和田峠を越え、諏訪《すわ》から木曾路へ入るのが順路であった。

この道は、かつて、武田《たけだ》信玄《しんげん》が信州へ兵を進めるようになってより、軍団の行路として申し分がないようにととのえられてきている。

ところが本多正信は、

「なればこそ、危うござる」

と、いい出した。

和田峠越えの沿道にあたる長久保・武石《たけし》などには、真田昌幸の砦《とりで》があり、おそらく兵も入っていよう。

これと呼応して、上田城の真田父子が、

「何をたくらむや、知れたものではおざらぬ」

と、いうのである。

本多正信は、たしかに家康の老臣であり、

「佐渡守は、わしの家臣ではない。友である」

とまで、家康にいわしめたほどの人物であったが、石田三成《みつなり》と同様、これまた戦場の勇将ではない。

榊原康政《さかきばらやすまさ》は、

「何を申されることか。真田勢が来《きた》らば迎え撃つまででござる。何を恐れなさる」

激しく反対をした。

本多正信は、和田峠越えをやめ、小諸から左へ迂回し、布引から八幡を経て、大門《だいもん》峠越えに木曾路へ出たほうが、

「無事でおざろう」

と、主張する。

結局、徳川秀忠は、この、父がさしむけた後見役の意見を採用することにした。

榊原康政は、

「勝手になされ！」

一千の部隊をひきい、堂々と和田峠を越えて諏訪に到着した。

ところが、秀忠の第二軍は、なかなかに到着せぬ。

大門峠の嶮岨《けんそ》な山道・崖道《がけみち》の行軍に難渋し、おもいのほかに時間がかかってしまったのだ。

谷へ落ちた兵士もいるし、秀忠も木の枝に兜《かぶと》を引きかけられ、馬から落ちたりした。

この大門越えも、たとえば、かつての武田軍とか真田昌幸の部隊とか、山国の軍勢ならば山道の行軍に慣れているわけだが、平地の行軍が多かった徳川の軍団は、さんざんに悩まされた。

ようやくに、秀忠軍が諏訪へ到着したのは、九月十三日であった。

秀忠も、将兵も難路に疲れ切っており、やむなく、諏訪で一日を休養しなくてはならぬ。

同じ九月十三日。

徳川家康の本軍は、尾張《おわり》の清洲《きよす》城を出て、ついに美濃へ入り、岐阜《ぎふ》城へ到着している。

上田城では……。

木曾路へ向かった徳川秀忠の第二軍の様子が、つぎつぎに草の者から届けられてきた。

左衛門佐《さえもんのすけ》幸村が、昌幸に、

「父上。徳川勢は、どうやら大門越えをいたすようでござる」

「何故じゃ？」

昌幸は、不審にたえぬ面持《おもも》ちであった。

「何をもって、あのような嶮路に大軍をすすめるのじゃ？」

「さて……それがしには、わかりかねます」

「徳川の者どもは、奇妙なことをするものじゃな」

「われらが討って出るのを、恐れているのやも知れませぬ」

「なれど左衛門佐。われらが討って出ようとおもえば、かえって大門越えのほうが危ういぞよ。こなたは三十名も出して、おもしろいように徳川勢を谷底へ転げ落として見しょう。どうじゃ、やってみるかの」

「それはかまいませぬが……いまとなっては同じことでござる」

「ふむ。われらは為《な》すべきことを為したゆえ、な」

「武蔵守《むさしのかみ》（秀忠）がひきいる大軍は、到底、決戦の当日に間に合いますまい」

「さようにおもうか。わしはな、いま少し、上田へ引きつけておきたかった。まだま だ、こころもとない気もいたすが……」

「いや、父上……」

いいさして、真田幸村は押し黙り、かなり長い間を瞑目《めいもく》していたが、ややあって、

「間にあいますまい。大丈夫でござる」

きっぱりと、いった。

戦将としての幸村の直感は、おどろくほどに的中する。

それを、昌幸は知っているだけに、

「もしも、うまく間に合わなんだときは、われらのみで四万の徳川勢を引き受けたことになるわえ」

「いかさま」

「これなれば、いかに治部《じぶ》（三成）とても、負くることはあるまい」

「宇喜多《うきた》、島津《しまづ》、小西《こにし》など、まずは頼むに足りましょう」

「ふむ、ふむ……」

「治部殿の兵も、よう戦うものとおもわれます」

「ほう、さようか」

「なかなか」

「よろし。今夜は、おもいきり酒を酌もうではないか。そうじゃ、角兵衛《かくべえ》もよんでやれ」

いつになく、真田昌幸は上機嫌《じょうきげん》であった。

同じ、その夜。

真田信幸は、岩櫃の城へ入って、沼田城との連絡を保ちつつ、越後の坂戸城にいる堀丹後守へ、現在の情況を知らせる書状をしたためていた。

坂戸城との連絡を緊密にしなくてはならぬし、会津の上杉景勝《かげかつ》の動静を、信幸は信幸なりに、

(探っておかねばならぬ)

のである。

奥羽《おうう》では、東軍に参加している伊達政宗《だてまさむね》などが上杉軍と戦闘をつづけている。

また、近江《おうみ》の大津城主・京極高次《きょうごくたかつぐ》は、ついに東軍参加を表明し、籠城を決意した。

徳川家康の東下の折に、これを大津城へ迎えて饗応《きょうおう》した京極高次は、はじめのうち、西軍へ与《くみ》する姿勢を見せながら、いわゆる「時を稼《かせ》いでいた……」と、いってよい。

何といっても大津は西軍勢力の範囲内にある。

高次としては、東西両軍の決戦の日に見合うようにして、

「うごくでもなし。うごかぬでもなし」

の、かたちをとっていたのであろう。

しかし、いよいよ西軍の主力が関ヶ原から大垣《おおがき》へかけて集結しはじめ、京極高次へも、しきりに出陣の要請があり、いったんは大谷吉継《よしつぐ》と共に美濃へ出陣しかけたのだが、

(もはや、これまで……)

と、決意し、大津城へ引き返して、防戦の準備を急いだ。

西軍を欺《あざむ》くのも、ここまでが限度であったのだろう。

こうなれば、何としても東西両軍の決戦の日まで城を守りぬかねばならぬ。

京極高次の妻は、あの淀《よど》の方の妹にあたる。

となれば、豊臣家《とよとみけ》と京極家とは、親類の間柄《あいだがら》であるし、さらに高次の妹は〔松の丸どの〕とよばれて、亡《な》き豊臣秀吉《ひでよし》の寵愛《ちようあい》をうけた側室であった。

それだけに、西軍の怒りも激しかった。

西軍は、勇将・立花宗茂《たちばなむねしげ》（筑後《ちくご》・柳川《やながわ》十三万二千二百石の城主）を先鋒《せんぽう》とし、合わせて一万五千の兵をもって大津城を攻撃した。

大津城の〔二の丸〕が攻め落とされたのは九月十三日というから、徳川家康の本軍が岐阜城へ到着した同日であった。

二の丸まで攻め込んできた西軍を、城兵は必死に喰《く》い止めている。

十八

これより先……というのは、徳川秀忠《ひでただ》の第二軍が信州・小諸《こもろ》から木曾路へ向かった後の、九月十一日の夜のことである。

伊勢山城から岩櫃の城へ入ったばかりの真田《さなだ》伊豆守信幸へ、滝川三九郎一績《たきがわさんくろうかずあつ》が目通りを願い出た。

滝川三九郎は、あれから信幸の部隊をはなれず、

「後学のために……」

戦陣の模様を見とどけてきた。

信幸の家来たちも、いまは、すっかり三九郎一績の人柄に魅せられ、親しい間柄となってしまった。

三九郎もまた、伊豆守信幸への敬愛の念が深くなったようで、

「よい御主君をいただき、御一同は、しあわせでござるな」

などと、従軍の家来たちへ洩《も》らしていたようである。

「これにて、御暇《おいとま》をつかまつる」

と、滝川三九郎が信幸に挨拶《あいさつ》をした。

「さようか。さして得るところもなかったようじゃな」

三九郎は強くかぶりを振って、

「このたびの為され方には、つくづくと感じ入りまいた」

「何を申すことやら……」

信幸は、苦笑をした。

今度の出陣では、信幸自身、つくづく困り果てることのみであったといえよう。

（いよいよ、弟・左衛門佐と戦わねばならぬのか……）

と、伊勢山へ進めば、弟は、すらりと躱《かわ》し、一撃も交えずに上田の本城へ引きあげてしまうし、それならば伊勢山に残って父と弟が立てこもる上田城を監視するのかとおもうと、これが岩櫃へ入って上杉勢の侵入を防ぐことになった。

第二軍への参加もせずにすんだわけだ。

木曾路《きそじ》へ向かう第二軍の部将たちの間では、

「これは、やはり……？」

真田信幸を決戦に参加させぬほうがよい。何となれば、信幸とて、その本心はわからぬ。

もしやすると、上田にいる父や弟と通じていて、決戦の日の戦況しだいによっては、突如、東軍を裏切り、西軍と呼応し、家康の本陣へ襲いかかるやも知れぬ。

などという、根拠もない臆測が生まれていたようである。

それなのに滝川三九郎は、信幸の進退を見ていて「感心をした……」というのだ。

信幸は、こたえる言葉がない。

「では、江戸へもどられるか？」

「いえ、折角の折ゆえ、近江、上方の様子をも見物いたしてまいろうかと存じます」

「なれば、もはや遅い。戦《いくさ》は終わってしまうに相違ない」

「戦の後が、見ものでござる」

「ほう……」

「人びとの心の移り変わり。それが、よう呑《の》みこめましょうかと……」

「なるほど」

見れば見るほど、この滝川三九郎という若者が、信幸には好もしくおもわれてくる。

「では、この戦が終わって後、かならず、沼田へ訪ねてまいるがよい」

「うけたまわりました。かならず、もどってまいります。ときに……」

いいさして三九郎が膝《ひざ》をすすめ、声を低めて、

「その前に、上田の城へ立ち寄り、安房守《あわのかみ》様の御顔を拝見いたしてまいるつもりでござるが、何ぞ、御伝言でもありましょうや？」

信幸は、目をみはった。

（いったい、何のつもりで、このようなことを、いい出すのであろうか？）

上田城は、東軍の残留部隊が遠巻きに包囲している。

その城にいる真田昌幸を、訪問するといっているのだ。

しかも、敵方にまわった伊豆守《いずのかみ》信幸の伝言を、

「密《ひそ》かに取りつごう……」

というつもりらしい。

「別に、伝言はない」

さすがの信幸も、そうこたえるのが精一杯であった。

「まことに、上田へ父上を訪ねるつもりなのか？」

「はい」

「どのようにして？」

「それがしは、東にも西にも与してはおりませぬ。気ままな一介の牢人《ろうにん》にて、滝川左《さ》近将監《こんしょうげんかずます》一益の孫でござる」

「ふうむ……」

「御案じ下されますな」

後にわかったことだが、旅姿の滝川三九郎は東軍の監視を潜《くぐ》りぬけて、上田城の大手口へあらわれ、滝川一益の孫の三九郎がまいったと、

「安房守様へ取りつがれよ」

と、いったそうな。

これを聞いた真田昌幸は、

「まことなれば、めずらしき男が、ようも、いまこのとき、あらわれたものじゃ」

ともかくも一人きりなのだから、警戒は要らぬ。

それで城内に入れ、会ってみると、まぎれもなく滝川三九郎ではないか。

安房守昌幸は、これまで三九郎に会ったことはないが、一目でわかった。何故なら三九郎は、亡き祖父・滝川一益を偲《しの》ばせるに足る顔貌《がんぼう》をしていたからである。

昌幸と幸村は、この奇妙な訪問者をよろこび、歓待をした。

三九郎は、信幸の伝言云々《うんぬん》については、いっさい口にせず、信幸の部隊に入って観戦したこともいわなかった。

滝川三九郎は、上田城に二泊し、三日目の夜に入ってから辞去した。

そのときに……。

今度は、真田昌幸が、これまた妙なことをいい出した。

「三九郎殿に、あずかってもらいたいものがある。どうじゃな。引き受けてくるるか？」

「引き受けまする」

言下に、三九郎がこたえる。

「どのような品でござりましょうや？」

「これじゃ」

と、昌幸が、傍にいた於菊《おきく》を指し示した。

於菊は、昌幸とお徳《とく》の間に生まれ、この年、十七歳になっている。一時は石田三成の妻の弟にあたる宇多頼重《うだよりしげ》と婚約をしたが、今度の開戦によって、依然、上田城内にとどまっていた。

滝川三九郎は一瞬、沈黙をしたが、すぐに、

「おあずかり申しましょう」

事もなげに、いった。

十九

このとき、真田安房守昌幸が、わずかに二夜を上田城内で過ごしたのみの滝川三九郎へ、

「あずかってもらいたい」

の一言で、於菊を手ばなした胸の内は、いったい、どのようなものであったろうか。

お徳が亡きのち、これを手許《てもと》に引き取り、愛育を惜しまなかった昌幸の妻の山手殿《やまのてどの》も、これを承服している。

また、左衛門佐幸村《さえもんのすけゆきむら》も、

「三九郎殿。たのみ申す」

と、頭を下げた。

これを引き受けた滝川三九郎も三九郎なのだが、於菊をあずかることを承知しての

ちに、真田昌幸が、

「これは、わしが末の女《むすめ》なのじゃ」

そういったとき、三九郎は、

「さようでござりまいたか……」

わずかに、目をみはった。

すると三九郎は、それまで、於菊が昌幸のむすめであることを知らなかったらしい。

「名を、於菊と申す」

「はあ……」

於菊は、凝《じっ》と三九郎を見つめていたが、このとき両手をついて、

「よろしゅうに……」

挨拶をした。

すでに於菊は、昌幸や幸村から、いいふくめられていたらしい。

昌幸も幸村も、いまこのとき、於菊を上田城へとどめておきたくなかった。

これは、たしかなことだ。

邪魔にして、外へ出したのではない。

まだ少女の面影《おもかげ》を濃く宿している愛らしい於菊が、これからの真田本家の命運に巻き込まれることを、昌幸は嫌《きら》ったのか……。

むろん、西軍勝利とあれば何もいうことはない。

それがわかっているなら、何も滝川三九郎へあずけることもなかったろう。

すると昌幸《まさゆき》・幸村の父子《おやこ》は、西軍敗北となったときのことをも考慮していたのか。

それは、もっとものことのようでいて、うなずけぬところもある。

昌幸と幸村らしくない感じがするからだ。

また、於菊の身の安全をはかるのなら、ほかにいくらも手立てがあるはずではないか。

なるほど、三九郎一績は滝川一益の孫である。

あるが、しかし、いまの滝川家も落魄《らくはく》して、三九郎は一介の牢人にすぎぬといってよい。

そのような男に、於菊をあずけるというのは、よくよくのことでなくてはなるまい。

そもそも、西軍勝利となったあかつきには、ふたたび、宇多頼重との婚約が復活し、於菊は、石田三成の重臣といってよい宇多家へ嫁ぐことになるはずであった。

もっとも真田昌幸は、石田三成の懇望によって、於菊と宇多頼重との婚約を承知したが、その折に、

「わしは、よろこんで承知をしたのではない。いやいやながら承知したのじゃ」

山手殿にそういっている。

可愛《かわゆ》い末むすめを手ばなす父親というものは、いずれもこうしたものなのだろうが、それにしても、いまここで余所目《よそめ》には、

「事もなげに……」

三九郎へ於菊をあずけた昌幸の胸の内を、すくなくとも幸村は、わきまえていたと看《み》てよい。

くわしく事情を聞き取らぬまま、引き受けた三九郎も、また、変わっている。

附《つ》きそいの家来や女中もなしに、於菊は単身、滝川三九郎にあずけられることになった。

三九郎は、

「かくなれば、近江《おうみ》、上方への旅は取りやめにいたし、江戸のわが家へ於菊様をお連れ申しましょう」

と、いった。

「それがよい、それがよい。こたびの戦見物など、いたしてみても仕方のないことじゃ」

と、昌幸。

そこで滝川三九郎は於菊を連れ、三日目の夜に、上田城を密かに去って行った。

そのとき、真田昌幸は幼女をあつかうようにして於菊を抱きあげ、

「しばらくの我慢じゃ。また、会う日をたのしみにいたしているぞよ」

「はい」

「上田とは、また違うた国を見てまいるのもよいことじゃ」

「はい」

「三九郎殿なれば大安心。のびのびと暮らしてまいれ」

昌幸は滝川三九郎へ、相当の金銀をあたえ、於菊が不自由をせぬようにと配慮をしている。

三九郎も、これを素直に受け取った。

二人が上田城を脱出するについては、草の者が安全な場所まで案内に立った。

滝川三九郎は、岩櫃《いわびつ》城の真田信幸《のぶゆき》へ、このことを知らせぬまま江戸のわが家へ帰ったのである。

伊豆守信幸が、滝川三九郎に会ったのは、翌年の春のことで、そのとき、於菊が三九郎の妻になっていると聞き、さすがの信幸が、

「何と……」

いいさしたまま、絶句してしまったそうな。

いずれにせよ、真田昌幸・幸村の父子が、突然に上田城へあらわれた滝川三九郎一積《かずあつ》へ、深い信頼と好感を寄せたことは事実であって、三九郎は後年、真田父子の期待

を裏切らぬほどの男になる。

三九郎の妻となった於菊は、名を於妙《おたえ》とあらため、寛文《かんぶん》六年五月十三日に、八十三歳の長寿をたもち、安らかに亡夫・三九郎の後を追った。

三九郎も八十歳の長命を得ている。

三九郎が亡《な》くなってから、於妙はわが子の滝川豊之助《とよのすけ》へ、こういっている。

「亡き父上は、来《きた》るべき運命《さだめ》に逆らわぬお方であった」

この言葉をよくよく思惟《しい》してみると、何とはなしに、真田昌幸が於菊を三九郎へあずけた心がわかるような気もしてくる。

昌幸も幸村も、

「運命に逆らいぬいた……」

男たちであった。

もとより真田父子は、このとき滝川三九郎などという、念頭にもおもい浮かべていなかった男の来訪を予期していたわけがない。

ゆえに、三九郎と会い、二夜の歓談のうちに、

(この男に、於菊をあずけよう)

と、昌幸は決意したことになる。

幸村へも、

「於菊を滝川三九郎へ、しばらくの間、あずけようとおもうがどうじゃ?」

と、昌幸が簡潔にいい、幸村も、

「それが、ようござる」

きわめて簡単に、こたえたのであろう。

昌幸や幸村、それに信幸などばかりでなく、この時代の、すぐれた男たちの感能は、くだくだしい会話や理屈や説明を必要とせぬほどに冴《さ》えて磨《みが》きぬかれていたのである。

人間と、人間が棲《す》む世界の不合理を、きわめて明確に把握《はあく》していたのであろう。

人の世は、何処まで行っても合理を見つけ出すことが不可能なのだ。

合理は存在していても、人間という生物が、

「不合理に出来ている……」

のだから、どうしようもないのだ。

人間の肉体は、まことに合理を得ているのだが、そこへ感情というものが加わるため、矛盾が絶えぬのである。

さて……。

滝川三九郎という人物は、これより先、真田本家と分家の人びとに、さまざまな関《かか》わり合いをもつことになる。

おそらく、この物語も、彼の死を見とどけることになるであろう。

長良《ながら》川

一

時点を、九月十二日にもどしたい。

この日の前日に、徳川家康《とくがわいえやす》の本軍は尾張《おわり》・清洲《きよす》の城へ入り、十二日は休養をとりつつ、家康は前線から届く情報に耳をかたむけていた。

そして、この日。

上田城の攻略に失敗した徳川秀忠《ひでただ》の第二軍は、大門《だいもん》越えの行軍に苦しみながら、諏《す》訪《わ》へ近づいていたのである。

そのころ……。

美濃《みの》の岐阜《ぎふ》城では、東軍の先鋒《せんぽう》が徳川家康の到着を待ちかまえていた。

東軍は、岐阜と赤坂の線をむすんで、大垣《おおがき》城の西軍と対峙《たいじ》している。

家康は、岐阜城へ入り、

「大垣城を、水攻めにいたしてくれようか……」

などと、洩《も》らしているそうな。

そうなれば、当然、戦《いくさ》は長引くことになる。

いずれにせよ、家康を決戦場に迎えて、岐阜城の存在は重要なものとなった。

岐阜と赤坂の間を、連絡の騎馬武者が、

「目紛《めまぐる》しい……」

までに往来し、清洲から岐阜までの沿道にも東軍の部隊が移動して来て、大垣城からの西軍の出撃を監視している。

ひろびろとした濃尾平野に、東西の大軍が集結しつつあった。

山地ではないだけに、双方のうごきは、あきらかに見てとれる。

このような野戦は、徳川家康が最も得意とするところであった。

大垣城は、嶮《けわ》しい山地に構えられた城郭ではない。

ために、籠城《ろうじょう》をするにも限度があろう。

後方の関ヶ原から、近江・上方へ至る西軍の勢力範囲には、まだまだ兵力が控えており、大垣城は孤立しているのではない。

また、西軍の総司令官ともいうべき石田治部少輔三成《いしだじぶしょうゆうみつなり》は、籠城をするために、ここまで出て来たわけではない。

西上する徳川家康を、

「迎え撃つ！」

ために、進軍して来たのである。

しかし、東軍先鋒軍の進出が、あまりにも敏速であり、しかも岐阜城を一日で奪い取られてしまったことは、石田三成にとって、

（おもいもかけぬ……）

ことであったろう。

三成は、大垣城の西方二里余のところにある南宮山《なんぐうさん》へ、毛利秀元《もうりひでもと》・吉川広家《きつかわひろいえ》・安国寺恵瓊《あんこくじえけい》・長束正家《なつかまさいえ》・長宗我部盛親《ちようそかべもりちか》の諸部隊を配置した。

これは赤坂の東軍陣営を牽制《けんせい》するためであった。

関ヶ原には、大谷吉継《おおたによしつぐ》をはじめとして、脇坂安治《わきさかやすはる》・朽木元綱《くつきもとつな》・平塚為広《ひらつかためひろ》などが陣を構えた。

そして、今日明日のうちにも、小早川秀秋《こばやかわひであき》の部隊が到着し、松尾山へ陣を取ることになっている。

これは、東軍が近江へ進撃するのを防ぐためのもので、大垣城・南宮山・関ヶ原と西軍の陣形を見れば、

「なるほど」

と、おもえぬこともない。

だが、大垣城に在る石田三成は、胸中の苛立《いらだ》ちを隠しきれない。

総司令官としての自分の目には、味方の諸将の闘志が、はっきりと看《み》てとれないのだ。

なるほど、南宮山に味方の諸部隊を配置することにしたが、たとえば毛利秀元などは、山頂にのぼってしまい、そこから東西両軍のうごきを見下ろしているのはよいとしても、いざとなったとき、わざわざ山頂から駆け下って戦わねばならぬ。

山頂には見張りの一隊を置いておけばよいのだ。

そして、いざ戦闘となったとき、すぐさま出撃して、赤坂の東軍を押さえてもらわねばならない。

これは、だれの目にもあきらかなことであるにもかかわらず、毛利秀元は山頂に近い場所に陣取りをして、動こうともせぬ。

南宮山の諸部隊の兵力は、合わせて三万に近い。

この兵力が、西軍にとって、いかに重要なものか、それは東軍の徳川秀忠の第二軍に匹敵する兵力であることをみても、容易にわかろうというものだ。

九月十二日に、石田三成は、大坂城にいる奉行《ぶぎょう》の増田《ました》長盛《ながもり》へ長文の書状を書いた。

その中で、自分が南宮山麓《さんろく》に陣を構えている長束正家や安国寺恵瓊を大垣城へまねき、いろいろと彼らの意中を探ってみたが、何事につけて一身の安全をはかるのみに見うけられ、まことに心もとないと書いている。

そして、

「味方の心中も計り難《がた》く……」

と書き、

「味方の諸将の心が揃《そろ》い候《そうら》わば、敵陣は二十日のうちに破り候わん」

しかし、いまの様子では、

「結句、味方の中《うち》に不慮出来候わん体《てい》、眼前に候」

と書いているのは、このままでは、味方は内部から崩壊してしまうであろうと、いっているのである。

総司令官が、このような泣き言をならべているのでは、どうしようもないではないか……。

つまりは、それほどに、西軍諸将の闘志が稀薄《きはく》であり、三成も、たまりかねていたのであろう。

また、

「軍資金や兵糧《ひょうろう》も逼迫《ひっぱく》している。推察あるべし」

と、ある。

その中で石田三成が、宇喜多秀家《うきたひでいえ》・島津惟新《しまづいしん》（義弘《よしひろ》）・小西行長《こにしゆきなが》について、

「一命を捨てて、はたらいてくれているのには、つくづく感じ入っている」
と、書きしたためているのを見逃すことはできない。
ともかくも、東軍に、
「先手をとられてしまった……」
このため、味方の諸将に、
(果たして、西軍は勝てるのだろうか?)
その疑念を生じせしめてしまった。
何とかして態勢を挽回《ばんかい》し、味方の諸将に、
(これなら大丈夫。われらは勝つ!)
と、おもわせたい。
信じさせなくてはならぬ。
その石田三成の焦《あせ》りが、文面に、あまりにも素直にあらわれている。
これほどに、三成がこころをゆるした増田長盛とて、
「どちらが勝っても、負けても、自分が生き残れるように……」
と、徳川家康へ意を通じているのだ。
それをおもうと、石田三成の心情が哀れである。
しかも、この書状は大坂へ届かなかった。

三成は、近江《おうみ》から京・大坂への行路が味方の勢力圏内にあるとおもいこんでいる。それは、たしかにそのとおりなのだが、甲賀《こうが》の山中大和守俊房《やまなかやまとのかみとしふさ》の暗躍の恐ろしさをまったく知らぬ。

三成の書状は、途中で、またしても山中忍びに奪い取られてしまった。

となれば……。

敵の総司令官の泣き言が、そのまま、徳川家康の耳に入ってしまったことになるではないか。

上田城にいる真田昌幸《さなだまさゆき》・幸村父子《ゆきむらおやこ》も、石田三成が、まさかに、いまこのとき、このような惑乱にさいなまれているとは知るよしもない。

態勢を立て直そうとしても、味方がおもうようにうごいてはくれぬ。

いまさらに赤坂を夜襲しようとしても、機を逸してしまった。

赤坂の東軍陣営は日に日に充実し、陣地の構築も堅固となり、いささかの隙《すき》も見いだせなかった。

さて……。

徳川家康が尾張の清洲まで進出して来ると、岐阜城の整備も急がねばならぬし、東軍の武器・弾薬や雨具から食糧の運搬にいたるまで、輜重《しちょう》の兵士のみでは間に合わなくなってきた。

そこで、岐阜近辺の百姓たちが人夫として駆り出されることになった。男は男、女は女それぞれに賃銀をもらって駆り出されるのだから、否《いな》やはない。長森の村外れに住む老夫婦の家に暮らしているお江《こう》へも、

「よければ出て来て、はたらきなされ」

近くの百姓たちから、声がかかった。

「よろしゅうござりましょうか?」

「よいとも、よいとも。人手が足らぬので困っているのじゃ」

二

そのころ……。

伏見《ふしみ》の真田屋敷は、どうなっていたろうか。

ここには、本家と分家の家臣たちが、共に留守居をしている。

本家の留守居役は、真田昌幸の重臣・池田長門守綱重《いけだながとのかみつなしげ》であり、分家のそれは鈴木右《すずきう》近忠重《こんたただしげ》であった。

その下にいる真田家の士《もの》は、本家・分家を合わせて二十名ほどだ。もっとも小者《こもの》や下女などは、この中にふくまれていない。

西軍の伏見城攻撃以来、真田屋敷は、西軍の監視下におかれている。

そのときから、二カ月に近い日々が経過していた。

すでに、真田本家が西軍へ加担し、上田城へ立てこもった事は、伏見や大坂の西軍の耳へもきこえているし、同時に分家の真田伊豆守信幸《いずのかみのぶゆき》が東軍へ与《くみ》した事も知れてある。

となれば、真田本家の人びとを監視することもないのだが、そこのところが、また微妙なものであって、西軍としては、依然、本家・分家への監視をゆるめぬ。

ともかくも伏見屋敷の真田家の人びとは、東西の勝敗が決まるまで、

「きびしく見張るように……」

との指令が出ているらしい。

本家の昌幸・幸村父子も、当初は東軍に加わり、上杉《うえすぎ》攻めへ出陣しているのだ。

大坂や京・伏見は、いま、さまざまな流言が飛び交い、たとえば〔白〕の風評がひろがるかとおもえば、同じ事柄《ことがら》についての〔黒〕の風評が起こるというわけで、だれが本当の味方なのか、敵なのか、判別がつきにくいのである。

監視はきびしいが、食糧その他を充分に蓄えてあったし、屋敷内は、いたって平静な明け暮れを送り迎えているようだ。

むしろ、開戦前夜の状態よりも、本家・分家の人びとにはこだわりがなくなってきている。

何かにつけて助け合い、ちからを貸し合っていたし、池田綱重と鈴木右近は相談の上で、

「流言浮説に耳をかたむけてはならぬ」

と、家来たちへ申しわたした。

むろん、綱重も右近も、本家と分家が敵味方に別れたことをわきまえていた。

だが池田綱重にしても、壺谷又五郎《つぼやまたごろう》によって逸早《いちはや》く、その事実を知った後は、新しい情報を得ていたわけではない。

分家は知らず、本家では、壺谷又五郎がひきいる草の者が集結していることだし、何かあれば、西軍の監視の目を潜《くぐ》り、邸内へ忍び入ることなど、

「わけもない……」

ことであるにもかかわらず、このところ又五郎も草の者も、まったく伏見の真田屋敷へはあらわれぬ。

鈴木右近は、時折、池田綱重の居室を訪ね、碁を囲んだりしている。

両人の会話は、このたびの戦役に触れることが、ほとんどなかった。

それでいて、

「このときほど、長門守殿の人柄がよくわかったことはない」

鈴木右近は後になって、そう語っている。

おそらく長門守綱重も、同様であったろう。

碁を打ち合いつつ、二人が肚《はら》を決めたのは、戦局がどのような結果になろうとも、

伏見の真田屋敷における本家と分家は、

「最後まで、助け合わねばならぬ」

このことであった。

ともかくも、何一つ、情報が入らぬのだから、

「何事も、月日のながれにまかせることよ」

鈴木右近の日常は、昼寝と囲碁の繰り返しといってよい。

ゆえに、滝川三九郎《たきがわさんくろう》などという男が、突然、沼田城へあらわれ、主《あるじ》の伊豆守信幸に従って上田攻めの戦《いくさ》見物に出かけたことも知らぬし、三九郎が上田城へおもむき、昌幸・幸村と歓談の二夜をすごしたことなど、おもいもおよばぬ。

まして、滝川三九郎が昌幸の女於菊《むすめおきく》をあずけられ、これをともなって江戸の小石川村・指谷《さすかい》の自宅へ帰ったことを知ったなら、

「はて……こりゃ、どうしたことじゃ？」

さすがの鈴木右近も、呆然《ぼうぜん》となったろう。

小石川村の指谷というところは、右近忠重にとって無縁の土地ではない。

あれは、文禄《ぶんろく》元年の春も浅いころであったから、八年前のことになる。

あのとき右近は、信幸の侍女の於順《おじゅん》とのいきさつから沼田を脱走し、真田父子の部隊が豊臣秀吉《とよとみひでよし》の朝鮮出兵に参加し、西へ上って行くのを、江戸の高輪台《たかなわだい》の森蔭《もりかげ》から密《ひそ》かに見送ったものである。

いまは徳川家康に仕えている大和《やまと》・柳生《やぎゅう》の庄《しょう》のあるじ・柳生但馬守宗厳《たじまのかみむねよし》の四男で、五郎右衛門宗章《ごろうえもんむねあき》にめぐり合ったのも、そのときのことだ。

無頼の牢人《ろうにん》三名に襲われて危うかった鈴木右近を、柳生五郎右衛門が救ってくれた。

そして右近は、ついに、五郎右衛門の供をして江戸を発し、柳生の庄へ旅立つことになったわけだが、その折、五郎右衛門宗章が独居していた百姓家は小石川の指谷にあった。

右近が、その家にとどまっていたのは数日にすぎぬ。

口の重い柳生五郎右衛門が、

「この近くには、めずらしき人《じん》が住み暮らしておられる」

と、洩《も》らしたことを右近は忘れてはいない。

「どなたでございます?」

「滝川左近将監《さこんしょうげん》殿の身寄りの人らしい」

「はあ……」

右近は、別に、気にもとめていなかった。

当時、滝川三九郎は、まだ存命中だった父の一忠《かずただ》と指谷に住んでいたわけだが、柳生五郎右衛門との交流はなかった。

滝川家のほうが、五郎右衛門の小さな百姓家にくらべると、いくらかは大きくもあり、門らしきものもあって、土地の百姓たちの口から五郎右衛門は滝川父子のうわさを耳にしていたのであろう。

指谷は起伏の多いところで、樹木に覆《おお》われた谷間《たにあい》の其処此処《そここ》に人家が散っているわけだから、よほどに何かの機会でもないかぎり、武士どうしの交際が生まれるわけもないのである。

後に、滝川三九郎と於菊が夫婦になったことを知った鈴木右近は、真田信幸へ、

「それがしが柳生五郎右衛門様に引きとられまいたのも、小石川村の指谷でございました」

おどろいて、いい出た。

「ほう……さようであったか」

「このことは、申しあげましたるはず」

「そうであったかな」

柳生五郎右衛門に救われた右近が、柳生新陰《しんかげ》流の刀術を修めたことは決して忘れていない真田信幸も、五郎右衛門の居宅が小石川の指谷にあったことは、右近から聞い

たおぼえがない。

聞いていれば、すでに信幸は滝川父子が指谷に住んでいたことを知っていたのだから、何らかの記憶があったはずだ。

「いや、聞いておらぬぞ」

「たしかに、申しあげまいた」

「聞かぬわ」

「申しあげまいた」

などと、主従で、いささか口争いをすることになるのだ。

(ああ……いまごろ、御師は何処におられるのやら？)

伏見屋敷にいて、鈴木右近は何かにつけ、柳生五郎右衛門のことをおもい浮かべている。

大和の柳生家へは便りも出す右近なのだが、その柳生家も五郎右衛門の行方を知らぬらしい。

(八年前の、あのとき、御師に救うていただけなんだら、いまごろ、わしはどうなっていたことか……)

つくづくと、そのことがおもいやられるのであった。

柳生家は、いうまでもなく東軍に参加している。

このほうは、心配することもない。

ただ、本家の真田昌幸が敵方に与したことを、右近は、たまらなく残念におもっている。

亡父・鈴木主水《もんど》や自分にかけてくれた安房守《あわのかみ》昌幸の情愛の深さを、右近は忘れきれぬ。

鈴木右近は、いささかの迷いもなく、東軍の勝利を確信していた。

なればこそ、

(何故に、大殿は西方に味方なされたのか……あの大殿ともあろう御方が……?)

むしろ、ふしぎでならなかった。

右近の目には、西軍が伏見の真田屋敷を監視する態度が、奇妙におもわれる。

この屋敷には、敵方にまわった分家の士もいるのだ。

それを味方の真田本家と同じ邸内に住まわせておくのが、そもそもおかしい。

これは西軍の、このたびの戦陣についての不安と困惑が、そのまま具現されたと看《み》てよいのではないか……。

右近には、そのようにおもえてならぬ。

(これでは勝てない。こうした上方の様子を、本家の大殿がごらんなされたら、何とおもわれようか……?)

三

過半の、西軍の諸将たちは、

「この戦が勝てるか、どうか……？」

その不安と、

「だれそれは、密かに徳川へ内通をしているらしい」

その疑惑の中で、しだいに戦意を喪失して行くわけだが、事実、東軍の誘降工作は絶え間もなくすすめられていたのである。

東軍先鋒《せんぽう》の軍監をつとめる本多忠勝《ほんだただかつ》と井伊直政《いいなおまさ》は、徳川家康《いえやす》の西上を待つ間に、大谷吉継《よしつぐ》へも密使をさしむけていた。

そのとき吉継は、佐和山《さわ》での石田三成との会見を終えて越前《えちぜん》・敦賀《つるが》の居城へもどり、再出陣の準備にかかっていたのだが、本多・井伊両将からの密使たちへ、

「このたび、西軍に与したからには、たとえ勝敗が測りがたしとあっても、いまさら内府へ降参して不義の名を取るつもりはない」

きっぱりとはねつけ、さらに、

「本多・井伊の両所に面談することができるならば、吉継も、いささか申しのべたいことがある。人伝《ひとづて》には申されぬことじゃ」

と、いったそうな。

その、いささか申しのべたい事というのは、いったい、どのような事であったのか……。

使者たちは、

「ぜひとも、お聞かせねがいたい」

と、せまったけれども、大谷吉継はかぶりを振って、一語
「伝言と申すものは、正直に伝わらぬものゆえ、一語の狂いがあっても自分の心がとの狂いがあっても自分の心がとどかぬことになる。むだじゃ」

承知をしなかったが、ややあって、

「なれど、本多・井伊の両所へ、かように申しつたえるがよい。こたびの、われらの企てを、ただ一揆《いっき》だの謀叛《むほん》だのというあつかいは、御両所にも似合わぬ計らいである。かように吉継が申していたとおつたえあれ。上杉景勝《かげかつ》・毛利輝元《てるもと》・石田三成など、いずれも大坂におわす御幼君（豊臣秀頼《ひでより》）の御為《おんため》をおもうてのことじゃ。せめて、その志は看て取らねばなるまい。それを為《な》さず、あまりにもみにくい暴言を吐かれてはかえって内府（家康）の面目を潰《つぶ》すことに相なろう」

語るうちに、吉継の語気が熱してきた。

それは、東軍に参加した豊臣恩顧の大名・福島正則《ふくしままさのり》が大谷吉継へ送ってよこした書

状の中に、

「石田三成らの兇徒《きようと》を退治する」

との文言があったことにふれたからだ。

「この書状を見て、われらは手を打って笑うたものじゃ。そこもとたちが徳川に忠誠をつくすも、われらが豊臣家へ忠を入るるも、道理は同じである。まして、亡《な》き太閤《たいこう》殿下にあれほどの恩顧を受けた左衛門太夫《さえもんたゆう》（正則）が、事に乗じて浮かれ立ち、このような暴言を吐こうとはおもいもよらなんだ。このことも、よくよく申しつたえるがよい」

本多・井伊の使者たちは、ついに、大谷吉継を正面から見ていることができなくなり、顔を赤らめ、うつむいてしまったという。

これより後、東軍は吉継へ誘引の手をさしのべなかった。

そして、小早川秀秋《こばやかわひであき》である。

豊臣秀吉の未亡人（北政所《きたのまんどころ》）高台院《こうだいいん》の甥《おい》であり、一時は秀吉の猶子《ゆうし》になったことがある小早川秀秋へも、家康からのさそいの手がさしのべられている。

かつて、石田三成は、

「無能の将である」

と、小早川秀秋を評している。

密かにではない。露骨に批判をした。

たしかに、そのとおりで、豊臣秀吉も、この甥を九州から北国へ移して減封すると
いう、きびしい処置をとったことがある。

それが、ふたたび、九州の筑前《ちくぜん》・名島《なじま》五十二万二千五百石の太守に返り咲いたのは、
ひとえに、徳川家康が秀吉へ取りなしてくれたからだ。

ために、小早川秀秋としては、

「顔を見るも不快でたまらぬ……」

ほどの石田三成のために戦うのは、なんとしても嫌《いや》なのだが、西軍は豊臣家の、

「存亡を賭《か》けて戦う……」

わけなのだから、豊臣家の親類としては、これを無視するわけにもまいらぬ。

しかし、たまりかねて、伏見《ふしみ》城の攻防の折には島津惟新と共に、

「入城をいたしたい」

申し出て、城将・鳥居《とりい》元忠《もとただ》に断られている。

小早川秀秋は、十九歳の若さなのだし、したがって小早川家の重臣たちの補佐が問
題となってくる。

すでに秀秋の重臣たちは、徳川家康へ密使をさしむけ、

「われわれは、どこまでも、内府に御味方つかまつる」

と、誓紙までも送りとどけているのだ。

年齢《とし》も若く、凡庸な小早川秀秋だけに、このたびの戦陣については、

「まことにもって困《こう》じ果てておりまする」

叔母の高台院を訪ね、苦悩を洩《も》らしたものだ。

いま、小早川秀秋は兵をひきい、伊勢《いせ》から近江《おうみ》へ出て、佐和山の南方一里ほどのところの高宮に宿営していた。

何しろ、一万五千の兵力をもつ小早川秀秋だけに、

「一時も早く、こなたへ出陣ありたし」

と、大垣《おおがき》の石田三成から何度も使者が駆けつけて来る。

すると、秀秋は、病気中であるといい、使者に会わぬ。

これは、秀秋の家老たちが会わさぬようにしているのだし、秀秋もまた、会いたくはなかったろう。

関ヶ原へ着陣した大谷吉継も、かねてから小早川秀秋とは昵懇《じっこん》の間柄《あいだがら》だけに、だまって見ているわけにもいかず、平塚為広《ひらつかためひろ》へ、

「様子を見てきてくれぬか？」

と、たのんだ。

平塚為広は、折しも大垣から小早川の陣所へ使者におもむくため、関ヶ原を通りか

かった西軍の部将・戸田重政《とだしげまさ》と共に、高宮へ向かった。

戸田重政は、平塚為広に、

「もしも中納言《ちゅうなごん》（秀秋）に別心あるときは、刺し殺すつもりでござる」

と、馬上から、ささやいてよこした。

味方にならぬほどならば、いっそ殺害してしまったほうがよいというのだ。

味方なのか、敵なのか……？

西軍も、小早川秀秋の処置には困っているのだ。

一万五千の兵力は、味方にすれば、たのもしいかぎりであるが、西軍本営の指令に
もうごかず、

「ほんらいならば、大坂なり京へなり立ちもどって病気を癒《なお》したいところだが、天下危急の折でもあり、近いうちに大垣へまいって御挨拶《あいさつ》をいたすつもりである」

などと、家老たちが使者に暖気《のんき》きわまる返事をよこすのみなのである。

しかし、兵をひきいて近江まで出て来ている以上、西軍としては、

「たよりにせぬわけにはまいらぬ……」

のであって、戸田重政が、

「いっそ、中納言を刺し殺して、迷いの根を絶ったほうがよい」

とまで決意したのも、うなずけぬことではない。

しかし、戸田重政・平塚為広の両使者も、ついに小早川秀秋と面談することができなかった。

家老たちが、

「近きうちに大垣へ馳《は》せつけ、御下知《げじ》を仰ぐつもりでござる」

と、いい張り、どうしても秀秋に会わせようとはしない。

やむなく、二人の使者は、大垣と関ヶ原へ帰って行った。

四

九月十二日。

前日に尾張《おわり》・清洲《きよす》城へ入った徳川家康は、この日を休養にあて、前線から、つぎつぎに届けられる報告に聞き入った。

赤坂の陣地から、先鋒軍の軍監をつとめている本多忠勝と井伊直政も、昼前に清洲へ駆けつけて来た。

家康は上機嫌《じょうきげん》で、先鋒軍の進撃の快速なることを、

「わが意にかのうたぞ」

と、ほめちぎった。

忠勝と直政は、絵図を前にして、今日までの戦況をつぶさに報告した。

このときに、西軍の諸将のうち、こちらから「内応せよ」と、はたらきかけた成果についても、両人から家康へ告げられたことであろう。

ただし、大谷吉継が本多・井伊の使者たちへ伝えた言葉は、そのまま家康の耳へ入ったかどうか、はなはだ疑わしい。

だが、吉継の内応について、

（あきらめねばならぬ……）

ことだけは、家康もみとめたにちがいない。

本多忠勝は、ともかくも、清洲から岐阜《ぎふ》、赤坂の線を東軍が確保したのだし、しかも大垣城の西軍には、まったく闘志が看られぬということで、

「中納言様（秀忠《ひでただ》）の、お上りあって後に……」

決戦をおこなうべしと、進言をした。

徳川秀忠の第二軍からは、まだ、何の連絡もない。

家康からは、すでに、

「すぐさま、木曾路《きそじ》から美濃《みの》へ進むべし」

と、急使をさしむけてあることゆえ、今日明日にも、秀忠から、

「おおせのごとく進み、いまは、何処何処《どこどこ》まで上りつつある」

ことを、知らせてよこすにちがいない。

上田城の攻防で、第二軍が、あれほどに無駄《むだ》な日を重ね、犠牲を出したとは、さすがの徳川家康も思わぬことであった。

「ふむ、ふむ……」

譜代の重臣・本多忠勝の進言を、家康は何度もうなずきつつ、聞き入っている。

そして、忠勝の進言が終わるや、井伊直政の意見をもとめた。

直政は、

「一時も早う、赤坂へ御発向なさるべきかと存じまする」

と、いい出た。

それきり、沈黙してしまったが、家康には直政の意中が、

(手に取るように……)

わかったといってよい。

井伊直政は、第二軍の到着などを待つべきではない。いまこそ、戦機は熟したと看ている。

何故なら……。

あまりにも大垣城の西軍に、

「戦意が欠けている……」

からであった。

清洲から岐阜城を落とした先鋒軍が逸速《いちはや》く赤坂へ進出し、大垣城の喉元《のどもと》を扼《やく》すかたちになるまでの経過を、軍監として見まもってきた井伊直政は、

(いまだ、戦《いくさ》らしき戦も始まらぬうちから、敵の足並みは、乱れはじめている)

と、看て取った。

(わしが、もしも石田治部少輔《じぶしょうゆう》に味方しているならば、一度ならず、二度三度も、徳川の先手《さきて》を打ち破る折があった)

しかも、石田三成が大坂城の毛利輝元や増田《ました》長盛《ながもり》へあてた密書は、甲賀《こうが》の山中大和守《やまとのかみ》俊房《としふさ》の手に落ち、すぐさま、直政や本多忠勝の許《もと》へ届けられた。

これらの密書は、昨夜のうちに清洲へ送られ、徳川家康も目を通しているはずだ。

先々月(七月)の二十五日の早朝に、下野《しもつけ》・小山の本陣において、家康が譜代の諸将をあつめ、密議をひらいたときも、井伊直政は家康にいいはなった。

「天の与うるを取らざれば、かえって、その咎《とが》めを受けると申します。徳川の天下と為すためには、傍目《わきめ》もふらずに突き進み、こなたより敵を攻めつけねばなりませぬ」

闘志をみなぎらせて、五十九歳の徳川家康をはげましている。

家康は大いに共鳴し、果敢な進撃を決意した。

そして、いまも、井伊直政の、

「躰《からだ》から赤い炎《ほむら》が噴きあがっている……」

かのような激しい意欲が、わが老体へひしひしと伝わってくるのをおぼえたのである。

直政としては、

「これより、すぐさま赤坂へ……」

と、いいたかったらしい。

だが家康は、今日いちにちを休養することに決めた。

面《おもて》には出さぬが、江戸から清洲までの強行軍に、家康は感冒にかかってしまった。

いささかだが、発熱をしている。

行軍中に家康は、愛用の薬箱から薬を出し、服用してきた。この薬も、みずから調合したものなのだ。

この年の秋は雨が多い上に、まるで冬のような冷え込みが強い。

さすがに五十九歳の老体にはこたえているのだが、家康は気ぶりにも見せぬし、このときも、

「明朝、岐阜へ入る」

と、いったのみだ。

本多忠勝と井伊直政は、赤坂へもどる途中、岐阜へ立ち寄り、明日の家康到着に際しての手配と準備について、綿密な指令をあたえた。この日も家康は、休養をとりな

がら、諸方の大名へ書状をしたためた。

「早速に兇徒《きょうと》どもを打ち果たし、近きうちに吉左右《きっそう》を申しあげる」

およそ、こうしたものであり、戦局が東軍へ有利に展開していることを強調している。

日暮れになってから、岐阜の近くの寺の僧が、見事な柿《かき》を籠《かご》に入れ、家康へ献上した。

家康は大よろこびで、その大きな柿を手でつかみ、小姓たちに、

「早くも、大垣が手に入ったぞ」

こういって大笑したそうな。

夜に入るや、清洲から北方へ六里のところにある岐阜までは、東軍諸部隊の篝火《かがりび》が連なり、いよいよ徳川家康が、三万余の本軍をひきい、戦場に到着しつつあることを告げている。


清洲城下の西方一里ほどのところにある二ツ寺の村外れをながれる江川《え》という川のほとりに、猫田与助《ねこたよすけ》が蹲《うずくま》り、夜空を焦《こ》がす篝火を見つめていた。

このあたりにも、東軍の部隊が宿営している。

二ツ寺という村は、清洲城主で、いま赤坂の前線に出ている福島正則《まさのり》の生まれたと

ころだという。

正則は、二ツ寺村に住む福島市兵衛《いちべえ》の子として生まれた。

当時の清洲城主は、織田信長《おだのぶなが》であった。

正則の父は桶屋《おけや》であった、などといわれているが、はっきりしたことはわからない。

太閤《たいこう》・豊臣秀吉《とよとみひでよし》の生地も、この近くである。

二ツ寺の東南二里ほどのところにある中村がそれだが、猫田与助にとって、そのようなことは、

「関《かか》わり知らぬ……」

ことだといってよい。

与助は、あれから単身で近江・美濃の山野や町や村を探りまわったが、真田《さなだ》の草の者のうごきを、ついに摑《つか》むことができなかった。

時折は、山中忍びたちとも出会い、その後の様子を耳にしていたが、いまの山中忍びたちは、決戦の日がせまるにつれて多忙をきわめている。

忍びの者の員数をほこる山中俊房も、

「手が、まわりきらぬ」

ことになって、数日前に、みずから赤坂の東軍陣営へあらわれ、配下の忍びたちの指揮をとっているらしい。

山中忍びの中には、

「草の者は、信濃《しなの》へ引きあげたのではあるまいか……」

と、いうものもいる。

ともかくも、まだ、草の者のうごきは、ぴたりと熄《や》んでしまった。

もしも、まだ、草の者たちが近江や美濃にいて、西軍のためにはたらいているのなら、石田三成《みつなり》から大坂へさしむけた使者や書状が、山中忍びの手へ、わけもなく奪い取られるはずがないではないか。

草の者は、西軍のために、いささかもはたらいていないのである。

だが、猫田与助のみは、

（いや……たしかに、草の者は信濃へ去っていないぞよ。いる。たしかにいる。やつどもは満を持しているにちがいない）

では、何のために、草の者が満を持しているのか。

（知れたことよ）

と、猫田与助は想《おも》う。

（やつどもは、家康公の御首《みしるし》に、すべてを賭《か》けているのじゃ。それにちがいないわえ）

与助は、決戦の日がせまっていると看《み》た。

（かくなれば、探りまわるよりも、草の者があらわれるのを待つことじゃ）

そこで与助は、徳川家康の本軍につきそっていることにした。

（出て来る……きっと、あらわれる。お江《こう》も、かならず姿を見せるにちがいない。そのときこそ、何としても、お江を討たねばならぬ）

老いた猫田与助の執念は、徳川家康の身をまもることよりも、お江への復讐《ふくしゅう》に燃えあがっているといったほうがよい。

五

（あのとき……遠い、むかしの、あのときのことを忘れてなろうか……）

あのときに猫田与助が、お江から受けた屈辱は、男として堪えきれぬものであった。

むしろ、

（お江めに殺害されてしまったほうがよかった……）

とさえ、おもうことがある。

あのとき、とは……。

いまから、およそ二十年ほども前のことになろうか。そのころは、まだ武田《たけだ》勝頼《かつより》も存命しており、織田信長と徳川家康の圧迫を受けながらも、必死に態勢を挽回《ばんかい》しようとしていた。

すでに与助は、父・猫田与兵衛《よへえ》を討ち取ったのが、お江の父の馬杉市蔵《ますぎいちぞう》であることを知っていた。

甲賀を裏切り、武田家へ仕えた馬杉市蔵の首をねらって、三名の山中忍びが武田家の本拠・古府中《こふちゅう》（甲府）へ潜入した。

甲賀の頭領・山中俊房が、

「忍び同士の怨念《おんねん》にこだわってはならぬが……なれど、市蔵だけは生かしておけぬ」

と、いったのは、市蔵によって甲賀の忍びの仕組みが武田信玄《しんげん》の耳へ洩《も》れることを恐れたのであろう。

三人の山中忍びは、古府中の城下外れで、馬杉市蔵を襲撃した。

市蔵は傷を受けながらも逃げ、真っ先に追って来た猫田与兵衛を返り討ったのである。

市蔵を追った残る二人の山中忍びは、間一髪のところで、組屋敷へ逃げ込まれてしまい、討ち取ることができなかった。

甲賀へもどり、このむねを山中俊房へ報告したのは、田子《たご》庄左衛門《しょうざえもん》と栗原門蔵《くりはらもんぞう》という山中忍びであった。

庄左衛門は沈黙していたが、門蔵は、まだ若かった猫田与助へ、

「ぬしの父《てて》ごを討ったは、馬杉市蔵ぞ」

と、告げてよこした。

そのとき、与助が市蔵を憎まなかったといったなら、嘘《うそ》になろう。

しかし、与助も、

「若いが、父の与兵衛に劣らぬものよ」

と、甲賀の忍びたちに評価されていただけに、おのれの忍びの活動を曲げてまでも、父の敵《かたき》を討つ心算《つもり》はなかった。

もしも偶然に、馬杉市蔵と出会ったならば、これは別のことで、

「かならず討つ！」

決意であったことは、いうまでもない。

若いころの猫田与助の性情は、どちらかといえば快活であって、その忍びのはたらきにも独自のものがあったのだ。

当時の与助を見知っている甲賀忍びも何人か生き残っていて、その人びとは、

「あの与助が、別人のごとく変わった」

などと、うわさをしているらしい。

何故、変わったのか……。

何故、与助は、頭領・山中俊房の指令をも拒み、単身でお江の命を狙《ねら》いつづけるま

でになったのか……。

この執念は、与助が年齢《とし》をとるに従い、強く激しくなるばかりなのだ。

与助は、いま、六十前後の年齢となっている。

(この期《とき》を逃したなら、お江を討つ機《おり》も逃してしまう)

と、おもいきわめていた。

さて……。

約二十年前のそのとき、猫田与助は、三河《みかわ》(愛知県)、信濃(長野県)の国境《くにざかい》の山中に在った武田忍びの忍び小屋を突きとめた。

このとき与助は杉右衛門《すぎえもん》という山中忍びと二人であったが、小屋にいた四人の武田忍びに発見され、凄烈《せいれつ》な闘いの後に、四人の敵を殪《たお》すことができた。

そのかわりに、杉右衛門が死んだ。

忍び小屋の中にいた女忍びを、猫田与助が生け捕りにしたのは、このときである。

この女忍びが、馬杉市蔵のむすめ・お江だとは、与助も知らなかった。

与助も、いまの与助ではない。

お江も、いまのお江ではない。

お江は、まだ若かった。

与助は敵の血汐《ちしお》にまみれた躰で、お江を犯した。

お江は手足を縛られたまま、与助に衣服を毟《むし》り取られた。

与助の欲情は、いつまでもしずまらなかった。

お江が、あまりにも柔順なので、与助は、

(女忍びではないらしい……)

とさえ、おもいはじめた。

おもえば、これがいけなかったのであろう。

口をきいてみると、自分は、この近くの山里のむすめで、この小屋へ引き攫《さら》われて来て、男たちの、

「なぐさみものになっていた……」

と、女がいう。

与助が半ば、この言葉を信じてしまったのは、やはり、お江の〔演技〕に端倪《たんげい》すべからざるものがあったからだろう。

(どちらにしても、縛られているのだから犯される。それならば……)

と、お江は覚悟をきめていたのだ。

与助は、おもう存分に、お江の躰をなぶりつくしてから、小屋の中の濁り酒をのんだ。

さすがに、お江を縛った縄《なわ》は解いていない。

のんだ酒は多量でもなかったし、毒が入っていたわけでもなかったが、心身の激動の後だけに、たちまち酔いがまわってきた。

このときの与助は、自分が小屋を出るとき、

(女の縄は解いてやろう)

と、考えていた。

(このような女が、まさか女忍びではあるまい)

豊満な裸身を猫田与助の目に曝《さら》しつつ、女はしくしくと、さも哀れげに泣いている。

(そうだ。小屋を出る前に、いま一度……)

そうおもっているうち、いつの間にか、与助は眠り込んでしまったのだ。

まさに、甲賀《こうが》・山中家の忍びの者としては不覚であったといわねばなるまい。

ここが敵方の忍び小屋であるからには、別の武田忍びが、いつ、あらわれるか知れたものではない。それを忘れていたわけではないが眠り込んでしまった。

山中忍びの中でも、放胆な働きぶりで知られた猫田与助の性格が悪い方へ出てしまったというべきであろう。

もっとも、深い眠りではなかった。

そこは、忍びの者だけに、あさましく眠りこけたのではないが、それにもかかわらず、女が密《ひそ》やかにうごきはじめたことを与助は知らなかった。

突然……。

全身に鉄条を打ちこまれたような衝撃を受け、与助は眠りから覚めた。

六

猫田与助は絶叫をあげた。

自分の股間《こかん》からほとばしる血潮と激痛によって、どのような傷を受けたかが、すぐにわかった。

女は裸身のまま短い刃物を構え、不敵に笑った。

「おのれは、山中忍びじゃな」

「うっ……おのれ……」

さすがに、与助は辛うじて身構えている。

目が暗みそうになるほどの苦痛の中で、この上、女と争っても勝てぬと感じた。

「おぼえておけ。私は、馬杉市蔵のむすめじゃ」

「あっ……」

その後のことを、いまも与助は、よくおぼえていない。

お江が自分を殺そうとしたのか、それとも小屋から転げ出て逃げるままにまかせていたのか、よくおぼえてはいない。

そして、よくも生き残れたとおもう。
腰の革袋を外していたなら、到底、助かってはいなかったろう。
革袋の中には、甲賀の傷薬が入っていたからだ。
いずれにせよ、このときから猫田与助は、男の機能を失ってしまったことになる。
与助の、股間の〔男〕は、完全に切断されていた。
お江への異常なまでの怨念は、このときから、
(何としても、馬杉市蔵のむすめを討たぬまでは死なぬ)
その執念に変わった。
ただ討ち果たすのではない。
非情に、残酷に、切り刻んでやるのだ。
女にとって、もっとも堪えがたい苦痛を味わわせつつ、なぶり殺しにしなくては、
(気がすまぬ)
のである。
九年前に、お江は真田の草の者と共に甲賀へ潜入してきた。
そのとき、山中忍びの包囲によって、お江は重傷を負った。
山中大和守《やまとのかみ》俊房《としふさ》は、
「お江を捕らえよ」

と、命じたが、

(たとえ、いったんは捕らえても、かならず殺してみせる)

猫田《ねこた》与助は決意していたのだ。

ところが、逃げられた。

逃げられるはずもないのに、お江は、山中忍びの田子庄左衛門の小屋に匿《かく》まわれ、傷癒《い》えたのち、庄左衛門の助力を受け、みごとに甲賀から脱出してしまった。

庄左衛門は追いつめられて、山中忍びの杉坂重五郎《すぎさかじゆうごろう》に首を切り落とされたが、お江は、ついに逃げおおせてしまった。

(何ということだ)

これを知ったときの、猫田与助の無念さは、

(余人には決してわからぬ……)

ものといってよい。

いうまでもなく与助は、自分の肉体の秘密を、だれにも打ち明けていない。

忍びの者が生涯《しようがい》を独り身ですごすことはめずらしくないことゆえ、山中俊房でさえ、与助の執念の本体を知らぬ。

いま、江《え》川のほとりの木立の中に蹲《うずくま》っている猫田与助は、小さな布包みを肩にかけ、破れ笠《がさ》をかぶっている。

その傍に五尺ほどの長い杖《つえ》があった。

このあたりの道の何処にでも歩んでいる百姓の老爺《ろうや》そのものといってよい。

(間もなく、内府公は岐阜《ぎふ》へ進まれよう)

その後から、見え隠れに、与助はついて行くつもりであった。

真田の草の者が、そして、お江があらわれるのを、単身で待ち構えている猫田与助なのである。

ちょうど、そのころ……。

お江は、近辺の百姓たちと共に岐阜城下の道路や、戦火の焼け跡の整備に出て賃銀をもらい、長森の村外れへ老夫婦と一緒に帰って来たところだ。

後から後から、荷駄《にだ》の隊列が岐阜城下へ入って来る。

明日も明後日も、

「出てまいれ」

と、いわれているし、賃銀もよいので、百姓たちはよろこんでいた。

熱い粟粥《あわがゆ》を老夫婦と共に食べてから、お江《こう》は後始末をし、老夫婦を寝かせてから、水を汲《く》みに外へ出た。

空は曇ってい、夜気が冷え冷えとしている。

「もし……もし……」

裏手の竹藪《たけやぶ》の中から、声がした。

向井佐助《むかいさすけ》の声であった。

「あ、佐助……」

あたりを見まわしてから、お江は竹藪へ走り込んだ。

佐助が、闇《やみ》の中で、にっと笑いかけてきた。

「佐助。しばらくであったなあ……」

「はい」

「みなみなに、変わりはないかえ？」

「はい。壺谷《つぼや》又五郎様からの伝言があって……」

「何ぞ……？」

「今夜のうちに、草の者は笠神《かさがみ》の小屋から離れ、伊吹《いぶき》の忍び小屋へ移ります。このことを、つたえるようにとのことでした」

「伊吹へ、な……」

「はい」

「ふうむ……」

お江は、何やら沈思していたが、

「それだけかえ？」

「はい。又五郎様は一昨日、このあたりへ忍んでまいられ、お江さまの姿を見たそうです」

「ほう……すこしも気づかなんだ。それで？」

「それだけで……」

「何のことかいの」

笑ったお江が、いきなり佐助を抱き寄せ、

「佐助は、いくつになったのじゃ？」

「十六歳に……」

「十六にのう……」

「はい」

「よいか。しっかりと聞いておくれ」

「はい？」

「これは、又五郎どのからも念を入れられていようが、そなたは、かまえて死ぬることはなりませぬ。よいか、これより先、草の者が絶えてしもうてはならぬ。若いそなたのような草の者が生き残って、いつまでも上田の御本家の御為《おんため》に、はたらいてくれなくてはならぬ。わかりましたか」

佐助の、こたえはなかった。

お江は、しばらくの間、佐助を抱きしめていたが、

「いつか、上田にいる父《てて》ごの佐平次《さへいじ》どのに会うたとき、今夜の私のことを、つたえて下され」

なつかしげに、ささやいたのである。

七

翌九月十三日。

徳川家康《いえやす》は本軍をひきいて清洲《きよす》城を発し、岐阜へ向かった。

特別に造らせた輿《こし》を、前後左右合わせて十人の足軽が担《かつ》いでいた。

その白木造りの輿の上に、徳川家康がいる。

家康は「小具足《こぐそく》姿」といわれる簡略な武装を身につけ、その上へ、白地に葵《あおい》の紋を散らした陣羽織を着て、頼政頭巾《よりまさずきん》をかぶっていた。

輿の前後を、馬廻《うままわ》りの士《もの》が護《まも》ってい、その中に、山中大和守俊房の〔又従弟《またいとこ》〕にあたる山中内匠長俊《たくみながとし》が加わっていた。

家康が伏見《ふしみ》から東下したときより、山中長俊は本多佐渡守正信の侍臣というかたちで軍列に入っていたが、いまは本多正信が徳川秀忠《ひでただ》の後見として第二軍へ加わっている。

そこで家康が、山中長俊へ、

「わが側に……」

と、命じたのである。

そして、家康の輿を護る馬廻りの一隊の直ぐ後ろに、十人の女たちが徒歩《かち》で進む。

これが、異彩を放っている。

他の大名や武将たちの軍列には、

「まったく見られぬ……」

ものといってよい。

若い女たちではない。

いずれも三十から四十前後に見える女たちの躰《からだ》は、まことに逞《たくま》しい。

化粧もない顔は、日に灼《や》けつくしている。

武装こそしてはいないが、足ごしらえも厳重に、髪は白布をもって束ね、腰には脇《わき》差《ざし》を帯びていた。

これらの女たちは、徳川の家来の未亡人であった。

それも、どちらかといえば身分の低い家来が戦死したりして、後に残された寡婦《かふ》の中から、

「これぞ……」

と、えらばれた女たちが、戦陣に在る家康の、身のまわりの世話をするのだ。

以前の家康は、女などを従えて出陣することなど、まったくなかった。

ところが、戦死した家来たちの未亡人の中には、武士が顔負けをするほどの勇婦もいて、

「亡《な》き夫に代わって、御奉公を……」

と、願うものも少なくない。

それほどの女たちゆえ、馬にも乗れるし、薙刀《なぎなた》をつかうこともできる。

いかに女丈夫だからといって、彼女たちを、戦場で敵と闘わせるわけにはまいらぬ。

そこで、あの朝鮮戦役の折に、家康も肥前・名護屋《なごや》の本陣へおもむいたときから、
こうした未亡人たちを従えて行き、身のまわりの世話をさせることにした。

年齢からいっても、男勝りの気性からいっても、女の姿はしているが、

「男か女か、わからぬほどの……」

女たちばかりゆえ、むろん、風紀が乱れることもない。

ちかごろは、女たちの言葉づかいまでも、男のようになってきたとか……。

今度、従軍をゆるされた十名の女たちの頭《かしら》をつとめているのは、名を於喜佐《おきさ》といい、山尾伝右衛門元之《やまのおでんえもんもとゆき》の未亡人で年齢は四十二歳。

山尾伝右衛門は、十年前の、小田原攻めの折に戦死している。

伝右衛門と於喜佐の間に生まれた山尾久蔵元長は、秀忠の第二軍へ加わっているそうな。

輿の上から徳川家康の両眼は活《かつ》と見ひらかれ、大垣《おおがき》城の方を睨《にら》み据《す》えているかのようだ。

前夜、家康は、たわむれにせよ、

「いざともなれば、この手に槍《やり》を摑《つか》んで戦うてみしょう」

小姓たちへ、いいはなった。

ともかくも、すばらしい闘志といわねばなるまい。

頼政頭巾の下の爛々《らんらん》たる両眼《め》。ふとい鼻梁《びりょう》。一文字に引きむすばれた口元。

そして、双の耳は、家康の顔の両側に、

「別の顔がついている……」

かのように大きく、肉づきが厚い。

東軍主力が、いよいよ、戦場にあらわれたのである。

三万余の軍列の、無数の槍の穂先が雲間から洩《も》れる日射《ひざ》しに煌《きら》めき、馬蹄《ばてい》の音が絶え間もなくつづいた。

一方、大垣城の西軍首脳は、このときはじめて、徳川家康が清洲まで進んで来たことを知った。

一説に、まだ、家康は上杉《うえすぎ》攻めの最中で江戸城へも帰ってないと、西軍の諸将はおもい込んでいたともいわれる。

まさかに、それほど、迂闊《うかつ》であったとはおもわれぬが、大坂へさしむけた使者が捕らわれたり、密書が奪い取られたりしているのだから、いずれにせよ、西軍の情報網は、東軍のそれにくらべると、

「たわいもない……」

ものであったといってよいだろう。

真田家の草の者も、この点において、いまは西軍との連絡を絶ち切っている。

開戦当初に、山中忍びの忍び小屋を襲撃してのち、草の者の気配が消え去ってしまった。

あの折、僧正《そうじょう》ヶ峰《みね》と長比《たけくらべ》の忍び小屋を草の者に襲われ、合わせて十七名の山中忍びが討たれている。

その十七名は、いずれも選《よ》りすぐった忍びの者ばかりであった。

頭領・山中俊房が受けた傷手《いたで》は大きい。

彼らは、みな、このたびの戦陣の戦忍《いくさしの》びとして活躍するはずだったからである。

忍びの仕組みは山中家とはくらべものにならぬが、これも甲賀《こうが》の頭領の一人である伴太郎左衛門長信《ともたろうざえもんながのぶ》に、山中大和守俊房は応援をたのんでいるほどだ。

いま、山中忍びに協力をしている伴長信配下の忍びの者は、合わせて十二名ほどにすぎない。

そうしたわけで、山中俊房も、草の者の探索まで、

「手が、まわりきらぬ」

といってよい。

もっとも大和守俊房は、完全に草の者の気配が絶えたので、

（おそらくは、信濃《しなの》へ帰ったのであろう）

と、おもっていた。

これは、東軍に加わっている山中内匠長俊も、同じ考えであった。

草の者は、真田本家からの、

「引き揚げよ」

との指令を受け、最後に、こなたの忍び小屋を果敢に奇襲し、上田城へ引きあげたにちがいない。

山中忍びの大半が、そのようにおもっている。

（いや、草の者は居残っている）

と、断じているのは、猫田与助のみやも知れぬ。

壺谷又五郎としては、真田家とも関係が深い大谷吉継《よしつぐ》や石田三成《みつなり》との連絡をたもち、

西軍の戦忍びとして、

(はたらいてやりたい)

と、おもわぬわけではなかったが、そうなれば当然、甲賀の忍びたちと闘わねばならぬ。

となれば、

「草の者が、はたらいている……」

ことを甲賀に察知されてしまう。

察知されたなら、当然、甲賀は草の者に備えるであろう。

又五郎は、それをおそれた。

真田左衛門佐幸村《さえもんのすけゆきむら》と壺谷又五郎との、最後の談合の要点は、ここにあった。

いっさいの気配を断ち、そして、すべてを最後の一点に賭《か》けようというのだ。


さて……。

徳川家康の本軍が、清洲を発して岐阜《ぎふ》城へ進むのを見ては、大垣城の西軍も、これをみとめぬわけには行かぬ。

「内府が、あらわれた……」

このことであった。

「内府が、江戸城を出て、こなたへ打って出た」

予想をしていないわけではなかったが、いざ、家康の本軍が威風堂々と岐阜へ進みつつあるのを見た西軍の衝撃は、一種、複雑なものがあった。

家康を、

「この戦場へ、誘《おび》き出してやろう」

という構えではないのだ。

なるべくは、家康が出て来ぬうちに、東軍の先鋒《せんぽう》を打ち破り、岐阜城を奪回し、さらに進んで清洲を占拠し、こなたから関東を圧迫せねばならぬ。

これが、石田三成の作戦なのである。

だが……。

味方は、うごかぬ。

うごいてくれぬ。

山の上へあがってしまったり、後方の近江《おうみ》で、うろうろと日を送っていたり、大坂から戦場へ馳《は》せつけて来る部隊もない。

この日の午後。

岐阜へ入城する徳川の本軍を、沿道で使役に出ていた近辺の百姓たちは土下座をして迎えた。

その中には、むろん、お江《こう》も混じっていたはずだ。

家康が岐阜城へ入ったあとも、戦列は引きも切らぬ。

馬蹄の響《とよ》みは、いつ果てるとも知れぬ。

武器弾薬・鉄砲・食糧・雨具などを運ぶ荷駄《にだ》隊を、これも使役に駆り出された百姓たちがたすけている。

荷駄の列も、おびただしかった。

日が暮れると、岐阜城を中心に篝火《かがりび》が燃え盛り、松明《たいまつ》をかかげた騎士が、岐阜と赤坂の間を絶え間もなく行き交いはじめた。

岐阜の西方、わずか三里余をへだてた大垣城からは、このありさまが手に取るように見えた。

毛利・長束《なつか》・安国寺・長宗我部《ちょうそかべ》など、南宮山《なんぐうさん》に陣を構えた西軍の諸部隊も、息をこらして、これを見まもっている。

石田三成は、南宮山の諸将をも大垣城へまねき、急遽《きゅうきょ》、軍議をひらいた。

夜に入って、風が絶えた。

八

この夜。

大垣城内における軍議の最中に、小早川秀秋《こばやかわひであき》からの使者が大垣城へあらわれた。

小早川秀秋は、八千の兵をひきい、柏原《かしわばら》まで出てきたらしい。

秀秋が使者をもって伝えさせた口上は、

「自分が病中にて、陣を進めなかったので、各々《おのおの》は御不審を抱かれていると、うけたまわった。なれど自分には更に別心はない。それで柏原に参着いたした」

と、いうものであった。

それはよいのだが、

「なれど、いまは、とかく疑いをかけられている自分ゆえ、大垣城中へ入るのは遠慮いたし、いずれ関東勢と合戦の上、各々へ御目にかかるつもりである」

などと、いってよこした。

いかにも、そらぞらしい。

さすがに石田三成も、これに取り合わなかった。

これより先、小早川勢が柏原へ到着して間もなく、大谷吉継が小早川の陣所へあらわれた。

大谷吉継の陣所は、関ヶ原の西端・山中村の高地にあった。

そこは、眼下に中山道《なかせんどう》を扼《やく》しており、東軍から京・坂方面への連絡を絶つ構えを見せている。

柏原は、その西方一里余のところにある。

吉継は、小早川秀秋の到着を聞くや、

「ともかくも、念を入れてまいろう」

と、いい出した。

吉継とは、これまで絶えず行動を共にしている平塚為広《ひらつかためひろ》が、

「むだでござる」

押しとどめようとした。

平塚の陣所は、大谷陣の下の、中山道に沿ったところにあるのだが、ちょうど大谷吉継の許《もと》へ平塚為広が顔を見せていたのだ。

吉継は、うなずいて見せたが、

「なれど、申しておくべきことはおかねばなるまい」

こういって、四方明け放しの輿《こし》へ乗った。

大谷吉継は、もはや馬にも乗れぬほど、病患が急速にすすんできていた。

歩行も自由ではない。

癩《らい》の病患だけに、口腔《こうこう》もただれているらしく、声も聞きとりにくいほどであった。

吉継は腹巻きのみをつけ、その上から白地に黒蝶《ちょう》の群れ飛ぶさまをあらわした直垂《ひたたれ》を着て顎《あご》が隠れるほどに白い練絹《ねりぎぬ》の頭巾《ずきん》をかぶっている。

その頭巾から、吉継の両眼と鼻梁の一部がわずかにのぞいていた。

吉継の輿は、屈強の足軽《あしがる》八名によって担《かつ》がれ、三十名ほどの家来にまもられて柏原へ向かった。

夜ふけてから、大谷吉継は山中の陣所へもどった。

「いかがでありましたか？」

すぐさま、平塚為広が駆けつけて来た。

「中納言《ちゅうなごん》殿に会うたわ」

因幡守《いなばのかみ》為広は先日、戸田《とだ》重政《しげまさ》と共に近江の高宮へ宿営していた小早川秀秋を訪ねた折、秀秋の家老たちによって面会を拒絶されているだけに、

「まことでござるか？」

「むりにも会うたわ」

「で……？」

「のう、因幡殿。中納言殿の発病は、まんざら嘘《うそ》でもないようにおもえたが……」

「何の。嘘にきまっております」

「さようか、な……」

当時、武家に生まれた男子が十九歳ともなれば、

「もはや、一人前の大人」

と、いってよい。

だが、吉継が問いかけ、説き語るのを、中納言・小早川秀秋は蒼《あお》ざめた顔を伏せて聞きながら、ほとんど口をひらかぬ。

躰《からだ》も見ちがえるばかりに痩《や》せおとろえており、傍につきそい、目を光らせている平《ひら》岡《おか》・稲葉《いなば》の両家老の顔色をうかがう態《さま》が、いかにも痛々しく見えた。

(まこと、中納言殿の躰は病んでいるのではないか？)

大谷吉継は、自分が長年にわたる病患に苦しめられてきただけに、

(このような人に、何をいうてもはじまらぬ……)

と、おもったが、気を取り直して語りはじめた。

西軍陣営における小早川秀秋への疑惑は、深まるばかりであるが、ともかくも、亡《な》き太閤《たいこう》殿下の親族として見苦しい進退をなされては、かえって小早川家の為《ため》にならぬ。

しかも、小早川秀秋は決戦場に近い場所まで、出陣してきているのである。

これは戦の勝敗にかかわらず、五十二万二千五百石の太守としての進退をせぬことには、

「天下が、みとめ申さぬ」

と、吉継は説いた。

東か西か……どちらか有利の方に味方しようというのなら、それもよい。

よいが、それならば、すでに心を決めて行動をせねばならぬ。

決戦の期《とき》がせまった、いまこのときまで決心がつかぬというのでは、西軍が勝とうが東軍が勝とうが、小早川秀秋の将来は明るいものとはならぬ。

まさか、そこまではいいきらなかったが、大谷吉継の真意は、まさにそこにあった。

豊臣秀吉《とよとみひでよし》が一時はわが子同様に愛した甥《おい》の小早川秀秋のことゆえ、吉継もだまってはいられなかったのであろう。

秀秋の家老たちは、吉継に、異心なきことを誓った。

その誓いの、そらぞらしいことを大谷吉継は見ぬいている。

見ぬいているが、どうしようもない。

いまは、西軍のために、

「戦う」

ことを誓っているものを、

「それは嘘である」

ともいえぬではないか。

明朝、小早川秀秋は、大谷吉継の陣所の近くまで進み、陣を構えるという。

これを信ずるより、

「仕方もないではないか」

と、吉継は平塚為広にいった。

為広は、不快げに沈黙した。

大垣《おおがき》城内の軍議も、何ら決着を見ないままに終わった。

そのころ……。

岐阜城下では、まだ、駆り出された人夫が立ちはたらいている。

夜に入ってから、

「舟を四十隻《せき》ほど、あつめよ」

との命令が出されたのだ。

そこで、城下の西方を流れる長良川《ながら》に、鵜舟《うぶね》が四十余艘《そう》もあつめられつつあった。

鵜飼いは、長良川の名物である。

そこで鵜匠や船頭たちも駆り出された。

つまり、長良川へ鵜舟をならべ、これを綱で結び、その上へ板を張りわたして舟橋を架けようというのだ。

いうまでもなく、これは明朝、徳川家康の輿が長良川を渡るためのものなのである。

篝火は、依然として燃えさかり、無数の松明が長良川のほとりにうごいている。

夜に入ってから駆り出された者は、男のみであった。

お江も、老夫婦と共に長森へ帰っている。

夜がふけてから雨が降り出したが、舟橋の工事は、やすむことなくつづけられている。

「急げ、急げ」

立ちはたらく人夫たちの間を、東軍の武士たちが駆けまわり督励する。

その周辺の警戒は、厳重をきわめた。

長森の村外れの家で、老夫婦は日中の労働に疲れ果てて、死んだように眠りこけている。

だが、お江は眠っていなかった。

夜明け前に、お江が身仕度をととのえ密《ひそ》かに家を脱け出したことに、老夫婦は、まったく気づかなかった。

九

同じ夜ふけに……。

宿所の一間に眠っていた山中内匠長俊《たくみながとし》は、

「もし……もし、内匠様……」

耳もとで囁《ささや》く声に、はっと目覚めた。

常人ならば、

「何者じゃ」

叫んで、はね起きるところであろうが、さすがに甲賀《こうが》の山中内匠長俊であった。

長俊は、仰向きに寝た躰を微動もさせぬ。

「内匠様。もし……」

「たれじゃ」

「山中大和守《やまとのかみ》様に仕えおります猫田《ねこた》与助にござります」

「ふむ……」

「いつぞや、お目にかかりまいたことも……」

「おぼえておる」

山中長俊は、依然、目を閉じたままだ。

たしかに、与助の声には聞きおぼえがあった。

それにしても、

(与助が、此処《ここ》まで忍び入って来たことに、わしは少しも気づかなんだ……)

長俊は、自分の油断を恥じるよりも老いた猫田与助が、忍びの者として、これほどの力量をそなえていることに瞠目《どうもく》した。

ここは、岐阜《ぎふ》の城郭内であり、特別に警備もきびしい。その中を与助は微風のごとく、山中長俊の寝所へ、

「流れ入って来た……」

のである。

「与助。一人《いちにん》にて、まいったのか……」

「はい」

「何ぞ、急ぎの用か?」

「恐れながら、ぶしつけもかえりみず、この夜ふけに参上つかまつってござります。何とぞ、何とぞ御許しを願わしゅう存じまする」

「では、おのれの一存にてまいったのか?」

「はい」

「このことを大和守殿は御承知であるか?」

「いえ、どこまでも、私めの一存にござります」

「ふとどき者め」

「恐れ入りまいてござりまする」

与助は、身を引いて、ひれ伏した。

それを、ちらりと横目に見やった内匠長俊が、

「申してみよ。何のことじゃ?」

「はい……」

与助が、また、近寄って、

「内匠様のお取りはからいにて、何とぞ、与助めを御供の中へ加えていただきとうございます」

「何じゃと……」

それから、山中長俊と猫田与助は、ひそひそと語り合いはじめた。

はじめのうちは、長俊の低く叱《しか》る声がまじっていたようだが、そのうちに、与助の言葉に耳をかたむけはじめたようである。

明け方近くなって、雨は熄《や》んだ。

雨量は、さほどではなかったろう。

与助は、まだ、内匠長俊の寝所から出て来なかった。

四十余の鵜舟をならべた舟橋は、ほとんど出来あがっている。

舟と舟の間から長い杭《くい》が川底へ打ち込まれると、舟・板・川とが一つに密着してしまい、人も馬も渡れるほどの仮橋となった。

この舟橋を、徳川家康の本軍のすべてが渡るのではない。

舟橋は、あくまでも、輿に乗って赤坂へ進む家康のために架けられたのである。

雨は熄んだが、冷気がするどく、夜明けが近づくにつれて霧がたちこめてきはじめた。

早くも、駆り出された近辺の百姓たちが、城下の定められた場所へあつまりはじめた。

このとき、東軍の一隊が、徳川家康の馬印《うまじるし》や旌旗《せいき》をまもり、岐阜城下を出発して行った。

家康に先んじて、赤坂へ向かったのだ。

そして、赤坂の岡山の陣所が、東軍の本陣となり、総大将の、到着を迎えることになる。

そのころ、長森の村外れの家では、目覚めた老夫婦が、お江《こう》の姿の見えぬことに気づいていた。

お江は、老夫婦に、おすめと名乗っていた。

「おすめどのが、見えぬ」

「寝床も、片づけてあるのう」

「してみると、何処ぞへ去ったのか……?」

「なれど、身のまわりの品々は、ほれ枕《まくら》もとに置いてあるわいの」

「なるほど」

「妙じゃなあ……」

「婆《ばば》どの。それならば、きっと、もどって来ようわえ」

「せっかくに、この家《や》もにぎやかになったとおもうたら……」

「大丈夫じゃ。きっと、もどる。わしらに何もいわぬまま、姿を隠すような女ではないわい。よし。では婆どのは此処へ残るがよい。わし一人ではたらいて来よう」

「かまわぬかいの？」

「かまわぬとも、かまわぬとも」

そこで、老夫のみが身仕度をととのえ、腹ごしらえをして、家を出て行った。

夜が明けた。

慶長五年（西暦一六〇〇年）九月十四日の朝である。

陰暦の、この日は、現代の十月二十日にあたる。

たちこめる朝霧の中に、あわただしい馬蹄《ばてい》の響《とよ》みが起こり、松明《たいまつ》がゆれうごく。

篝火《かがりび》は、まだ、燃えさかっていた。

岐阜城下から長良川のほとりにかけて、東軍の将兵が続々とあつまりつつあった。

数人の騎馬武者があらわれ、舟橋の上を何度も往復しはじめた。

舟橋を試しているのだ。

川の中には、まだ足軽が残ってい、人夫と共に、舟橋の最後の点検をおこなっている。

岐阜城の方から、二十名ほどの騎士が駆けあらわれ、これは舟橋を渡らず、長良川の中へ馬を入れ、水量《みずかさ》を増して流れも急となった川面《かわも》を押しわたって行く。

この一隊は、渡河を終えるや、赤坂の陣を目ざして駆け去った。

すると、舟橋を試し渡っていた騎士のうちの三人ほどが、長良川へ馬を乗り入れた。

水量や川の流れを探っているらしい。

そのうちに、足軽の一隊が槍《やり》を頭上にかざし、川を渡りはじめた。

これも、徒歩《かち》での渡河を試しているのであろう。

風が出て、霧がながれはじめた。

朝の光が少しずつ加わってくるにつれ、将兵や軍馬の姿が影絵のように浮き出してきた。

岸辺の諸方で、軍馬が嘶《いなな》き、号令が起こりはじめた。

下流の方では、早くも荷駄《にだ》の一隊が川を渡りはじめている。

このとき……。

岐阜城の方で、法螺貝《ほらがい》が鳴りはじめた。

軍列をととのえた東軍の諸部隊が、舟橋を中心に、その上流と下流のほとりへ整然と押し出して来た。

霧が風に吹き払われるにつれ、あたりは明るみを増し、諸部隊の馬印や旗差物《はたさしもの》が、城下から河畔にかけて充満しつつあった。

その一方では、つぎつぎに部隊が川を渡りはじめている。

つまり、徳川家康を乗せた輿《こし》が渡る舟橋は、こうした東軍諸部隊に前後左右をかためられているわけであった。

その警衛の見事さは、敵の奇襲につけ込まれたりする隙《すき》を、まったくあたえていない。

早くも長良川を渡った部隊は、赤坂を目ざして進みはじめた。

法螺貝の音が、しだいに長良川のほとりへ近づいて来る。

徳川家康は、すでに岐阜城を発していた。

今朝の家康は、清洲《きよす》を発したときと同じ簡略武装を身につけ、頼政頭巾《よりまさずきん》をかぶり、輿に乗っていた。

十人の足軽が担《かつ》ぐ輿の前後を馬廻《うままわ》りの騎士が護《まも》っているのも同様であったが、山中内匠長俊は、その先頭に馬をすすめている。

これまでの内匠長俊は、家康の輿の背後に附《つ》きそっていたのである。

輿の背後の、馬廻りの一隊の後ろには、例の逞《たくま》しい〔つきそい女〕が十人、肩を張り、口を一文字に引きむすび、堂々と歩む。

その後ろに、十二名の騎士がつづく。

この十二名の騎士の最後列に、武装をつけた猫田与助が加わっていた。

十

猫田与助は、馬廻りの士《もの》と同様の武装に見えた。

いつもは軽装で活動しているだけに、与助の老体には武装が重かったろう。

だが、錐成《きりなり》の兜《かぶと》の下の、与助の細い両眼《め》は鋭く光ってい、前方の輿に乗っている徳川家康の、どちらかといえば、

「ずんぐりとした」

背中を、ひたと見つめている。

背筋を伸ばし、右手に槍を掻《か》い込んでいる猫田与助は、別人のように若やいで見えた。

与助の槍は、夜明け前に山中内匠長俊から与えられたもので、兜も具足《ぐそく》も同様であった。

与助は、槍の柄《え》を切り落としておいた。

ほとんど、手槍のように見えるのだが、何か、おもうところがあってのことなのであろう。

与助が加わっている十二名の騎士の前に、十名の〔つきそい女〕が歩み、その前に馬廻りの一隊。そして、家康の輿である。

馬上の戦士の隊列に、家康の背中が隠れてしまうこともあったが、まず、与助の目を盗んで、この軍列へ他の者がまぎれ込むことはできまい。

しかも前方には、馬上の山中長俊が、油断なく目を配っているのだ。

山中長俊は、猫田与助の一存を聞いて、

「まさかに、草の者が……？」

信じられぬという面持《おもも》ちで、

「大和守殿から、草の者は信濃《しなの》へ引き上げて行ったらしいとの伝言があった」

「はい。そうではないと申しているのではござりませぬ。なれど、これまでの草の者のうごきを合わせて考えまするに、万一に備えてのことを……」

「ふうむ……」

家康《いえやす》の本軍が清洲《きよす》から岐阜へ、そして赤坂へと移動するにつれ、山中忍びたちは、その沿道を絶えず往来し、警戒に当たっているはずだし、彼らの報告も、本軍が岐阜へ入って間もなく、

「変事が起こるおそれはありませぬ」

と、山中長俊の耳へとどけられていた。

長俊の目にも、

「蟻《あり》一匹とて、這《は》い込めぬ」

ほどの警衛が、徳川家康の身辺に遺憾《いかん》なく張りめぐらされている。

たとえば、輿の前駆として進む七十余騎や、馬廻りの士にしても、家康の東下以来の勇士ばかりであるし、さらにこれを、本軍の軍列が被《おお》いつくすばかりにして進むのだから、異状が起こるはずはない。

だが山中長俊は、与助の執念と、忍びの者としての情熱に負けた。

与助の単独行動を、山中大和守も黙認しているようだし、

「では、ついてまいれ」

ついに、許可をあたえた。

「かたじけのうござりまする」

「何処まで、ついて来るつもりなのじゃ？」

「こたびの戦が終わりますまで、内匠様と共に、御輿の近くへ……」

「ふむ」

「何とぞ、おゆるしを……」

「ま、仕方もあるまい」

そこで内匠長俊は、猫田与助を、

「わが手の者……」

として、馬廻りの士に引き合わせ、武装をととのえさせた。

さて……。

前駆の七十余騎が長良川《ながら》の舟橋へさしかかったとき、霧は、ほとんど風に吹き払われていたが、そのかわりに、川面には靄《もや》がたちこめている。

軍列は、舟橋の両側の川面を続々と押しわたりつつあった。

合図の法螺貝の音が、家康の輿の前後左右に鳴りはじめた。

岐阜を発しつつある東軍の西南約四里のところに、西軍の大垣《おおがき》城があった。

そして、大垣の西方一里のところに赤坂の東軍陣営がある。

徳川家康の本軍は、長良川をわたり、大垣城を左にのぞみつつ、迂回《うかい》して赤坂へ着陣するつもりなのだ。

大垣城からも、東軍が移動しつつあることはわかったろうが、その全貌《ぜんぼう》をつかむことはできぬ。

ことに大垣城は、山上に構えられた城郭ではない。

これが一つには、西軍の不利ともなったといえよう。

軍団の出入りには便利であるが、何分にも、

「展望がきかぬ……」

のである。

ちょうど、そのころであったろう。

前夜は柏原《かしわばら》に宿営していた小早川秀秋の大部隊がうごきはじめ、今須川をわたって、松尾山へのぼりはじめた。

松尾山は、黒血川《くろち》をへだてて、大谷吉継《よしつぐ》の陣所と向かい合う標高約三百メートルの山であって、この山の頂上に立つと、前面に城山を背負った大谷・平塚の陣所、右手に関ヶ原を見下ろすことができる。

小早川部隊が松尾山へ陣を構えたことは、西軍に与《くみ》する軍勢として適切であったといえよう。

だが、これも南宮山の毛利秀元《ひでもと》と同様、山頂までのぼってしまった。

どうも、そのあたりが、

「心得ぬ……？」

ようにおもわれてならぬ。

小早川秀秋は、松尾山へ陣を構えてのちに、このことを大谷吉継へ知らせてよこした。

「うけたまわった。そのよしを、大垣へも、すぐさま、お知らせなさるように」

と、吉継は小早川の使者に念を入れたが、それでも、こころもとないとおもったのであろう。

自分のほうからも、小早川秀秋の松尾山着陣を、大垣城の石田三成《みつなり》へ知らせることにした。

その使者が関ヶ原を駆けぬけて大垣城へ走りつつあるとき、山々に囲まれた約一方里半の小盆地・関ヶ原には、まだ深い霧がたちこめていた。

小早川秀秋は、松尾山着陣のことを、ついに大垣へは知らせていない。

したがって、大谷吉継からの知らせがなければ、西軍の総司令官である石田三成は、味方の大部隊の所在をもわきまえていないことになったはずだ。

ところで……。

松尾山の関ヶ原に面した山裾《やますそ》には、すでに、脇坂安治《わきさかやすはる》・朽木元綱《くつきもとつな》・小川祐忠《おがわすけただ》・赤座直保《あかざなおやす》の西軍・四部隊が陣を構えていた。

このうちの脇坂安治は、豊臣秀吉《とよとみひでよし》の家人《けにん》であり、若き日には加藤清正・福島正則《まさのり》などと共に勇名をうたわれた人物だし、朝鮮の役での戦功も相当なものだ。いまは淡路《あわじ》の洲本《すもと》城主として三万三千石を領し、約千名の部隊をひきい、西軍に加わっている。

脇坂安治は、かねてから大谷吉継と昵懇《じっこん》の間柄《あいだがら》であったし、したがって吉継も、

「まず、中務少輔《なかつかさしょうゆう》殿が傍にいてくれるのは心強い」

などと、侍臣の湯浅五助《ゆあさごすけ》に洩《も》らしていたほどであった。

そこで大谷吉継は、傘下《さんか》の部将・平塚為広《ひらつかためひろ》に、自分の重臣・三浦喜太夫《みうらきだゆう》をそえて脇

坂の陣所へつかわし、小早川秀秋のうごきに、

「気をつけられたし」

と、つたえさせた。

脇坂安治も、小早川秀秋の去就について不審を抱いていたはずだ。

「心得申した」

脇坂安治の返事には、澱《よど》みもない。

大谷吉継は、さらに、山中村の陣所を藤川台とよばれる高処《たかみ》へ移すことにした。

ここは、山中より、さらに下って関ヶ原を東方にのぞむ地点で、松尾山のうごきに対応するためにも便利であった。

関ヶ原の霧が霽《は》れたころ、吉継は、またも輿を松尾山へすすめ、小早川秀秋に念を入れている。

このときも、小早川家の老臣・平岡頼勝《ひらおかよりかつ》と稲葉正成《いなばまさなり》は、

「われらが主《あるじ》は幼少のころより太閤《たいこう》殿下の御恩をこうむり、いまは、かく人となられ申した。なればこそ、着陣いたしたのでござる。いささかも覚束《おぼつか》なく思《おぼ》しめしたまうな」

むしろ、きっぱりといいきったものである。

いまは、もう、この言葉を信ずるよりほかはない。

松尾山を下って、藤川台の新しい陣所へもどった大谷吉継は、湯浅五助をかえりみて、こういった。

「治部《じぶ》殿のために、わしが為《な》すべきことは、すべて為しつくしたわ」

吉継の顔は頭巾《ずきん》に隠れ、表情もわからなかったが、昨日までの沈痛な口調と打って変わり、声がはればれとしているように、五助は感じた。

関ヶ原に住む人びとは、西軍諸部隊の着陣を知って、家財道具をまとめ、数日前から避難をはじめている。

いまのところ、決戦場が何処になるのか、それは大谷吉継にもわからぬ。

作戦の常道としては、まず徳川家康の大垣攻めが開始されるのではないか。

大垣城は山城でもなく、さして堅固な城郭ではない。

となれば、美濃《みの》の平野に東西両軍が激突することになろう。

十一

徳川家康を乗せた輿《こし》が舟橋をわたりはじめる前に、先駆の七十騎のうちの三十騎が舟橋をわたって行った。

猫田《ねこた》与助は二列にならんだ十二名の騎士たちの最後尾の右側に馬をとめていた。

与助の後にも、軍列がつづいていた。

騎士たちの前にいる十名の〔つきそい女〕たちは徒歩《かち》ゆえ、その頭のみが辛うじて見える。

その向こうに、馬廻《うままわ》りの一隊。

そして、輿の上の徳川家康の背中が、馬廻りの隊列の間から彼方《かなた》に見え隠れしている。

先駆の三十名が舟橋をわたりきると、つづいて残る四十名が舟橋へ馬を乗り入れて行った。

長良川を押しわたった他の軍列は対岸に集結し、うごきはじめている。

三万の大軍の移動であった。

霧は、ほとんど霽れあがったけれども、空は灰色の雲に被《おお》われ、大気は冬のように冷たい。

家康の輿の前の馬廻り十騎が、舟橋をわたりはじめた。

しかし、山中内匠長俊《たくみながとし》のみが、輿のすぐ前に馬をとどめている。

法螺貝《ほらがい》が鳴りひびき、山中長俊の馬がうごき出した。

それを待っていたかのように、家康の輿も、舟橋へ向かって進む。

四十艘《そう》の舟と舟との間に打ち込まれた杭《くい》のところに、武装の足軽《あしがる》が一人ずつ川中に立ち、ゆれる舟橋に目を配っていた。

それにしても、堅固に造るものではある。

何百人もの人と馬が一斉《いっせい》にわたることはなるまいが、舟橋はびくともしなかった。

家康の輿が、舟橋をわたりはじめ、馬廻りの一隊と〔つきそい女〕たちが、これにつづく。

それから、間隔を置いて、猫田与助をふくめた十二名の騎士と、後続の一隊が舟橋をわたることになる。

対岸には足軽と騎士が控えていて、何騎かが舟橋をわたりきるや、旗をあげ、こちらへ合図を送ってよこす。

それを受けて、こちら側の舟橋の横手に控えている騎士たちが、後続の人びとを順次、舟橋へ送りこむのであった。

十二名の騎士は、舟橋の前で合図を待った。

したがって、前を行く〔つきそい女〕たちとの間隔がひらき、女たちの後ろ姿が馬上の与助の目にも入ってきたのである。

十人の女たちは、いずれも白布をもって髪を束ね、後尾の四人は小さな荷を担《かつ》いでいた。この荷物の中には、徳川家康の手回りの品々が入っているのであろうか。

いましも、舟橋をわたりはじめた〔つきそい女〕たちの後ろ姿へ、何気もなく視線を移した猫田与助が、はっと鞍壺《くらつぼ》の腰を伸ばした。

最後尾の右側の女の後ろ姿が、与助の目をとらえたのだ。

(お江《こう》……?)

似ているといいきれるわけではないが、これまで、その姿のほとんどが、騎士たちの隊列の間に埋め込まれていた〔つきそい女〕だけに、このときの猫田与助の、その女の姿を見た瞬間の印象は、

(怪しい女……)

その一語につきる。

さすがに、長年にわたって鍛えあげられた猫田与助の鋭い直感であった。

怪しい女なら、与助にとっては、

(お江にちがいない……)

ことになる。

おもわず与助は、馬を隊列から外した。

となりの騎士が、いぶかしげに与助を見やったとき、その女が左肩に荷物を担いだまま、するすると前へ進みはじめたではないか。

つまり、女たちが二列になってわたる、その横合いから構わずに前へ歩み出したのだ。

「あっ。何者じゃ!」

つきそい女のだれかが叫んだ。

その叫んだ女が川の中へ転落するのを、与助は見た。

猫田与助は馬腹を蹴《け》って走り、舟橋の右傍から長良川へ馬を乗り入れた。

（まさに、お江じゃ！）

そのとおりであった。

いつ、お江は〔つきそい女〕の一人と入れ替わったのであろう。

つぎつぎに〔つきそい女〕たちを、川の中へ突き飛ばしたお江が腰の脇差《わきざし》を引きぬきざま、これを口に銜《くわ》えた。

「曲者《くせもの》！」

「あっ……」

川の中の足軽たちが叫び声をあげる。

騎士たちは咄嗟《とっさ》に、何が起こったのかわからぬようであった。

〔つきそい女〕たちの前を進んでいた馬廻りの一隊の中の二騎が横ざまに倒れ、騎士は川中へ振り落とされている。

お江の躰《からだ》が、怪鳥《けちょう》のごとく宙へ舞いあがった。

「おのれ！」

与助は、舟橋に沿って川中に馬を進めようとするのだが、おもうようにまいらぬ。

河原にいた戦士たちが槍《やり》の穂をそろえて川へ飛び込んで来た。
舟橋が、激しくゆれはじめた。
宙に舞って落ちたお江は、騎士たちの兜《かぶと》を踏みつけるようにして弾みをつけ、また
も宙へ躍りあがった。
そのお江を目がけて、猫田与助が数箇《こ》の飛苦無《とびくない》を投げ撃った。
その一箇が、お江の頰《ほお》をかすめた。
与助は、左手の槍を右手に持ちかえて、激流の中に馬を進める。
舟橋の上は、名状しがたい混乱におちいっていた。
騎士が、馬が、たちまちに川へ落ち込む。
対岸からも兵士たちが、川へ躍り入って来た。
家康の輿が、舟橋の中程で、ぐらぐらと揺れている。
それへ向かって三度《みたび》跳躍するお江を、与助は見た。
「南無三《なむさん》……」
祈りをこめて、与助は、お江へ手槍を投げ撃った。
宙に躍ったお江は、ゆれうごく輿の上から、こちらへ振り向いた徳川家康の両眼《め》が
張り裂けるばかりに見ひらかれているのを見た。
それへ向かって飛びかかり、お江は口から右手へつかみ取った脇差を、躰ごと突き

入れようとした。

その一瞬……。

風を切って飛んできた与助の手槍が、お江の右肩を突き刺したのである。

体勢がくずれたお江は、家康の輿の柱に躰を当て、輿を担ぐ足軽たちの頭上へ落ちた。

「わあ……」

足軽の叫びが起こり、輿が前のめりとなった。

徳川家康は泳ぐように両手を前へ突き出し、輿の上から落ちかかった。

与助はなおも馬を進めつつ、腰の太刀《たち》を引き抜いた。

十二

それからの混乱を、何にたとえればよかったろう。

まさに、間一髪の差で、お江は徳川家康を、

「討ち損ねた……」

といってよい。

また、猫田与助が投げ撃った手槍に右肩を突き刺されなかったら、跳躍したお江の躰は輿の中へ飛び込み、家康の背中へ抱きつきざま、脇差を突き入れていたにちがい

ない。

振り向いた徳川家康の、おどろきにみひらかれた両眼へ、躍りあがった自分の眼が、ぴたりと合ったとき、お江は、

（いまこそ、討った！）

と、感じた。

その瞬間に、与助の手槍が右肩へ突き立ったのである。

いったんは突き立った手槍だが、その衝撃でお江の体勢がくずれてしまい、輿を担ぐ足軽たちの頭上へ落ちたので、手槍は、お江の肩から捩《ねじ》りとられたようになった。

そして、お江が舟橋から長良《ながら》川へ落ち込んだとき、手槍は、お江の肩から離れた。

「曲者ぞ！」

「逃すな！」

喚《わめ》き、叫び、お江の落ちた川面《かわも》へ水飛沫《しぶき》をあげて、ひしめき合いつつ迫る兵や騎士たち……。

これが、猫田与助にとっては、実に、

「無益なこと……」

であって、馬から川の中へ飛び下りた与助が太刀を引き抜き、

「それがしが曲者を討ち申す。そこを、お退《ど》き下されい！」

と、叫んでも、その声が騎士たちの耳へ届くはずもない。

人びとの叫びと軍馬の嘶《いなな》きが、名状しがたい一つの響音となって川面を被《おお》っている。

「お退き下されい。たのむ。たのみ申す！」

悲痛の叫びをあげ、与助が、お江の姿を追った。

だが、見えない。

武装の将兵が舟橋を中心に重なり合い、あわてふためいている。

「ええ、邪魔な……」

猫田与助は、歯がみをした。

邪魔だからといって、徳川の将兵に害をあたえるわけにはまいらぬ。

この間に……。

徳川家康の輿を担ぐ足軽たち（その半数は川中へ落ちていた）は、必死となり、ちからを合わせ、ついに舟橋を渡りきってしまったのである。

たちまちに、家康の輿は、おびただしい数の騎士たちに護《まも》られ、対岸の堤から道へ移動しはじめていた。

「おのれ！」

与助は、川の中を迂回《うかい》しつつ、お江を探しもとめた。

いない。

見当たらぬ。

徳川の戦士たちに討たれるなら、いまは仕方もない。

だが、お江ほどの女忍びであるからには、この混乱に乗じて逃走にかかることは知れてある。

与助は、自分の投げた手槍が、お江へ致命の重傷をあたえたとはおもっていない。

「ええっ。退《の》け、退けい！」

川の中へ馬を寄せて来た数人の騎士たちが、与助を押し退けるようにして対岸へ渡って行く。

「おのれ、おのれ！」

憤激する猫田与助の両眼から、口惜《くや》し泪《なみだ》がふきこぼれてきた。

（お江め。何処へ逃げたのか……何処に……）

（わし一人にまかせたなら、かならずお江を引っ捕らえていたものを……）

またしても一人の騎士が、与助の傍を渡りぬけて行きながら、

「邪魔者めが！」

昂奮《こうふん》のあまり、槍の柄《え》を、与助の兜の上から叩《たた》きつけた。

与助は、もう、たまりかねた。

遠ざかる、その騎士について川を渡り、わからぬように追い抜きざま、いきなり振

り向いて飛苦無を騎士の面上めがけて投げ撃った。

大混乱の最中《さなか》であったし、距離もはなれていたので、与助の素早い躰のうごきに気づいた者とてなかった。

飛苦無——この小さくて鋭利な甲賀《こうが》の手裏剣は件《くだん》の騎士の鼻梁《びりょう》の急所へ命中したものである。

「あっ……」

たまったものではない。

騎士は、のけぞるようにして馬から川中へ落ちた。

その近くにいた者たちが、これは曲者に襲われたとおもったらしく、

「此処《ここ》じゃ！」

「逃すな！」

喚いたものだから、

「それっ……」

槍を連ねて、兵士たちが近づいて来た。

猫田与助の姿は、すでに消えている。

そして……。

ついに、お江の姿も発見することはできなかった。

なんといっても、長良川の舟橋での家康襲撃だけに、徳川方の衝撃と混乱は非常なものであった。

これが陸《おか》の上ならば、逃げるお江の姿を捕捉《ほそく》できたろう。

また、猫田与助も、お江を逃しはしなかったろう。

長良川の川面には、靄《もや》がたちこめていた。

おそらく、お江は川の底へ潜り、混乱に乗じて逃亡したに相違ない。

長良川を渡った徳川家康の輿《こし》は、厳重な警護のもとに、木田の南方を進み、揖斐《いび》川を越えて、神戸《ごうど》の村へ到着した。

徳川の本軍が、神戸において軍列をととのえるまでには、かなりの時間を要した。

当然の事といわねばなるまい。

黒い雲が、しきりにうごいている。

その隙間《すきま》から薄日が洩《も》れてきはじめた。

夜雨

一

長良川において、徳川家康《とくがわいえやす》が何者かに奇襲を受けたことは、ただちに、赤坂の東軍陣営へ急報された。

本多忠勝《ほんだただかつ》と井伊直政《いいなおまさ》は、家康が無事と聞いて、

「それは、何よりであった……」

蒼《あお》ざめながらも、胸をなでおろした。

ともかくも、二度と、このような不祥事があってはならない。

「殿を、木田のあたりにとどめまいらせ、こなたよりも、迎えの軍勢を送らねばならぬ」

というので、すぐさま忠勝と直政は、

「暫時、木田にて、おとどまりありたし」

と、急使を家康の許《もと》へ差し向けたが、すでに、家康は木田を通過している。

木田は、長良川を渡って北西約半里のところにある村落だ。

もっとも、赤坂の東軍が迎えの部隊を出さなくとも、徳川家康は三万の本軍をひきいているのだから、大垣《おおがき》城の西軍が、これへ攻めかかるには、相当の決断がいる。

そのようなことをすれば、それこそ家康の、

「思う壺《つぼ》……」

であって、赤坂の東軍と協力し、すぐさま、家康得意の野戦へもち込むことができるというものだ。

だが、警戒するにしくはないので、赤坂の東軍は大垣城の西軍のうごきを監視すべく、物見の一隊を諸方へ出した。

また、赤坂にいる山中俊房《としふさ》と伴長信《ともながのぶ》の甲賀頭領は、配下の戦忍《いくさしの》びを繰り出して大垣の気配を探りはじめた。

依然として空は厚い雲に被《おお》われていたが、薄日が洩れることはあったし、両軍のうごきは、たがいにこれを隠すことができぬ。

徳川の本軍は、木田の西方を揖斐川に向かって進みつつある。

木田から揖斐川までは、約二里半。

その途中で、赤坂からの急使が本軍と出合った。

徳川家康は、本多忠勝・井伊直政からの伝言を聞くや、

「両人に、うろたえるなと申せ。われに構うな。それよりも赤坂の備えを遺漏なきようにいたせとつたえよ」

むしろ、叱《しか》りつけるようにいい、

「早や、赤坂の陣に、わが馬印をあげよ」

と、命じた。

「ははっ」

急使は馬腹を蹴《け》って、赤坂へ引き返して行く。

一方、大垣城では、赤坂の東軍陣営のうごきがただ
ならないので、

「これは、家康が赤坂へ向かいつつあるのではなかろうか？」

というので、石田《いしだ》三成《みつなり》は、家来の水野庄次郎へ、

「物見いたしてまいれ」

「かしこまった」

水野は、小西行長《こにしゆきなが》の家来・赤星左近《あかぼしさこん》と、宇喜多秀家《うきたひでいえ》の家来・稲葉助之丞《いなばすけのじょう》と共に、兵十名を引きつれ大垣城を出た。

そして、あきらかに、徳川の大軍が赤坂へ向かいつつあるのをたしかめたのである。

「間ちがいはござらぬ」

大垣へ駆けもどった水野らは、

「われらは徳川の家来・渡辺半蔵《わたなべはんぞう》の旗差物《はたさしもの》を見知っております。半蔵は物筒《ものつつ》の頭《かしら》をつとめておりますれば、まさしく内府（家康）の出馬に相違ありませぬ」

と、報告をした。

そこで石田三成は、西軍の首脳をあつめ、またも軍議をはじめた。

「家康を迎え撃つか、どうか？」

このことであった。

だが、相談をしている間に、家康の本軍は赤坂へ向かって進みつつあるのだ。

いまから出陣の仕度をしていたのでは、とても間に合わぬ。

徳川の本軍は、ついに揖斐川を越え、神戸《ごうど》の村へ入り、ここで軍列をととのえ直した。

というのは、神戸の南方約一里半の近距離に、大垣城があるからだ。

徳川の本軍は、これから大垣城を左に見ながら西方の赤坂へ進むことになる。

ために、赤坂へ向かう本軍の側面から、大垣の西軍が攻撃して来ることは充分に考えられる。

そこで、軍列をととのえ直したのであった。

ところで……。

本軍が神戸で一息入れているとき、徳川家康の〔つきそい女〕たちを束ねている山《やま》尾元之《のおもとゆき》の未亡人於喜佐《おきさ》が、突如、木蔭《こかげ》へ入って短刀を自分の左胸下へ突き入れた。

家康を襲ったのは、たった一人の女であった。

この女が〔つきそい女〕にまじり、朝霧にまぎれて、いつの間にか軍列に加わっていたのだ。

於喜佐は女たちの先頭にいて、これにまったく気づかなかった。

その責任《せめ》を負って自害したのである。

他の〔つきそい女〕たちも、女の曲者《くせもの》が、いつ何処でまぎれ込んだのか、どうしてもわからなかった。

徳川家康の輿に従い、岐阜《ぎふ》城を出たときには、異常がなかった。

ところが、いつの間にやら、曲者の女が、つきそい女のおふくと入れ替わっていたのである。

おふくの死体は、間もなく、長良川の東岸の堤の下の草の中に発見された。

家康の軍列が長良川のほとりへ来たとき、家康の輿を舟橋へすすめるため、将兵がひしめき合い、騎馬武者が行き交って、一時はかなり混雑をした。

おそらく、そのときに、あの曲者はおふくを引きぬき、声も立てさせずに殺して草の中へ倒し、おふくが担《かつ》いでいた荷物を左肩に乗せ、何くわぬ顔で〔つきそい女〕たちの列に加わったのではあるまいか……。

左肩の荷物によって、曲者は自分の顔を左どなりのつきそい女に見られることをふせいだ。

この女の曲者は、つきそい女たちと同じような姿《いでたち》をしていたのである。

それにしても、実に、あざやかな手際《てぎわ》ではないか。

家康の前方をすすんでいた山中内匠長俊《たくみながとし》は、愕然《がくぜん》となった。

猫田与助の予感が的中してしまったのである。

与助がいうように、その曲者は、

(真田《さなだ》の草の者であろうか……)

山中長俊は、慄然《りつぜん》となった。

女の忍びが、たった一人で、しかも長良川の舟橋を渡る家康の輿を襲ったのだ。

真田の草の者が、いかに恐るべきものかを、内匠長俊は、このときはじめて知ったといってよい。

猫田与助が消え去ったのは、

(逃げた女忍びを追っているに相違ない)

と、山中長俊は看《み》ている。

長俊は、輿の背後から見張っていた与助が、事前に曲者を発見できなかったことを、責めようとはおもわぬ。

自分が輿の背後にいても、おそらく気づかなかったろう。

山中内匠長俊は、神戸へ到着したとき、

「申しわけの仕様もござりませぬ」

家康の前に、深ぶかと頭を垂れた。

これに対して徳川家康は、

「何の……」

かぶりを振って笑い、

「めずらしきことでもないわ」

と、いいはなった。

さすがに、家康である。

久方ぶりの戦陣に、老いの血が滾《たぎ》り、勇気と闘志がみちみちてきて、危うく一命を落とすところだった奇襲にもたじろがぬ。

それだけに、つきそい女の頭をつとめていた於喜佐が自害して果てたと聞き、

「うろたえものめが……」

さも口惜しげに、

「何をもって、さような、早まったまねをいたしたものか……」

いいさして、声をのんだ。

家康は於喜佐を信頼しており、陣中の身のまわりの世話は、この男勝りの中年女にまかせきりであった。

さて……。

徳川の本軍は、昼すぎまで、神戸にとどまっていた。

その間に、赤坂の東軍陣営・岡《おか》山の頂上に、金扇の馬印と葵《あおい》の紋旗七旒《りゅう》、白旗二十旒が高々と押し立てられた。

これぞ、徳川家康の赤坂到着を示すものである。

家康は、まだ神戸にいるわけだが、神戸からわずかに一里をへだてた赤坂へは、

「到着したも同然……」

と、いうわけなのであろう。

南方一里をへだてた大垣城からも、岡山の頂に翻《ひるがえ》る馬印や旗が、はっきりと見てとれた。

「家康来《きた》る……」

このことであった。

敵の総大将が、ついに、一里をへだてた敵陣へあらわれたのだ。

西軍は、家康が、まだ神戸にとどまっていることを知らぬ。

このときの西軍諸将のありさまは、どのようなものであったろうか……。

石田三成の家老・島左近勝猛《しまさこんかつたけ》が、こういっている。

「味方の将士が、かように物怖じしてしもうては、これよりの決戦に勝てるはずもない。よし。われらが兵を出して一戦を交え、一手二手と切りくずせば、味方の意気もあがろう」

二

石田三成は、ただちに、島左近の進言をゆるした。

三成も、徳川の本軍を迎えた味方の動揺ぶりに、

「業《ごう》が煮えた……」

のであろう。

島左近は、五百の兵をひきいて大垣城外へ出た。

これを知った宇喜多秀家も、家来の明石《あかし》掃部《かもん》をよび、

「石田勢を助けよ」

と、命じた。

「かしこまった」

明石掃部は、八百の兵をひきい、これも城外へ出た。

大垣城と、赤坂の間に、杭瀬《くいぜ》川が流れている。

美濃《みの》・尾張《おわり》の平野には大小の河川が縦横に流れてい、徳川家康は、この川水を利用し、

（大垣城を、水攻めにしてもよいな……）

と、考えてもいたようだ。

赤坂の東軍も、杭瀬川の河岸へ柵《さく》を設け、中村一栄・有馬豊氏《ありまとようじ》の両部隊が前衛として陣を構えている。

島左近と明石掃部は、合わせて千三百の兵をひきい、これも杭瀬川の東岸に設けられた柵のあたりへ押し出して来た。

これを見た対岸の東軍・前衛部隊が、

「や、押してまいるぞ！」

応戦の構えとなった。

このとき、すでに、徳川家康の本軍は、神戸《ごうど》を出発し、赤坂へ進みつつあった。

神戸から赤坂までは、わずかに一里。

徳川の本軍は杭瀬川の、大垣より一里ほど上流を越えて赤坂へ入ることになる。

本軍からも数名の騎士たちが、連絡のために赤坂へ駆け向かった。

また、赤坂からも連絡の騎士が駆けつけて来る。

徳川家康が乗っている輿《こし》は二重三重のきびしい警護の中にあった。

家康は、

「出迎えにはおよばぬ」

と、指示してよこしたが、赤坂の東軍としては、そうもまいらぬ。

そこで、東軍の将・浅野《あさの》幸長《よしなが》が、みずから五十騎を引きつれ、家康を出迎えることになった。

浅野幸長は、豊臣家《とよとみけ》・恩顧の大名である浅野長政《ながまさ》の長男だ。

父の長政は、去年、前田利家《まえだとしいえ》亡《な》き後の大坂が騒がしくなったとき、徳川家康暗殺の容疑をうけ、一時は武州の八王子へ謹慎させられていたが、いまは東軍に参加している。

この父とちがって浅野幸長は、はじめから徳川家康に与《くみ》していた。

幸長は、石田三成を、

「虫酸《むしず》が走る……」

ほどに嫌《きら》いぬいている。

父の領地を分けてもらった浅野幸長は、いま、甲斐《かい》の府中城主である。

灰色の雲が、空を被《おお》いはじめた。

一時は雲が切れて、日もさしてきたのだが、いま、東西両軍の頭上にひろがりつつある雲は厚く、あきらかに雨気を含んでいる。

浅野幸長は五十騎を従え、赤坂を出発した。

ちょうど、そのころであった。

赤坂の背後にある金生山《きんしょう》のふもとの深い森の中に、得体の知れぬ武装の一隊が息をひそめていた。

人数は、合わせて十五名で、いずれも立派な武装を身につけた騎士たちである。

浅野幸長がひきいる五十騎は、金生山のふもとを北へ進み、市橋の村へ入る手前から道を右へ折れた。

そのときだ。

金生山の森の中から、突如あらわれた十五名の一隊が、ごく自然なかたちで、浅野隊の後尾について来た。

浅野隊の騎士たちは、むろん、これに気づいたが味方だとおもっている。

何しろ、三万におよぶ本軍の先鋒《せんぽう》が、浅野隊と擦れちがって赤坂へ到着しつつあるのだ。

徳川家康の輿も、完全に安全圏内に入ったといってよい。

連絡の騎士たちが本軍と赤坂の間を何度も往復している。

こうしたときに、浅野隊の後尾へ十五名の一隊がついて来ても怪しむべき理由がなかった。

この一隊は、浅野隊に見られてもあわてる様子がない。悠々《ゆうゆう》として馬をすすめて来る。

これに気づいた浅野幸長の家来・福原三五兵衛安清《ふくはらさんごべえやすきよ》という者が、念のために、馬を返して後尾の一隊へ近づき、

「いずれの方々《かたがた》でござるか?」

と、問いかけた。

すると、先頭に立った騎士がにっこりと笑い、

「清洲《きよす》侍従《じじゅう》の家中でござる」

と、こたえた。

清洲侍従とは、福島正則《ふくしままさのり》のことだ。

十五名の騎士たちは、いずれも福島家の旗差物《はたさしもの》を甲冑《かっちゅう》の背につけている。

うなずいた福原安清は、

「うけたまわった」

すぐに引き返し、このよしを浅野幸長へ報告した。

「さようか」

幸長も納得した。

自分とは別の立場で、福島正則が一隊をさしむけ、徳川家康に敬意を表することに

ふしぎはない。

家康は、これまで、東軍の先鋒軍に対して指示をあたえる場合、何事にも福島正則の立場を重んじて、疎略《そりゃく》にはあつかわなかった。

その家康の心入れに対し、福島正則が出迎えの一隊をさしむけるのは当然といってよい。

だが……。

自分の問いかけにこたえた先頭の騎士の正体を知ったなら、福原安清は、どのような顔色になったろう。

この騎士は、草の者の奥村弥五兵衛《おくむらやごべえ》であった。

弥五兵衛に従う十四名の草の者の中には、伏屋太平《ふせやたへい》・小竹万蔵《こたけまんぞう》・姉山甚八《あねやまじんぱち》もふくまれている。

神戸から赤坂への道という道は、徳川の将兵に埋めつくされ、その軍列が浮塵《ふじん》を巻きあげ、おびただしい軍馬の馬蹄《ばてい》、響《とよ》みの中で、法螺貝《ほらがい》が鳴りわたっていた。

徳川本軍の前駆の一隊は、早くも赤坂の陣営へ到着している。

三

そのころ……。

島左近の指示を受けた西軍の兵二百ほどが杭瀬川を渡り、東軍陣営へ接近して行った。

その中の十人ほどが、大胆にも東軍・中村一栄隊の柵のすぐ近くまでやって来て、これ見よがしに、にやにや笑いながら田圃《たんぼ》の稲を刈ってみせたものである。

「おのれ！」

「小癪《こしやく》な……」

嘲弄《ちようろう》されて怒った中村隊が柵の外へ出て鉄砲を撃ちかけると、すぐさま、島左近の鉄砲足軽《あしがる》が鉄砲を撃ち返した。

これが、柵の外へ出て来た中村隊の兵二名に命中した。

それと見て、西軍の兵士たちが、どっと笑いながら引きあげて行く。

中村隊の戦士たちは、おもわず頭に血がのぼってしまい、

「追え！」

「討ち取ってしまえ！」

先を争って、逃げる西軍の兵を追撃しはじめた。

二百の西軍は、これをあしらいながら、退却する。

嵩《かさ》にかかった東軍は、杭瀬川を渡り、猛然として追撃した。

これを見た東軍・有馬豊氏も、

「機を逃すな。中村勢を助けよ」

と、命じたので、有馬部隊も柵外へ押し出し、これまた杭瀬川を渡って追撃する。

そのころ、浅野幸長がひきいる五十騎は、徳川本軍の諸部隊と擦れちがいつつ、北へ進んでいた。

と……。

前方に、徳川家康の輿を中心にした軍列が見えたので、

「おお。あれじゃ」

浅野幸長は、前方を鞭《むち》で指し示し、

「三五兵衛。三五兵衛……」

と、呼ばわった。

「はっ」

福原三五兵衛が、馬を寄せて来たのへ、

「三五兵衛。急げ」

「ははっ」

三五兵衛安清は馬腹を蹴《け》り、彼方《かなた》の軍列へ駆けて行った。

それと見て、軍列もとめた。

福原三五兵衛は、主《あるじ》の浅野幸長がこれまで出迎えにあらわれたことを告げに行った

のである。

浅野幸長は、会釈をしながら本軍の将兵と擦れちがい、家康の輿へ馬をすすませて行く。

幸長は、自分の五十騎を家康の軍列の前面におき、自分は、その先頭に立ち、赤坂へ引き返すつもりであった。

その前に幸長は、輿の上の徳川家康へ挨拶《あいさつ》をするつもりでいる。

浅野隊の背後から、あの十五名の一隊も落ちつきはらって近づいて来た。

擦れちがう本軍の戦士たちは、十五名の旗差物を見て、

「清洲侍従の家中……」

と、信じてうたがわなかった。

草の者の奥村弥五兵衛は左手に槍《やり》を掻《か》いこみ、右手に手綱を取り、整然とした歩調で馬を打たせて行く。

弥五兵衛の、凄《すさ》まじい光をたたえた両眼《め》は、峯界形《ほうかい》の兜《かぶと》の見受《みうけ》の下に隠れている。

奥村弥五兵衛は、お江《こう》が単身で長良《なが》川《ら》に家康を奇襲したことを知らぬ。

壺谷《つぼや》又五郎《またごろう》から、お江の決意を耳にしていたが、お江と連絡《つなぎ》をつけるだけの余裕も時間もなかった。

お江はお江で、この日、このとき、草の者たちが赤坂の東軍陣営の近くへまぎれ込

み、徳川家康を襲撃することを知ってはいない。

すべての連絡を絶ち、

「自分ひとりで、おもうままに、はたらいてみたい」

というお江を、いまとなっては又五郎も弥五兵衛も、構ってはいられぬ。

それにしても……。

福島家の旗差物をはじめ、変装用の甲冑や武具、それに馬など、これほど完璧《かんぺき》にととのえ、しかも東軍がひしめいている敵陣の近くの裏山の森の中へ決死の一隊を潜入させたのは、見事というよりほかはない。

大坂や京・伏見《ふしみ》から姿を消し、今日まで鳴りをしずめていた草の者は、今日の奇襲に、

「すべてを賭《か》けて……」

準備をととのえてきたのである。

伊吹《いぶき》の忍び小屋に馬をあつめ、今日の払暁《ふつぎよう》に忍び小屋を出た草の者の一隊は、山林の濃霧を縫って赤坂へ近づいた。

途中、東軍の兵士たちに出合うこともあったが、彼らは、十五名の草の者を、

「福島家の騎馬武者……」

と看《み》て、いささかも、疑惑を抱かなかった。

いま、奥村弥五兵衛の目は、前方の浅野幸長がひきいる五十騎が、いっせいに馬を下りる姿をとらえた。

その向こうに、これも下馬した浅野幸長が、家康の輿へ近寄って行きつつある。

瞬間……。

弥五兵衛は振り返って、十四名の草の者へうなずくや、馬腹を蹴り、左手の槍を右手に持ち替えた。

間、髪《はつ》を入れず、十四名も弥五兵衛と同様に馬腹を蹴った。

「あっ……」

浅野の騎士たちの、驚愕《きようがく》の叫びが起こった。

「何者……」

「待てい！」

「曲者《くせもの》ぞ。油断すな！」

浅野の騎士たちが叫び交す横合いを、奥村弥五兵衛は魔神のごとく駆けぬけた。

浅野幸長が振り向き、何か叫んだ。

徳川家康は、幸長の挨拶を受けようとして、いま、輿から下りかけている。

肉迫する弥五兵衛たちに気づいた徳川の旗本たちが、槍をつらねて家康の輿の前へ立ちふさがろうとしていた。

（これまでだ！）

と、弥五兵衛は、直感した。

弥五兵衛は、頼政頭巾《よりまさずきん》をかぶって輿の上に立った家康の胸をめがけ、右手の槍をぐいと引き、渾身《こんしん》のちからをこめて投げつけた。

槍は生きもののように疾《はし》った。

その槍の穂先は、あまりにもあざやかに、徳川家康の胸もとへ吸い込まれ、突き立った。

大きく口を開け、仰向けに輿の上へ倒れる家康を、奥村弥五兵衛はたしかに見とどけた。

（おれは、もう、死んでもいいぞ！）

弥五兵衛の全身は、歓喜にふるえた。

（やった……家康を討ったぞ！）

弥五兵衛の右側の田圃へまわり込んで来た敵が、

「うぬ！」

下から、弥五兵衛を突きあげてきた。その槍をつかみ、弥五兵衛は太刀《たち》を引き抜いた。

すぐに近くで、炸裂音《さくれつおん》がつづけざまに起こった。

草の者が、火薬玉を投げ込んだのだ。

何も彼《か》も、一瞬の事であった。

道と田圃にみちあふれている徳川軍が乱れ立つ中で、弥五兵衛たち草の者の、脱出するための死闘がはじまった。


ちょうど、そのころであった。

赤坂の、岡《おか》山の頂にある本陣の望楼に、徳川家康《いえやす》があらわれている。

家康は、生きていた。

となれば、奥村弥五兵衛の槍に胸板を突き刺された徳川家康は身替わりの……影武者の家康だったということになる。

まさに、そのとおりであった。

家康の影武者となったのは、侍臣の向坂与兵衛資宣《こうざかよへえすけのぶ》である。

顔は、それほどに似ていないのだが、小肥《こぶと》りの体軀《たいく》が家康そのものであり、側《そば》につき従っているだけに、家康の歩みぶりや動作をよくつかみとっている。

家康は、どちらかというと、

「影武者などは要らぬ……」

ほうなのだが、老臣・本多正信《まさのぶ》が万一の場合にそなえ、三人の影武者を選んであった。

向坂与兵衛は、その中の一人なのだ。

神戸《ごうど》で軍列をとどめた折に、山中内匠長俊《やまなかたくみながとし》は、

「そのようなことをせずともよい。わしは、このまま赤坂へ向こう」

という徳川家康を、懸命に説得した。

やむなく家康が承知をし、幔幕《まんまく》で囲った休所《やすみじょ》の中で、家康と向坂与兵衛が身につけているものを取り替えた。

躰《からだ》つきが同じゆえ、向坂与兵衛の甲冑も兜も、家康にぴ、た、り、と合った。

そこで家康は、本軍の前駆として赤坂へ向かう騎士たちの中へ入り、共に馬を疾走させ、赤坂へ到着した。

五十九歳の老齢に達した徳川家康だが、壮年のころまでは戦場に馬を馳《は》せ、真っ先に槍を揮《ふる》って奮戦したほどの勇将だけに、前駆の騎士たちに見劣りはせぬ。

久しぶりに若やいだ興奮をおぼえた家康は、騎士たちと共に、本多平八郎忠勝《ただかつ》の陣所へ馬をとどめた。

ちょうど、本多忠勝は仮小屋の陣所の前に出ていたが、騎士たちの中から武装の徳川家康がの、こ、の、こと出て来て、

「平八郎、いま、着いたぞよ」

声をかけたものだから、

「あっ、殿……」

本多忠勝が、瞠目《どうもく》した。

「今朝の長良川の一件、耳にとどいていよう」

「は……」

「なれば、むりやりに、与兵衛と替われと、山中内匠にせがまれての」

家康は手にした長槍を忠勝の家来へわたし、

「わしの手には、もはや長柄《ながえ》は重すぎる。年をとったものじゃ」

苦笑しながら、忠勝の先へ立ち、陣所へ入って行ったのである。

四

徳川家康は、重い武装をぬぎ、着替えをすませるや、

「ともあれ、大垣《おおがき》の城を見よう」

と、いい出た。

「石田方が、川をわたって攻めかけてまいり、小競合《こぜりあ》いをはじめております」

「ふむ。わしの到着を祝うてくれたのかの」

「なかなかに、手強《てごお》うござる」

先へ立った本多忠勝の後から、家康が陣所を出たとき、家康の影武者・向坂与兵衛資宣が乗った輿《こし》を奇襲した一隊に、向坂資宣が討ち取られたとの知らせが入った。

「何と……」

本多忠勝ほどの剛の者が、このときは顔色を変えた。

一度ならずも二度までも、しかも同じ日に、このような大胆な襲撃を防ぐことができなかった面目のなさもあったろうけれども、計り知れぬ〔敵〕の恐ろしさを、まざまざと感じたからであろう。

だが、徳川家康は、

「さようか……」

いささかも動じることなく、歩を運びつつ、

「与兵衛には、気の毒をしてしもうた……」

と、つぶやいたのである。

岡山に設けられた櫓《やぐら》の上へのぼった徳川家康へ、駆けつけて来た福島正則《まさのり》が、

「早々《はやばや》のご到着、祝着《しゆうちやく》に存ずる」

挨拶をすると、その正則の手をにぎりしめた家康が満面を笑みくずし、

「侍従。ようも先んじて事をはかられた。かたじけなし」

きわめて、ねんごろに、

「われらが先手《さきて》を取ることを得たのも、ひとえに、そこもとのおかげじゃ。この赤坂を敵に先んじてわが物としたことは何にもまさることじゃ。過分に存ずる」

諸将があつまって来た、その中での言葉だけに、福島正則は大いに面目をほどこしたといえよう。

たしかに、先鋒《せんぽう》軍を牽引《けんいん》した福島正則の功名は大きなものであった。

すかさず家康が、これをほめたたえたのは、これからの決戦場において、正則が骨身を惜しまぬ奮戦を期待しているからであった。

それから家康は、櫓の上から杭瀬《くいぜ》川の戦況をながめた。

そして、急に、家康は不機嫌《ふきげん》となった。

いま、杭瀬川の戦闘は、東軍に不利となりつつあった。

東軍の中村一栄隊は、西軍の島左近《しまさこん》の誘いに乗り、退却する敵を深追いして杭瀬川をわたり、勢いにまかせて西軍の柵《さく》の外まで攻め込んだ。

島左近は、これを待っていた。

木戸・一色の両村に隠れていた島・宇喜多《うきた》の伏兵が、

「いまこそ！」

「撃ちかけよ！」

いっせいにあらわれ、中村隊の側面から鉄砲を撃ちかけつつ、猛然と攻めかかってきた。
中村隊は、まんまと罠《わな》に嵌《は》められた。
たちまちに、中村隊は乱れ立った。
それと見て、いったんは柵内へ逃げ込んだ島部隊が反転して押し返す。
勝ちほこっていた中村隊の将兵は悪戦苦闘のうちに、多くの人材を失ったという。
中村隊の後から杭瀬川を渡った有馬豊氏《ありまとようじ》の部隊は、戦況不利と看て退却をはじめる
というわけで、
「何ということじゃ」
岡山の櫓の上から、これを望み見た徳川家康は、苦々しげに、
「大事の前の小事にかかわり、兵を損ずるとは沙汰《さた》のかぎりである」
と、いい、ただちに中村・有馬両隊の引きあげを命じた。
本多忠勝が、援軍をさし向けようとすると、
「かまうな」
家康は、きびしく引きしめた口もとをゆるめようとはせぬ。
この小戦闘で、西軍は二百五十余の敵の首を討ち取った。
大垣城内の西軍は、にわかに活気づいた。
小戦闘とはいえ、石田・宇喜多の将兵の勇敢な戦闘ぶりが、たしかに立証されたの

である。

石田三成《みつなり》の顔へ、久しぶりに明るい微笑が浮かんだ。

この間にも、徳川家康の本軍は続々と赤坂の本営へ到着しつつあった。

家康は、岡山の櫓の上から大垣城を望み見たとき、胸の底に、まだ微《かす》かに残っていた大垣水攻めの作戦を放《ほう》り捨ててしまった。

杭瀬川での小戦闘の大敗が、かえって家康の闘志をそそったのやも知れぬ。

家康は、ただちに諸将をあつめて軍議をひらき、

「此処《ここ》で足ぶみをしていてもはじまらぬことよ。石田治部少輔《じぶしょうゆう》ごときは、われらの相手ではない」

と、いいはなった。

大垣の西軍などは相手にせず、まっしぐらに大坂へ進軍しようというのだ。

大坂城には、豊臣秀頼《とよとみひでより》を擁して西軍の総大将・毛利《もうり》輝元《てるもと》がいる。

大坂こそ、西軍の本拠ではないか。

なればこそ、徳川家康の東軍が大坂を目ざして進撃するのは、当然のことになる。

夕暮れが近づくにつれて、ついに雨が降りはじめた。

大垣城の西軍も、軍議をひらき、双方の物見が出動し、たがいに敵陣のうごきを探りはじめる。

赤坂の東軍陣営に詰めている山中大和守俊房《やまとのかみとしふさ》の指揮を受けた甲賀《こうが》忍びたちがうごき出したのは、いうまでもない。

徳川の本軍と共に赤坂へ入って来た山中内匠長俊から、二度にわたる敵の奇襲のありさまを聞き取った山中大和守は、

「やはり、草の者かの？」

「そのようにおもわれます」

「不敵な奴《やつ》どもめ……」

「これより先も、油断はなりますまい」

「むう……」

東軍・浅野幸長隊の後尾について、福島正則の家来と見せかけ、家康の輿へ襲いかかった敵は、十名の死体を残し、

「四、五名ほどは逃げ失せてござる」

と、山中長俊がいった。

「死体をあらためたか？」

「それがしが、この目にて」

「見おぼえのある顔は？」

「ありませなんだが、真田《さなだ》の草の者でのうては、あのようなまね、、はできますまい」

「のう、内匠」

「はい？」

「これより先は、わしとそなたと二人して、家康公の御側をはなれまいぞ。どうじや」

「いかさま。そのほかに道はござるまい」

この甲賀・山中家の血を引いた二人の眼《め》にも、ただならぬ決意がみなぎっていたようだ。

赤坂の本営の軍議は、まだ、つづいている。

諸将が、一通り意見をのべた後に、徳川家康は、

「今夜のうちに赤坂を発《た》ち、大坂へ向かうぞ」

と、断を下した。

明日の未明に、関ヶ原で待機している西軍を打ち破り、大坂城を目ざして突進しようというのである。

家康は、即刻、進軍の準備にかかれと命じた。

五十九歳の家康の老軀《ろうく》が、凄烈《せいれつ》な闘志に燃えさかっている。

諸将は、その気魄《きはく》にのまれ、同時に奮い立った。

雨が強くなるばかりであった。

その中で、赤坂の東軍陣営が、にわかに色めきたった。

このときの軍議は、秘密のものではない。

多勢の諸将が居ならぶ前で、おこなわれた。

軍議が終わってから、家康は山中大和守と山中長俊をよび、今度は密談をかわした。

つまり、忍びの者たちをつかって、今夜これから、東軍が赤坂を発し、夜道を進んで関ヶ原の西軍を突破し、大坂へ向かうことを、

「大垣の者どもの耳へ、しかと届くようにいたせ」

このことであった。

これは、わけもないことである。

山中忍びたちが西軍の陣地へ潜入し、味方の戦士に見せかけ、流言を振り撒《ま》けばよい。

「かしこまってござる」

山中大和守は、伴長信《ともながのぶ》にこのことをつたえ、すぐさま、行動に移った。

ちょうど、そのころ……。

赤坂の東軍陣営から、さしわたしにして一里ほどの近距離にある大垣城内の、西軍の軍議は緊迫の頂点に達していた。

昼間の、杭瀬川の戦闘の勝利が、西軍将兵の戦意を高揚せしめたことはたしかだ。

「この機を逃してはならぬ」

と、島津義弘《しまづよしひろ》や小西行長《こにしゆきなが》が、

「いまこそ、赤坂へ夜討ちをかけるべし!」

と、いい出たのである。

石田三成の指揮下で戦うことに嫌気《いやけ》がさしていた薩摩《さつま》の勇将・島津義弘も、

(この戦機を逸してはならぬ!)

と、直感したからであろう。

五

そのころ……。

笠神《かさがみ》の村外れの、山林の中の忍び小屋では、重傷を負ったお江《こう》が、昏睡《こんすい》したまま、向井佐助《むかいさすけ》の看護をうけていた。

岐阜《ぎふ》城下の北東六里ほどのところにある、この忍び小屋へ、お江がもどって来たのは、今日の昼すぎであった。

笠神の小屋に詰めていたのは、佐助のみである。

徳川家康の奇襲に失敗した後、此処まで逃げて来られたのは、われながら奇跡としかいいようがない。

東軍の将兵の混乱と、長良川《ながら》の川面《かわも》にたちこめていた濃い靄《もや》がなかったら、お江は逃げ切れなかったろう。

何処を、どのようにして逃げたのか、記憶がないほどに、さすがのお江も無我夢中で、これは、いつぞや甲賀の里へ潜入して、甲賀忍びの包囲を受けたときと同様であった。

気がついたときには、長良川をへだてた岐阜城下の北面にある小さな山の中の径《みち》を、お江は必死に駆けていた。

猫田与助《ねこたよすけ》が投げた槍《やり》は、お江の右肩へ突き刺さって、これも深傷《ふかで》であったが、そのほかにも数カ処、手傷を受けている。

逃げる途中で、身につけている衣類を引き破り、血止めをしておいて、お江は一気に走りつづけた。

出血のために、走れなくなってしまわぬうちにだ。

ただ、いずれも、傷が急所を外れていたことが、さいわいしたといってよい。

お江は、自分へ槍を投げつけたのが猫田与助だとは、おもってもみなかった。

昼すぎに、お江が小屋の戸を叩《たた》き、これを覗《のぞ》き穴からたしかめた佐助が、おどろいて戸を引き開けると、

「佐助か……」

その一言を辛うじて吐いて、お江は佐助の腕の中へ倒れ込み、意識を失った。

お江も佐助も、奥村弥五兵衛《やごべえ》がひきいる草の者の一隊が、赤坂の近くで、徳川家康へ奇襲をかける計画を、前もって知らされてはいない。

ゆえに、お江の失敗が、弥五兵衛たちの襲撃へ意外な影響をもたらしたことに気づいてはいなかった。

佐助は、壺谷《つぼや》又五郎から、

「連絡《つなぎ》あるまでは、笠神の小屋から一歩もうごくな」

と、命じられていたのだ。

地下蔵《ぐら》へ横たえたお江を裸にして、佐助は、真田の庄《しょう》の草屋敷で、大叔父の横沢与七《よこざわよしち》から教えられたとおりに、傷の手当てをおこなった。

傷薬は、この小屋に、たっぷりと用意してあったが、

(もしやすると、生き返ってくれぬやも知れぬ……)

と、佐助は不安になりはじめている。

何分にも、出血がひどい。

一通り手当てを終えた後も、お江は、意識を取りもどしていない。

地下蔵の中に、傷薬と血の匂《にお》いがたちこめている。

手当てを終えた佐助も両肌《もろはだ》ぬぎとなって、顔も躰《からだ》も汗に光っていた。

お江が独りきりで、どのような闘いをしたのか、十六歳の佐助には見当もつかぬ。

いや、他の草の者たちも、まさかに、お江が単身で家康を襲おうとは考えていなかったろう。

壺谷又五郎のみは、お江の決意を知っていたけれども、それが、今朝の長良川で決行されようとはおもっていなかったにちがいない。

もし、それをわきまえていたなら、又五郎は、かならず結果を見とどけた上で、奥村弥五兵衛たちへ指令を下したろう。

お江自身、今朝の長良川で決行するとは決めていなかった。

岐阜へ到着する徳川家康の本軍の様子を、よくよく見きわめた上で、そのとき脳裡《のうり》へ閃《ひら》めいたものに従うつもりでいた。

そもそも、お江は、家康が岐阜から赤坂へ身を移したにせよ、このように早く決戦の期《とき》が迫るとはおもっていなかった。

もしやすると、美濃《みの》の平野が決戦場になるのではないかと考えていたし、これは壺谷又五郎も同じではなかったろうか。

だが、岐阜到着の軍列の中の〔つきそい女〕たちを、お江は見とどけ、その瞬間に決行の手段《てだて》をおもいついたのであった。

お江はお江で、壺谷又五郎の奇襲計画が、あのようなかたちでおこなわれることをわきまえていない。

お江と又五郎は、あまりにも、たがいに信頼し合っていたがために、今日の齟齬《そご》をまねいたともいえよう。

とはいうものの、よくよく考えてみると、お江にしろ弥五兵衛にしろ、ほとんど完全に、

「家康を討ち取っている……」

と、いえぬこともない。

猫田与助の発見が、一瞬遅かったなら、お江は輿《こし》の中へ躍り込み、家康を刺していたろう。

また、神戸《ごうど》の村で、家康が影武者の向坂与兵衛《こうざかよへえ》と入れ替わらなかったら、奥村弥五兵衛の投げた槍に胸板をつらぬかれていたことになるではないか……。

草の者の、二つの奇襲は成功していながら、起こるはずのない偶然によって、報われなかった。

急に、お江の呼吸が荒くなってきた。

佐助は、

「お江さま。佐助です。お江さま……」

必死に呼びつづけたが、依然、お江は眼をひらかぬ。

大垣《おおがき》城の軍議は、まだつづいている。

まだ、決定をみない。

島津義弘と小西行長は、

「何としても、今夜のうちに赤坂へ攻めかけねば機を逃してしまうことになる」

と、主張し、義弘は老体をふるわせつつ、

「われらは東より、治部少輔《じぶしょうゆう》殿は南から、さらに南宮山《なんぐうさん》に在る毛利の軍勢を西からさしむけ、赤坂の家康本陣を三方から押し包み、攻めかくるがよいと存ずる」

熱烈に説いてやまない。

宇喜多秀家《うきたひでいえ》も、しだいに、この夜襲作戦に同調しはじめた。

だが、石田三成は煮え切らぬ。

決断が下せないのだ。

三成は、この日の午後に、関ヶ原にいる大谷吉継《よしつぐ》の報告をうけてから、松尾山に陣を構えた小早川秀秋《こばやかわひであき》の動向が気にかかってならぬ。

いまさら、小早川軍をたのみにしたところで、どうにもならぬことがわかっていない。

西軍は、やはり一つになって戦わねばならぬと、三成はおもいはじめている。

いまは、大垣城と南宮山、それに関ヶ原の三方に味方は分かれてしまっているのに引きかえ、東軍の全兵力は赤坂に集結したといってよい。

三つに分かれた兵力の一つでも、徳川方に寝返ってしまったら、どうなる。どうしよう。そのことのみを石田三成は思案しつづけているらしい。

また、

(夜討ちをかけても、果たして、家康の首がとれようか?)

と、おもう。

つまらぬことなのだ。

戦陣において、敵の大将の首がとれるかとれないか……それは、戦ってみなくてはわからぬことなのである。

六

さらに、石田三成は、

(夜の闇《やみ》の中で戦うことは、味方にも有利であるが、また一つには、敵にも有利である)

などと、おもい迷っている。

それは、わかりきったことではないか。

いちいち、このように模索していたのでは、戦闘ができるはずもない。

そのうちに、

（内府は本軍をひいて今夜のうちに赤坂を発し、大坂へ向かうらしい）

との報告が、つぎつぎに入ってくる。

「ちょうど、よい」

と、小西行長がいい出た。

それならばなおさらに、夜襲が仕かけやすいというのだ。

また、なおさらに、

「夜討ちをかけねばならない」

ことになった。

一瞬のためらいもゆるされぬと、行長は主張した。

だが、石田三成は蒼《あお》ざめた顔をうつむけるようにして、決断をせぬ。

島津義弘も小西行長も、そして宇喜多秀家も、そうした三成を見つめながら、苛立《いらだ》ちはじめた。

まず、島津義弘が、三成に愛想《あいそ》をつかしてしまった。

義弘は「勝手になさるがよい」と、いわんばかりに石田三成を睨《にら》みつけ、席を蹴《け》って自分の陣所へ引きあげてしまった。

これより後、島津義弘は、
(自分の一存にて家康と戦う)
ことを決意してしまう。
つまり、石田三成の指令には従わぬというわけだ。
(これは、わしと徳川との戦《いくさ》じゃ。そのようにおもうより、道はない)
もとより島津義弘は家康と戦うつもりではなかった。
それが、すでにのべたように、
(こころならずも……)
西軍に与《くみ》することになってしまった。
そうなったからには、家康も島津を敵とみなしていよう。
なれば、仕方もない。
自分は自分独自の方法で戦おうと、島津義弘は、おもいきわめた。
戦を知らぬ総司令官の許《もと》で、
(戦えるものか!)
このことである。
小西行長は後に残り、
「治部少輔殿は、夜討ちを危ぶまれておらるるか?」

と、石田三成に問うた。

三成は、黙っている。

行長は、たたみかけるように、

「小児《こども》の遊び戦ではござらぬ。いちいち事を危ぶんでいては、取り返しのつかぬことになり申そう」

と、いった。

三成は、こたえぬ。

小西行長は、堺《さかい》の町人から大名に立身した人物だが、朝鮮の戦役では、戦場の苦労をなめつくしてきている。そこが三成とはちがうところで、戦機をつかむには、きわめて果断であった。

日中の野戦とあっては、到底、徳川家康には、

(勝てぬ)

と、小西行長は直感していた。

それだけに、西軍の命運を賭《か》けて、

(われらが一丸となり、赤坂へ夜討ちをかけるほうがよい)

と、おもったのだ。

ついに、石田三成は決断をせず、小西行長も落胆し、陣所へ引きあげてしまった。

三成は、こうして、もっとも信頼していた行長と秀家の信頼を失ってしまった。

しかも、小西行長が軍議の席から去った後に、ようやく石田三成は決断を下した。

「全軍をひきい、南宮山の南麓《なんろく》をまわり、伊勢《いせ》街道より関ヶ原へ入り、すでに待機中の味方の諸部隊と合流し、徳川軍を待ち受け、決戦をおこなう」

と、いうものである。

この石田三成の作戦に同意した諸将も少なくない。

だが、こころあるものは、

「それでは、内府のおもい通りになってしまう」

「内府は、われらを関ヶ原へ誘《おび》き出そうとしているのじゃ」

徳川家康は、野戦を最も得意とする。

近距離の大垣から西軍が関ヶ原へ向かう様子に、赤坂の東軍が気づかぬはずはない。

軍議は、ふたたび紛糾しはじめた。

それを聞いて、いったんは陣所へ引きあげた小西行長がもどって来て、

「関ヶ原で待ち構えるも、いま、夜討ちをかけるも戦することに変わりはない。それならば夜討ちを決行したほうが、はるかに勝利の見込みがある」

ことを説いたが、石田三成は応じなかった。

いったん、決意をすると、三成は頑強《がんきょう》になる。

その性情を、親しい間柄《あいだがら》だけに小西行長は、よくわきまえていた。

（もはや仕方もなし）

と、陣所へ引きあげて来た小西行長は、侍臣の山口又七郎へ、こう洩《も》らしている。

「治部殿は、何から何までぬかりなく運ぼうとする。平時の折には、それも結構であるが、戦には魔性《ましよう》があって、この魔性に立ち向かい、戦機を得るためには、書状をいじりまわし、政令を案ずるようにはまいらぬのじゃ」

雨は、いよいよ激しくなっている。

その中で、東西両軍は出陣の準備を急いだ。

ことに大垣城の西軍は、東軍に、

「遅れをとってはならぬ」

のであって、もしも東軍が先に関ヶ原へ到着してしまえば、そこに待機している西軍諸部隊を打ち破り、大坂へ向かって進軍することにもなりかねない。

石田三成は、

「急げ。急げ」

と、焦《あせ》りはじめた。

それにくらべると、赤坂の東軍は、物見の報告や忍びの者の探りによって、西軍のうごきを見きわめながら、行動を開始しつつある。

このときにあたって、徳川秀忠《ひでただ》の第二軍は、まだ到着していない。

本多忠勝《ただかつ》は、徳川家康に向かって、第二軍があらわれて後に、決戦をおこなってはとすすめたけれども、家康は歯牙《しが》にもかけなかった。

三万八千の第二軍がいるのといないのとでは、大いに戦力もちがってくる。

はっきりとはわからぬが、いま決戦となれば、兵力は西軍がまさるのではないかと、本多忠勝は感じている。

秀忠の第二軍は、遅くとも三日のうちに到着するのではないか……。

それを待って戦っても、

(決して、遅くはないはず……)

と、忠勝はおもう。

家康にしても、第二軍の兵力があれば心強いにきまっていたし、清洲《きよす》へ到着したころは、大垣城の水攻めを考えていたほどゆえ、いずれにしても第二軍を待ち、戦端をひらくつもりでいたのだ。

ところが……。

清洲から岐阜《ぎふ》へ入り、二度にわたる奇襲を受けつつ、ついに赤坂の陣営へ入ったとき、

(いまこそ!)

と、徳川家康は戦機をつかんだ。

少年のころから何十度となく、大小の戦闘を経験してきている家康の戦陣感覚は、

「一日の猶予《ゆうよ》もならぬ」

と、叫んでいる。

「たわけものめが……」

息《そく》・秀忠の遅れを罵《ののし》りつつも、

(もはや、待てぬ!)

家康の闘志は、かつてないほどに充実してきたのである。

やがて……。

西軍の主力が、密《ひそ》かに大垣から出発しつつあるとの報告が入った。

七

石田治部少輔三成は、大垣城を発するに当たり、自分の聟《むこ》にあたる福原長尭《ふくはらながたか》へ七千五百の兵をあたえ、

「大垣をまもれ」

と、命じた。

東軍に、出陣の気配を知られてはならぬというので、西軍の諸隊は、

「東軍の耳目を避け、馬の舌を縛し、炬火《きょか》を点ぜず、密かに大垣を発す」

と、物の本に記されている。

「愚かなことよ」

島津義弘は、呆《あき》れてしまったらしい。

わずか一里余の近距離にある東軍の耳目を、

「あざむけるはずもない」

このことであった。

こちらの物見の報告でも、赤坂の東軍のうごきはあきらかなのだから、相手も、こちらのうごきを見ているのだ。

炬火も極度に減じ、激しい夜雨の闇の中を、まるで夜逃げでもするかのような出陣であった。

「そのころより、雨はなはだしく、行軍を秘するの便利を得たれども、これに反して四面暗黒、大雨を冒して狭隘《きょうあい》の道路を行くこと四里余。全身ことごとくぬれつくし、身はふるえ、艱苦《かんく》ことにはなはだし」

と、戦記にある。

これに反して東軍は、雨避《あまよ》けの仕掛けをほどこした炬火を連ね、堂々と赤坂を出発することになる。

行軍も、中山道《なかせんどう》という街道を行くのだから、進軍にも便利であることはいうまでもないのだ。

南宮山《なんぐうさん》は、大垣《おおがき》の西方、直線にして二里ほどのところにある。

その東麓に、岡ヶ鼻とよばれる台地があり、そこに長束正家《なつかまさいえ》・長宗我部盛親《ちょうそかべもりちか》の西軍二将が陣を構えていた。

そして、中山道の垂井《たるい》をのぞむ北麓には、安国寺恵瓊《あんこくじえけい》・吉川広家《きつかわひろいえ》の二将の陣があり、その上の山腹に毛利秀元《ひでもと》が陣を張っている。

やがて、徳川家康がひきいる東軍は、赤坂から垂井を通過し、関ヶ原へ進むことになるのだ。

それを、毛利・吉川・安国寺の三将は目前に見るわけであった。

長束・長宗我部・安国寺の三将はともかく、毛利・吉川の両将は、着陣以来、まったく戦意を失っているかのようだし、すでに東軍のさそいを受け、

「内応《ないおう》しているのではないか？」

との、うたがいが濃い。

毛利秀元は、西軍の総帥《そうすい》・毛利輝元《てるもと》の養子である。

また、吉川広家は、毛利輝元の従弟にあたる。

輝元は、自分が大坂城の豊臣秀頼《とよとみひでより》を守護するので、かわりに、この二人を決戦場へ

送った。

しかし、吉川広家は、早くも東軍の黒田長政《くろだながまさ》と密かに会見している。

黒田長政は、

「いざ決戦となったとき、東軍にも与せず、西軍にも味方せず、形勢を見まもっていて下されればよろしい。さすれば、かならず悪《あ》しゅうは計らい申さぬ」

と、申し入れ、吉川広家は、これを承知していたのだ。

ともかくも、吉川と毛利には、

「念を入れておかねばならぬ」

と、石田三成《みつなり》は、家老の島左近《さこん》を先発せしめ、南宮山へおもむかせた。

島左近は、吉川広家をはじめ、毛利秀元や安国寺・長束・長宗我部の諸将へ、

「いざ、開戦となり、われらが本陣より合図の烽火《のろし》を打ちあげたときは、南宮山を下って、徳川勢の背後より攻めかかられたい」

と、申し入れた。

吉川広家は、ためらうこともなく、

「うけたまわった」

と、こたえたものである。

島左近は、吉川広家を信用していなかったが、

「うけたまわった」

といわれれば、その上の念入れをすることもできぬ。

西軍が南宮山の南麓から伊勢街道を経て関ヶ原へ入ったのは、翌九月十五日の午前三時ごろであったろう。

そのころ、雨勢は、ようやくにおとろえはじめてきた。


笠神《かさがみ》の忍び小屋で、お江《こう》の意識がもどったのは、十四日の夜更《よふ》けであった。

佐助は、狂喜し、

(これならば大丈夫)

と、確信した。

「お江さま。佐助です」

「おお……」

「わかりますか?」

「ここは、笠神……?」

「はい」

「ようも……ようも、此処《ここ》まで、たどりつけたものじゃ」

「口をきかぬほうがよいとおもいます。いま、すぐに薬湯《やくとう》を……」

「佐助……」

「はい?」

「この小屋には、いま、お前ひとりかえ?」

「はい」

「だれも、来ぬ……?」

「私は、この小屋から一歩も出てはならぬと、壺谷《つぼや》様より、きびしく申しつけられています」

お江は、両眼《め》を閉じ、

「だれも、来ぬ……」

また、つぶやいたが、腰をあげかけた佐助へ、

「又五郎どのをはじめ、一同は、伊吹《いぶき》の小屋に……」

「はい」

「では、これより、伊吹の小屋へ行ってくれぬか」

「それは……それは、かまいませぬが、此処を離れてはならぬと、壺谷様に……」

「かまわぬ。私が、ゆるします」

「なれど……」

「急がねばならぬ。私が此処にいることを、すぐさま、又五郎どのへ知らせておかね

ばならぬ」

お江が、半身を起こしたので、佐助はあわてて、

「起きてはいけませぬ」

「何の……この小屋の留守居は、私がする」

佐助の腕をつかみ、これを打ち振るようにしながら、

「私が、徳川家康《いえやす》を討ち損じたことを、又五郎どのへ、急ぎ知らせねばならぬのじゃ」

「ええっ……」

佐助は、おどろいた。

まさかに、お江が単身で、家康を襲ったとはおもっていなかった。

「知らせておかぬと、又五郎どのの手配りが狂うやも知れぬ。家康が、影武者を使うやも知れぬ……」

佐助は蒼《あお》ざめ、息をのんだ。

「わかったかえ、佐助……」

「わかりました。では、すぐに……」

「たのみましたぞ」

「その前に、薬湯だけは……」

佐助が懇願すると、お江は、ぐったりと身を横たえながら、うれしげにうなずいた。

すぐに佐助は薬湯を煎《せん》じ、お江へのませた。

「ありがとう。もう大丈夫じゃ」

お江の声に、ちからがこもってきはじめた。

「私を上へ……」

「それはなりませぬ」

「かまわぬ。もう死なぬゆえ……」

「なれど、いましばらくは、やすんでおりませぬと……」

「地下蔵《ぐら》にいたのでは、留守居もかなわぬ。さ、上へ、私を運んでおくれ」

まさに、お江のいうとおりである。

仕方もなく、佐助は、お江の躰《からだ》と寝床を小屋の炉端へ移した。

「よいか、佐助、いまに至るまで、この小屋へ何の連絡《つなぎ》もないということは……何ぞ、伊吹の忍び小屋に異変があったのやも知れぬ。それゆえ、決して油断をせぬように
……わかっていような」

「はい」

「途中に気をつけて……よいか」

「わかりました」

「では、たのみましたぞ」

お江の顔色は鉛色に変じていたけれども、両眼に少しずつ、光が加わってきている。

佐助は、おもいきって小屋を出た。

その後で戸締まりをしたお江は、寝床をたたみ、それへ躰をもたせかけ、脇差《わきざし》と投《なげ》爪《づめ》の入った革袋を傍に置いた。

この時点では、まだ雨勢がおとろえていない。

八

東軍は、まず、福島正則《まさのり》・黒田長政の両部隊を先頭に、加藤嘉明《かとうよしあき》・藤堂高虎《とうどうたかとら》などの諸部隊が、赤坂を出発し、中山道を関ヶ原へ向かった。

赤坂から、約一里半で垂井へ達する。

此処まで来ると、左手の南宮山が目と鼻の先へせまってくる。

南宮山に陣を構えた毛利秀元・吉川広家・安国寺恵瓊の西軍陣営は、眼下へ移動して来る東軍を見ても、じっと、押し黙っているのみだ。

黒田長政は、南宮山の南麓にいる長束・長宗我部の西軍二将についてはさておき、

「毛利・吉川は、われらとの約定《やくじょう》を破るまいと存ずる」

と、徳川家康へ、自信をもって報告している。

しかし、いざ決戦となって、東軍が敗北の形勢を見せたとなれば、毛利も吉川も、また松尾山の小早川秀秋も、どのようにうごき出すか知れたものではない。

いま、ここに至ってなおも、

「勝つほうに味方をしよう」

というのだから、呆れるほかはない。

家康も、

「狡猾《こうかつ》のやつどもめ。まだしも石田治部少輔のほうが武人《おとこ》じゃ」

吐き捨てるごとくに、いったそうな。

だが、いまは、彼らの狡智《こうち》と小心を、でき得るかぎり利用せねばならない。

では、毛利・吉川と共に、南宮山の北面に陣している安国寺恵瓊はどうか……。

恵瓊と石田三成との交誼《こうぎ》は、人も知るところで、このたびの挙兵についても、三成は安国寺恵瓊と大谷吉継《よしつぐ》を深くたのみ、恵瓊は、ともかくも毛利家を西軍へ参加させることに成功した。

三成は三成で、毛利家と関係が深い恵瓊を毛利・吉川の両部隊に附《つ》け、

「こころして、見まもっていただきたい」

と、たのんでいる。

安国寺恵瓊は、仏門から出て、毛利家の外交僧として、織田《おだ》・豊臣の天下に乗じ、

ついには六万石の大名となった人物で、千数百の自分の部隊をひきいているが、積極的に戦うだけの気力を失っている。

東軍の黒田長政は、安国寺恵瓊などは眼中にない。

毛利・吉川の約一万八千の兵力を内応させることができれば、

「安国寺の坊主《ぼうず》などは、手も足も出せまい」

と、見通していた。

安国寺恵瓊は、

「一代の傑僧」

などといわれたほどの人物だし、毛利・吉川の微妙なうごきを察知してはいたろうが、さりとて、吉川広家が石田三成の使者・島左近に対しても、西軍の作戦と出動の時機を聞いて、

「たしかに、うけたまわった」

はっきりと、こたえているのだから、どうしようもないのである。

安国寺恵瓊は、ただ、ひたすらに、決戦場における西軍の勝利を祈るよりほかはなかった。

さて……。

赤坂の本陣にいた徳川家康は、先鋒《せんぽう》部隊が垂井へ到着し、また、大垣の西軍が南宮

山の向こう側を関ヶ原へ向かったとの報告を受けるや、

「湯漬《ゆづ》けをもて」

と、いい、悠々《ゆうゆう》と腹ごしらえをしながら、池田輝政《いけだてるまさ》・浅野幸長《あさのよしなが》・山内一豊《やまのうちかずとよ》などの諸部隊一万三千七百余を、

「南宮山に備えよ」

と、命じ、堀尾《ほりお》・中村・水野などの諸部隊約一万三千をもって、大垣城に残った西軍に備えさせた。

徳川家康は、燻革素懸縅《ふすべがわすがけおどし》の腹巻きをつけた半武装の上から陣羽織をつけ、兜《かぶと》と槍《やり》は侍臣に持たせ、例の頼政頭巾《よりまさずきん》をかぶっている。

「いま、このとき、われと戦って、だれが勝てようぞ」

と、家康が侍臣をかえりみて、いいはなった。

しかも決戦を得意の野戦に持ちこむことができたので、いよいよ家康は自信にみちあふれ、闘志を燃やすことができた。

家康の本軍が赤坂を発したとき、雨勢は衰えはじめている。戦場へ向かうことゆえ、さすがに〔つきそい女〕たちも軍列に加わってはいなかった。

家康の本軍が垂井へ到着したのは、九月十五日（現代の十月二十一日）の午前三時ごろであった。

家康は、赤坂から垂井へ至る間も、輿《こし》の上に在って、諸方からの報告を受け、つぎつぎに適切な指令を発した。

未明の、しかも雨中の行軍だけに、またも敵方の忍びの者などの奇襲があってはと、警戒は厳重をきわめた。

そして……。

家康の輿の両側には、山中大和守俊房《やまとのかみとしふさ》と山中内匠長俊《たくみながとし》が騎乗でつきそい、輿の前後を合わせて十二名の甲賀《こうが》忍びが警戒しつつあった。

そのころ、西軍の大半は関ヶ原に入っており、東軍の先鋒・福島正則の部隊も関ヶ原へ到着した。

南宮山の北側をすすむ東軍の先鋒と、南側から入って来た西軍の後続部隊とが、雨と霧の中で接触し、双方がおどろいたのも、このときだ。

それほどに霧が深い。

徳川家康は、垂井をすぎて、一里ほども進むと、

「ここがよい」

と、うなずき、南宮山の峰つづきの西の裾《すそ》にある高処《たかみ》へ取りあえず本陣を置くことにした。

この、標高三百八十メートルの高処を、

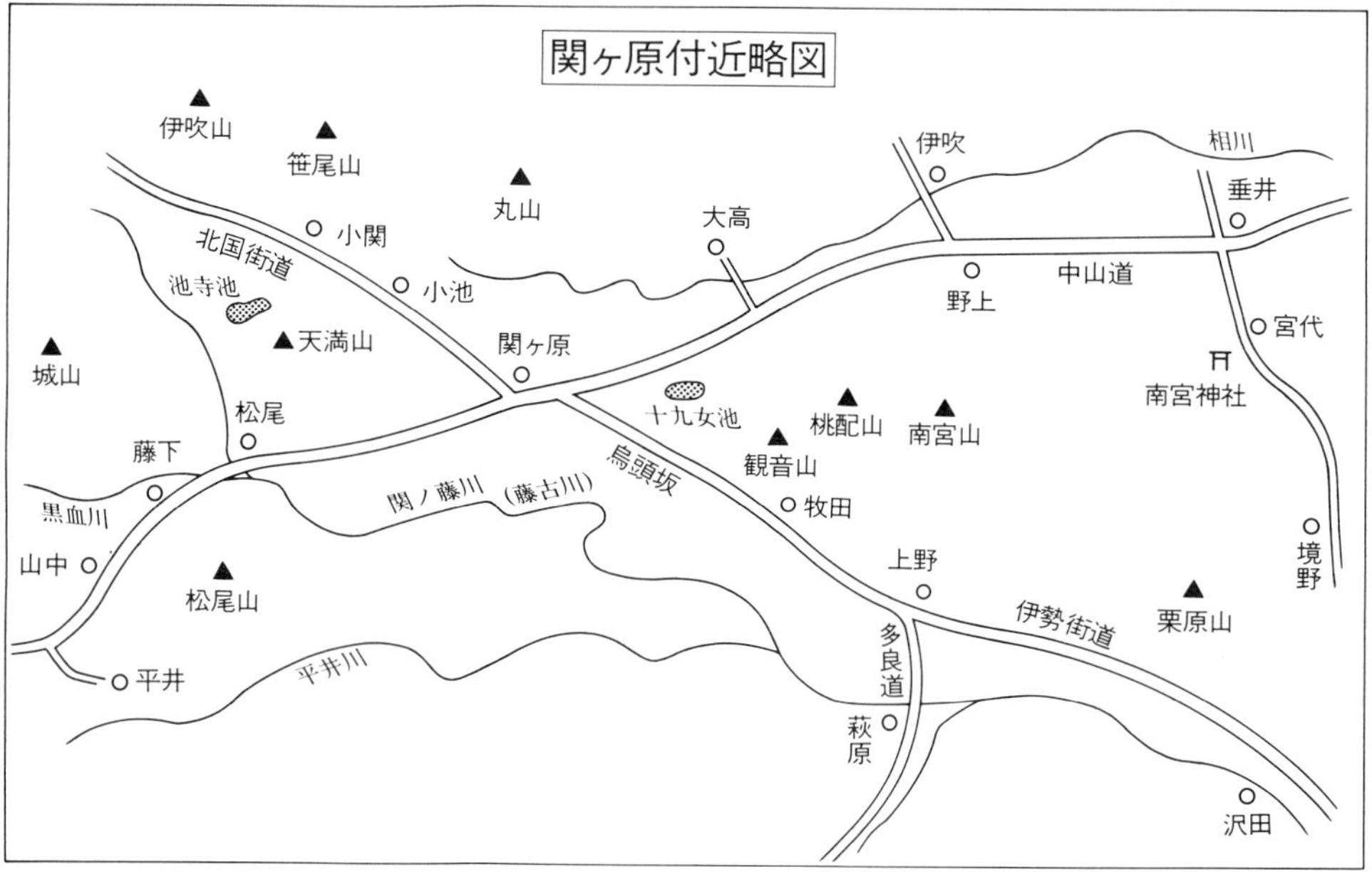
関ヶ原付近略図
伊吹山
笹尾山
丸山
伊吹
相川
垂井
小関
北国街道
小池
大高
池寺池
天満山
中山道
野上
宮代
城山
関ヶ原
南宮神社
松尾
十九女池
桃配山
南宮山
藤下
観音山
烏頭坂
関ノ藤川
(藤古川)
黒血川
牧田
山中
松尾山
上野
境野
栗原山
伊勢街道
多良道
平井
平井川
萩原
沢田

「桃配山《ももくばり》」

と、いう。

いまも大垣《おおがき》市から自動車で南宮山の北側から関ヶ原へ入って行くと、山峰が切れかかる左側に、

〔徳川家康最初陣地〕

の大きな標《しるし》を、車窓からも容易に見ることができる。

関ヶ原の小盆地は、その西方にひらけている。

関ヶ原は、西北に高峰・伊吹山をのぞみ、四方を山峰に囲まれた約一方里半の小盆地である。

山峡《やまかい》を縫って関ヶ原へ通じる街道は、北国・中山・伊勢《いせ》の三街道だ。

この三つの街道が京・大坂へ向かっている関ヶ原の北西から南へかけて、西軍は陣形をととのえ、三つの街道を塞《ふさ》ぐかたちとなった。

そこへ、徳川家康の東軍が、中山道《なかせんどう》の東から入って来たわけであった。

そして関ヶ原の入り口ともいうべき桃配山へ本陣を置き、福島・黒田・細川・加藤(嘉明)・井伊などの精強をほこる諸部隊が先鋒となり、西軍と対峙《たいじ》した。

藤堂・京極・本多の諸隊は遊軍として縦の陣形を組んだ。

東軍は、雨勢が衰えたころに赤坂を発し、中山道を二列縦隊で楽々と進み、すでに

将兵は糧食を腹にみたしている。

それに引きかえ、強い雨の中の山道を、東軍の二倍もの時間をかけて関ヶ原へ入った西軍は、寒気に身をふるわせつつ、しかも糧食を口にする間もないほどのあわただしさで、敵を迎え撃たねばならなかった。

関ヶ原には乳白色の霧がたちこめている。

雨もまだ残っていた。

この関ヶ原の決戦場における両軍の兵力は、南宮山《なんぐうさん》に関《かか》わるそれを別として、

「東軍は、約七万五千余」

また、

「西軍は約六万」

ほどではなかったろうか。

もっとも、西軍の六万の中には、松尾山で、

「去就を決しかねている……」

と、おもわれる小早川秀秋の一万五千余がふくまれている。

霧の中に、西軍の伝令が走り、物見の兵が東へ向かって探りに出て行く。

石田三成の本陣は、伊吹山の裾の高処へ構えられた。

この高処を、

「笹尾山《ささお》」

とよぶ。

その前面に、三成の家老・島左近《さこん》の一隊。

三成本陣の西方一町半ほどの、少し引き込んだ場所には島津《しまづ》義弘《よしひろ》が陣を張り、それから小西行長《こにしゆきなが》・宇喜多秀家《うきたひでいえ》の有力部隊。

さらに西へ、大谷吉継の陣所があって中山道を扼《やく》している。

それを見下ろすかたちで松尾山の小早川秀秋《こばやかわひであき》らの諸部隊。

これが、西軍の陣形であった。

つまり西軍は、関ヶ原の北面から南へかけて弓状に陣形をとり、関ヶ原の中心へ突入して来るであろう東軍を包囲するかたちとなった。

陣形として、悪いとはおもわれない。

九

徳川家康が垂井《たるい》において進軍の体制をととのえ、関ヶ原へ向かいつつあるころ、関ヶ原の西端の高処（藤川台）にある大谷吉継の陣所へ、

「真田家《さなだけ》の臣、壺谷《つぼや》又五郎でござる。刑部少輔《ぎょうぶしょうゆう》様へお目通りをいたしたい」

と、あらわれた者がいる。

まさに、壺谷又五郎であった。

まだ、払暁《ふつぎょう》の闇《やみ》は暗く、雨も残っていた。

又五郎は、股引《ももひ》きのように細い黒い裁着《たちつけ》の袴《はかま》をつけ、短袖《みじかそで》の着物に両刀を帯し、塗り笠《がさ》をかぶっていた。

闇の中から忽然《こつねん》とあらわれた又五郎に、大谷部隊の見張りの士《もの》はおどろいたが、真田家の家来とあれば、捨ててもおけぬ。

怪しげな男にはちがいないが、一人きりであるし、

「此処《ここ》に待たれよ」

兵たちに、又五郎をあずけておき、この旨《むね》を大谷吉継の許《もと》へ達すると、

「又五郎が来ていたのか。すぐさま、これへ……」

吉継は、目をみはった。

真田の草の者を束ねている壺谷又五郎は、豊臣秀吉《とよとみひでよし》の死後、真田幸村《ゆきむら》の密書などを携え、夜更《よふ》けに大坂・備前島《びぜんじま》の大谷屋敷を訪れたことが、何度かあった。

侍臣にみちびかれて、吉継の仮小屋へあらわれた又五郎を見るや、

「上田へ、引きあげたのではなかったのか……」

大谷吉継が、意外の声をあげた。

「はい」

「さ、入るがよい。熱い粥《かゆ》はどうじゃ?」

「かたじけのうござる」

吉継も、いま、粥で腹ごしらえをすませたところであった。

「戦《いくさ》には、まだ、間もあろう」

「いえ、さほどの間とてござりませぬ」

「さようか……」

「家康は程なく、関ヶ原へ入ってまいりましょう」

「ふむ……」

吉継《よしつぐ》も、石田三成の本陣から届く指令が、いま一つ、はっきりとせぬので、不安だったらしい。

「家康を討ち損ねまいた」

いきなり、又五郎がいい出た。

「何と……?」

「輿《こし》の上の内府は、影武者でござりましてな」

「さようなことを、ようも……」

吉継は、頭巾の中の、もはや、視力を失いかけている両眼《め》をみはって、

「いつのことじゃ?」

「昨日、家康の軍勢が岐阜《ぎふ》を発し、赤坂へ到着いたす前に、奥村弥五兵衛《やごべえ》が十余名をひきいて襲いましてござる」

又五郎が襲撃の模様を語ると、大谷吉継も、その場に控えていた侍臣の湯浅五助《ゆあさごすけ》も、驚嘆して、しばらく言葉もない。

「こなたも、大分に死にましてござる」

「弥五兵衛も、か?」

「いや、さいわいに、隠し小屋へもどりまいたが、重い傷を負うて、当分はうごけますまい」

「ふうむ……」

真田の草の者が、これほどに大胆なはたらきをしようとは、さすがの吉継もおもっていなかったことだ。

「刑部少輔様。徳川秀忠《ひでただ》がひきいる軍勢は、もはや間に合いませぬ。おそらくは上田にて、大殿と左衛門佐《さえもんのすけ》様が手ひどく戦われたのでござりましょう」

吉継と五助は、うなずくのみである。

西軍の諸将が、いずれも真田家と同様の決意と闘志をもって、はたらいてくれたなら……と、そのおもいで胸が一杯になってきたのだ。

「刑部少輔様……」

「うむ？」

「又五郎は、これより最後のはたらきをいたしまする。手の者も少のうなりまいたが、おもいきって仕てのけまする」

「たのむ、又五郎……」

どのようにして又五郎がはたらくつもりなのか、それは吉継や五助の想像を絶したことなのだ。

しかし、大谷吉継にとっては、数百数千の味方よりも、いまの、この壺谷又五郎の一言のほうがたのもしかった。

そこへ、粥が運ばれてきた。

「かまわぬ。すぐさま、箸《はし》をつけるがよい」

「恐れ入りまする」

一礼して、又五郎は粥の椀《わん》を手に取った。

大谷吉継は、腹巻きをつけた上から、白地に黒蝶《ちよう》の群れ飛ぶ態《さま》をあらわした直垂《ひたたれ》をつけ、白の練絹《ねりぎぬ》の頭巾《ずきん》を顎《あご》の下までかぶっている。

病患は、異常にすすみ、いまは声も掠《かす》れはじめていた。

頭巾は、わずかに吉継の白濁した両眼と鼻梁《びりよう》の一部をのぞかせているにすぎない。

「又五郎。松尾山の小早川を何と看《み》る？」

粥を食べ終わり、両手をついた又五郎へ、吉継が問うた。

壺谷又五郎は、強くかぶりを振ったのみだ。

視力のうすい吉継の眼にも、それはわかった。

「上田へ帰す者もございります。左衛門佐様へ、何ぞ……」

いいかけた又五郎へ、今度は大谷吉継が、かぶりを振って見せた。

この期《とき》におよんで、娘聟《むすめむこ》の左衛門佐幸村への伝言は何もない。

この戦に勝とうが負けようが、吉継の死に変わりはない。

病患は、そこまで悪化している。

また、これまでに、幸村へ対して、こころおきなく、すべてをいいつくしている吉継であった。

「では、これにて……」

「もはや、行くか……」

「かたじけなくおもうぞよ。いまこのとき、又五郎に会え、その言葉を耳にして、吉継は勇気を得た」

壺谷又五郎は一礼し、湯浅五助と共に小屋の外へ去った。

又五郎は数名の草の者と共に、この関ヶ原の何処かに潜み、戦闘が激烈となったとき、戦忍びとして戦闘の渦《うず》の中に入り、家康の首を狙《ねら》おうとしているのだ。

大谷吉継は、身ぶるいをした。

(さすがに、凄《すさ》まじいことよ)

このことである。

お江《こう》が単身、長良《ながら》川に徳川家康の輿を襲ったことを又五郎はまだ知らぬ。

もしも、これを大谷吉継が知ったなら、その驚嘆と感動は、層倍のものとなったにちがいない。

雨は、ようやくにあがったが、深い霧の中で、西軍の諸部隊は濠《ほり》を掘り、二重の竹《たけ》矢来《やらい》を張り、乱杙《らんぐい》を打ちたてたりして、それぞれの陣地の備えに狂奔している。

これを見ながら、壺谷又五郎は気配もなく、関ヶ原を移動して行く。

(何故、竹矢来を張ったり、乱杙を打ち込んだりしているのか?)

又五郎には、ふしぎでならぬ。

西軍は、おのれの陣所を防ぐつもりなのであろうか……。

これは、防ぐ戦ではあるまい。

一丸となって、東軍へ突撃しなくてはならぬはずだ。

両軍とも防ぐ余地はない。

突き進み、戦うのみなのだ。

東軍は矢来も張らず、乱杙も打たず、関ヶ原へ向かって進みに進んで来つつある。

そもそも、大垣《おおがき》から山道を、わざわざ関ヶ原まで出て来て、東軍を迎え撃つなどという作戦からして、

(気に入らぬ……)

と、又五郎はおもった。

又五郎は、ここ数日の、西軍の煮え切らぬうごきに、暗澹《あんたん》としたものを感じはじめている。

十

向井佐助《むかいさすけ》は、十四日の夜ふけに笠神《かさがみ》の忍び小屋を出て、伊吹《いぶき》の忍び小屋へ向かった。

重傷のお江を残してのことだけに、佐助は、

(早く、笠神へもどらねば……)

と、焦《あせ》っていた。

お江は、時が時、場合が場合だけに、

「途中、くれぐれも油断をしてはならぬ」

と、佐助に念を入れたけれども、

(なに、大丈夫だ)

十六歳の佐助は、激しい雨の中を、まっしぐらに伊吹の小屋へ駆け向かった。

山道を抜けて行っても、伊吹の小屋までは十里ほどもある。

すぐには、もどれぬ。

ところが佐助は、途中で、五瀬《ごせ》の太郎次《たろうじ》に出会ったのだ。

そこは、岐阜城下の北方三里ほどのところで、佐助が段丘《だんきゅう》の木立から、鳥羽《とば》川のほとりへ出たとき、

「おお、佐助ではないか……」

川をわたって来た太郎次が、先に佐助を見いだした。

七十をこえた太郎次だが、この夜雨の闇の中でも、佐助を見つけることができたのは、さすがといわねばなるまい。

「あ……太郎次どの」

「川を渡って来るわしに気づかなんだのか？」

「は……」

佐助は、眼を伏せた。

何しろ、頭の中は、お江のことで一杯だったのである。

「そのようなことでは、草の者はつとまらぬぞ」

などと、いつになく、五瀬の太郎次の口調はきびしかった。

「すみませぬ」

「お前は、笠神の小屋から、うごいてはならぬと、壺谷様にいいつけられていたのではなかったのか？」

「なれど、お江さまが……」

「何、お江さまが、笠神におらるるのかや？」

「重い傷を負うて……」

「何じゃと……」

そこで佐助は、お江が単身で徳川家康の輿を襲ったことを告げるや、

「ふうむ……」

太郎次は瞠目《どうもく》し、しばらくは言葉も出なかったが、ややあって、

「なるほど、それで影武者を……」

と、つぶやいた。

「影武者とは、何のことです？」

「む……まあ、よいわえ。仕方もないことじゃ」

「太郎次どのは、何処へ行かれます？」

「笠神へ、よ」

「え……」

「なれど、ここで、お前に会えたのは何よりじゃ。お前は、すぐさま、笠神の小屋へ

引き返し、お江さまの面倒をみてあげるがよい」

「太郎次どのは？」

「わしは、伊吹の小屋へもどるわえ」

「お江さまには、何というたらよいのでしょう？」

「そうじゃな」

いいさして黙り込んだ五瀬の太郎次の横顔に、苦渋の色が濃かった。

「太郎次どの……」

「まあ、待て。わしの一存ではゆかぬことじゃが……ともかくも、お江さまとお前は、笠神の小屋から、うごいてはならぬぞよ」

「伊吹の小屋の、御一同さまは？」

「そのことよ」

「何ぞ、異変でも？」

「そうじゃのう。いずれはわかることゆえ、お江さまに、おつたえするがよい」

「はい」

「今日、奥村弥五兵衛どのが、十四名をひきいて、赤坂へ向かう徳川家康の輿を、な
……」

「えっ……」

「仕損じたわえ」

「影武者とは、そのときの？」

「うむ。なれど、そこまでは、お江さまに申すなよ、よいか。お江さまが気に病むといけぬ。気に病んで、何をするか、しれたものではないゆえ、お前の胸一つにしまっておくがよい」

「は……」

「それでな、弥五兵衛どのも重い傷を負われ、ようやくに伊吹の小屋へもどられたが、小竹万蔵《こたけまんぞう》をふくめ、十名ほどは討死《うちじに》をしたようじゃ」

佐助は、凝然《ぎょうぜん》となった。

「そのことも、お江さまへは申すな。そうじゃな、何というたらよいものか……」

河原へ屈《かが》み込み、太郎次は白髪頭《しらがあたま》を抱え、考え込んでいたが、

「ともかくも、戦は明朝、関ヶ原のあたりとおもうがよい。そのとき、壺谷《つぼや》又五郎様が残る草の者をひきいて……、いや残るというてはならぬ。ただ、草の者をひきい、戦忍びとなり、家康の本陣を襲う手筈《てはず》になっていると、かように、お江さまへつたえるがよい」

佐助は、昂奮《こうふん》のために、躰《からだ》がふるえ出した。

「太郎次どのも、戦忍びに出られますのか？」

「まさか……この老いぼれに何ができる。壺谷様の邪魔になるばかりじゃ」

「私も、戦忍びに出たいとおもいます」

「たわけ。勝手なまねはゆるされぬぞよ。わしとお前は、それぞれに、重い役目を背負うているのじゃ。こうして連絡《つなぎ》をせねばならぬし、お江さまや弥五兵衛どのの傷の手当てもせねばならぬ。そのことを、よくよく考えよ。よいか、勝手なふるまいをしてはならぬぞよ。佐助」

太郎次は、細い両腕を差しのべて佐助の肩をつかみ、

「お江さまの躰は、うごかせまいな？」

「うごかせば、息が絶えてしまうのではないかと……」

「そうじゃろう、そうじゃろう」

「太郎次どのは、笠神の小屋へ、何の用事あって……？」

「お前を伊吹の小屋へもどしておくようにと、壺谷様が出がけに申されたのじゃ」

「出がけに……では、もはや、小屋を出られましたのか？」

「明日に備えてのう」

伊吹の小屋には、奥村弥五兵衛・伏屋太平《ふせやたへい》・姉山甚八《あねやまじんぱち》、そのほか二名の草の者が残っているのみだという。

五名とも傷を負っていたが、伏屋太平のみは傷が浅く、太郎次と共に小屋へ居残り、

重傷者の手当てをすることになったらしい。

さいわいに、伊吹の忍び小屋は、いまのところ東軍に発見されてはいない。

しかし、負傷者が歩けるようになれば、すぐさま、笠神へ移らねばならぬと、五瀬の太郎次はいった。

笠神の小屋のほうが、はるかに安全なことはいうをまたぬ。

「残されたわしゃお前のつとめが、いかに大事なものか、これで、ようわかったか?」

「はい」

「これより先、若いお前は、いくらでも、はたらくことができるのじゃ」

「わかりました、太郎次どの」

「われらも、近いうちに、伊吹の小屋を引きはらわねばなるまい。そのつもりでいてくれ」

「はい」

「よし。さ、笠神へもどるがよい。お江さまから離れるでないぞ」

「そちらは、太郎次どのと太平どのの二人で大丈夫ですか」

「お前の助けがほしかったなれど、かくなっては仕方もない。お江さまをたのむぞ」

五瀬の太郎次は身を返して、流れも急な鳥羽川を渡りはじめた。

下久我《しもこが》の忍び宿にいたころの太郎次とは、別人のようにたくましい感じがしたし、若やいで見えた。

「佐助、早う行け」

川の中で、太郎次の声がした。

佐助は反転して、笠神の小屋へ急いだ。

佐助が小屋へもどり、戸を叩《たた》くと、中にいるはずのお江のこたえがない。

そこで佐助は、小屋の地下蔵《ぐら》から山林の奥へ通じている秘密の抜け穴の出口へ行き、小屋の中へ入った。

お江は高熱を発し、炉端に昏倒《こんとう》していた。

「あっ……」

お江へ飛びついた佐助が、

「お江さま。もし、お江さま、しっかりして下され」

懸命に呼びかけたが、お江は目をひらかぬ。

(こ、これはいかぬ……)

佐助は、絶望に抱きすくめられた。

お江の顔色は、死人のようであった。

ちょうど、そのころ……。

伊吹の忍び小屋では、草の者の姉山甚八が、ついに絶命している。

甚八は七カ所も傷を負ってい、ことに、背中へ受けた槍疵《やりきず》が致命傷となった。

姉山甚八は、こうして四十六年の生涯《しょうがい》を終えたのである。

五瀬の太郎次は、まだ、伊吹の小屋へもどっていなかった。

十一

九月十五日の朝が来た。

だが、関ヶ原の小盆地には濃霧がたちこめてい、乳白色の霧の幕は、ほとんど夜の闇《やみ》と同様に東西両軍を包み込んでしまっている。

雨は、ほとんど熄《や》んでいた。

双方の陣形もわからぬ。

これでは戦闘にならぬし、迂闊《うかつ》にうごいては、味方の混乱を誘うおそれがある。

「草の者に乗じられてはならぬ」

と、山中大和守俊房《やまとのかみとしふさ》は、配下の忍びたちを桃配《ももくばり》山の本陣の周囲へ、二重三重に配置しておいた。

徳川家康《いえやす》は、東軍の陣形がととのったと聞いて、

「よし」

本陣と諸部隊との連絡を保つための指令を発した。

家康本陣の周囲は約一万五千の兵力によってまもられている。

「藤兵衛《とうべえ》を、これへ……」

と、家康がいった。

奥平藤兵衛貞治《おくだいらとうべえさだはる》は、家康の旗本で、信頼が厚い。

この奥平貞治を、家康は松尾山の小早川秀秋《こばやかわひであき》の陣営へ差し向けることにした。

小早川秀秋は、すでに、東軍と意を通じているが、戦況次第によっては、どのように変心するか知れたものではない。

すでに黒田長政《ながまさ》は、家臣を松尾山へさし向け、小早川勢を監視させていると聞いたが、それでも尚《なお》、徳川家康は安心できなかったのであろう。

開戦と同時に、小早川部隊は松尾山を下り、山裾《やますそ》の大谷吉継の部隊を攻撃することになっている。

「内応せぬときは、中納言《ちゅうなごん》（秀秋）を刺せ」

とまで、家康は奥平貞治にいった。

つまり、それほどの決意をもって監視せよというわけだ。

奥平貞治は十名ほどの家来を従え、本陣を出て、濃霧がはれぬうちに松尾山へ接近することになった。

これは、昨夜、西軍が大垣《おおがき》から関ヶ原へ入って来た伊勢《いせ》街道を横切り、平井川に沿って松尾山の南面へ出てから、山へ登らなくてはならぬ。

二名の山中忍びが、奥平貞治の先導をつとめることになった。

ときに、十五日の午前六時ごろであったろう。

依然、霧が薄らぐ気配はない。

関ヶ原の盆地は、天候の変転が激しい。

たとえば、大垣や赤坂へ、暖かい冬の日ざしがふりそそいでいても、この山峡《やまかい》の盆地へ入ると雪が降りしきっていることなど、めずらしくはない。

この霧の中で、先鋒《せんぽう》として押しならぶ黒田・細川・加藤・松平・井伊《いい》・藤堂・福島諸部隊のうち、最右翼の黒田長政と最左翼の福島正則《まさのり》の部隊が、物見の兵を出しつつ、慎重に、少しずつ前進を開始したかのようだ。

黒田長政は、石田三成の本陣へ最も近い。

福島正則は左の松尾山の裾にいて、西軍の宇喜多秀家《うきたひでいえ》部隊と向かい合っている。

しかし双方とも、濃霧にへだてられて、それとはわからなかった。

わからぬながらも、遅れて関ヶ原へ入って来た東軍が濃霧を利して、いつの間にか西軍陣営へ押し詰めるかたちとなっている。

午前七時ごろ、微《かす》かな風がながれはじめた。

それと看《み》て、黒田長政が、

「間もなく霧がはれよう。いまのうちに……」

密《ひそ》かに、笹尾山の石田三成・本陣へ接近しはじめた。

どうみても、東軍が攻撃し、西軍が防ぐという様相になった。

西軍の各陣所は濠《ほり》をうがち、柵《さく》をまわし、その中で息をころし、東軍の攻撃を待っているのである。

引きつけておいて戦う。

そのとき、東軍後方の南宮山《なんぐうさん》と、側面の松尾山の味方が一斉《いっせい》に山を下って、東軍へ攻めかけるという作戦を石田三成は、まだ捨て切れなかったのであろうか……。

敵の背後の南宮山の味方への連絡が絶ち切られているのは、

「ぜひもない」

ことだが、石田三成は着陣してから、二度も三度も松尾山の小早川秀秋へ使者を送り、

「機を逃さぬように」

と、念を入れている。

小早川の老臣・平岡頼勝《ひらおかよりかつ》の返事は、例によって、

「うけたまわった」

なのである。

いまとなっては石田三成も、これを信ずるよりほかはない。

このとき、関ヶ原から西へ二十里ほどはなれた近江《おうみ》の大津城が、西軍の攻撃に屈して、城を明けわたした。

城主の京極高次《きょうごくたかつぐ》は降伏して剃髪《ていはつ》し、高野山へ入ったが、のちに徳川家康が、

「ようも、持ちこたえてくれた」

高次を表彰した。

大津城を攻めたのは西軍の勇将・立花宗茂《たちばなむねしげ》であった。

もしも、三日ほど前に大津城が落ちていたなら、この勇猛な立花部隊が関ヶ原の西軍へ加わっていたやも知れぬ。

立花部隊と共に大津を攻略したのは毛利元康《もとやす》・片桐且元《かたぎりかつもと》・松浦久信など、ほとんどが大坂城に在る西軍の総帥《そうすい》・毛利輝元《てるもと》の命によって出陣した人びとで、総兵力は合わせて一万五千におよぶ。

この一万五千は、松尾山の小早川部隊一万五千余とは、

「くらべものにならぬ」

と、いってよい。

関ヶ原へ出陣したなら、ためらうことなく、迷うことなく東軍へ向かって攻めかか

ったにちがいない。

それを、決戦間ぎわまで、大津城で喰《く》いとめたのだから、家康が京極高次を、ほめたたえたのも当然であろう。

八時ごろになって、濃霧が薄れかかった。

激しい銃声が、桃配山の家康本陣へ聞こえたのは、このときである。

これは、福島・井伊の両部隊が、宇喜多秀家の陣所へ撃ちかけたものだ。

つづいて、開戦を告げる法螺《ほら》貝《がい》の音が、まだ、はれやらぬ霧の中の諸方から鳴り響きはじめた。

このとき……。

桃配山のあたりを吹き抜けた風に霧が溶けて、家康本陣の陣容が、幻のごとく浮きあがった。

金銀の大馬印《うまじるし》を囲んで二十余の白の長旗が靡《なび》き、金の大扇に朱の日輪を描いた馬印には銀の切り割りがつけられ、まさしく、これは、

「徳川家康、此処《ここ》に在り」

の、声といってよい。

笹尾山の山裾へまわり込んだ黒田長政が、

「打ちかかれ！」

みずから槍をつかんで、西軍の本陣へ肉薄したのは、このときである。

まず、黒田の鉄砲隊が一斉射撃をおこない、つぎに薄れかかる霧の中から、

「えい、えい！」

「おう！」

槍を連ねて、本陣の前面に陣を構えていた石田三成の家老・島左近へ、黒田部隊が攻めかかった。

「押し返せ！」

柵の中から、馬上の島左近が兵をひきいてあらわれ、猛然と長槍を揮《ふる》って黒田勢へ突入する。

戦闘のどよめきが、にわかに湧《わ》き起こった。

関ヶ原

一

石田三成《いしだみつなり》・本陣の前に陣を構えていたのは、島左近《しまさこん》・蒲生郷舎《がもうさといえ》の二隊であった。

黒田《くろだ》部隊を迎え撃った島・蒲生の両隊の奮戦は、目ざましかった。

たちまちに、黒田部隊が押し返されはじめた。

ちょうど、そのとき……。

いつの間にか、山腹の木立の中を迂回《うかい》し、島・蒲生隊の側面へまわり込んでいた黒田長政の鉄砲隊が、一斉射撃をおこなったのである。

これは、開戦の前に、黒田長政が竹中丹後守重門《たけなかたんごのかみしげかど》に、西軍本陣の側面へ、

「まわり込み、鉄砲を撃ちかけたい」

と、いった。

豊臣秀吉《とよとみひでよし》が、まだ織田信長《おだのぶなが》の部将でいたころ、秀吉をたすけて活躍した竹中半兵衛《はんべえ》重治《しげはる》の名は、いまも人びとの記憶から消えていない。

かつての岐阜《ぎふ》城主・斎藤竜興《さいとうたつおき》に仕えていた竹中半兵衛は、竜興を見かぎり、秀吉の参謀としてはたらき、のちに彼が病歿《びょうぼつ》した折には、

「わしの片腕が、捥《も》ぎ取られた……」

と、豊臣秀吉が涕泣《ていきゅう》したほどの人物だ。

この竹中半兵衛の子が、丹後守重門であった。

竹中重門は、亡父・半兵衛の縁《ゆかり》もあって、秀吉に仕えた。

豊臣秀吉が徳川家康と戦った小牧《こまき》の戦役に、秀吉の小姓として従軍した竹中重門は、わずかに十二歳で、

「吉介《きちすけ》」

とよばれ、秀吉に可愛《かわい》がられたこともあり、秀吉が歿したときは、形見として助光《すけみつ》の刀を受けている。

竹中重門の所領は六千石ほどだが、このたびの戦では、はじめ西軍に参加し、いったんは尾張《おわり》の犬山城へ援軍として入った。

ところが、たちまちに岐阜城が落ちてしまったので、

「悪《あ》しゅうはせぬゆえ、われらの許《もと》へおいでなされ」

黒田長政の勧告を受けて、東軍に降伏した。

それだけに、二十八歳の竹中重門は、

(何としても、手柄《てがら》を立てねばならぬ)

と、決意をしていた。

しかも、関ヶ原一帯は、竹中重門の所領の地だから、地形をことごとくわきまえている。

徳川家康が赤坂の本陣へ到着した折も、重門は黒田長政と共に家康の前へ出て、種々、家康の下問にこたえているほどだ。

それで、黒田長政から相談を受けた竹中重門は、言下に、

「よろしゅうござる」

長政の鉄砲隊と、自分の手勢を四十名ほどえらび、濃霧にまぎれて、黒田の陣所を出た。

そして笹尾《ささお》山の東面の山裾から入り込み、山腹をまわって、島・蒲生隊の側面へあらわれたのである。

霧は、はれかかっていた。

近距離からの射撃だけに、西軍の馬も戦士も、

「おもしろいほどに……」

撃ち殪《たお》された。

鉄砲の数が、さほどに多かったわけではないけれども、数量の層倍の効果があった

というべきであろう。

島・蒲生の両隊が、たちまちに混乱した。

〔大吉・大一・大万〕

の文字をしるした石田三成の旗印が、笹尾山に翻《ひるがえ》っているのが、押し迫る黒田部隊からも、はっきりと見てとれる。

「いまこそ！」

黒田長政は勇躍し、長槍を揮って先頭に立った。

これを見た石田三成は、救援部隊を繰り出すと共に、

「打って出られたし」

と、島津《しまづ》義弘《よしひろ》の部隊へ使者を走らせた。

島津部隊千六百は、石田本陣がある笹尾山の南裾の北国街道の向こうに陣を構えている。

老雄・島津義弘は、甥の豊久《とよひさ》と共に、深い木立を背にした一角へ兵をおさめ、石田三成がいかに、

「打って出られよ」

と、いってよこしても、うごこうとはせぬ。

大垣以来、島津義弘は完全に石田三成を、

「見かぎってしまった……」

ようだ。

「戦するなら、勝手にせよ」

と、いわんばかりなのだが、そうかといって東軍へ寝返るわけでもない。

「かまえて、うごくまいぞ」

兵をおさめたまま、島津義弘は、激烈となった戦場を見まもっているのみだ。

この老雄には、密かに、

「期するところがある……」

と、いってよい。

愛想《あいそ》をつかした石田三成のためには戦わぬ。

だが、西軍に与《くみ》した以上、この決戦場で寝返るのは、いさぎよしとせぬ。

ならば、どうするつもりなのか……。

九州の薩摩《さつま》・大隅《おおすみ》の二国と日向《ひゅうが》の一部を合わせ六十万九千五百石を領する太守としての、

「面目に恥じぬ……」

進退をするつもりの島津義弘であった。

六十六歳に達した島津義弘の関ヶ原の決戦場における行動は、まったく独自のもの

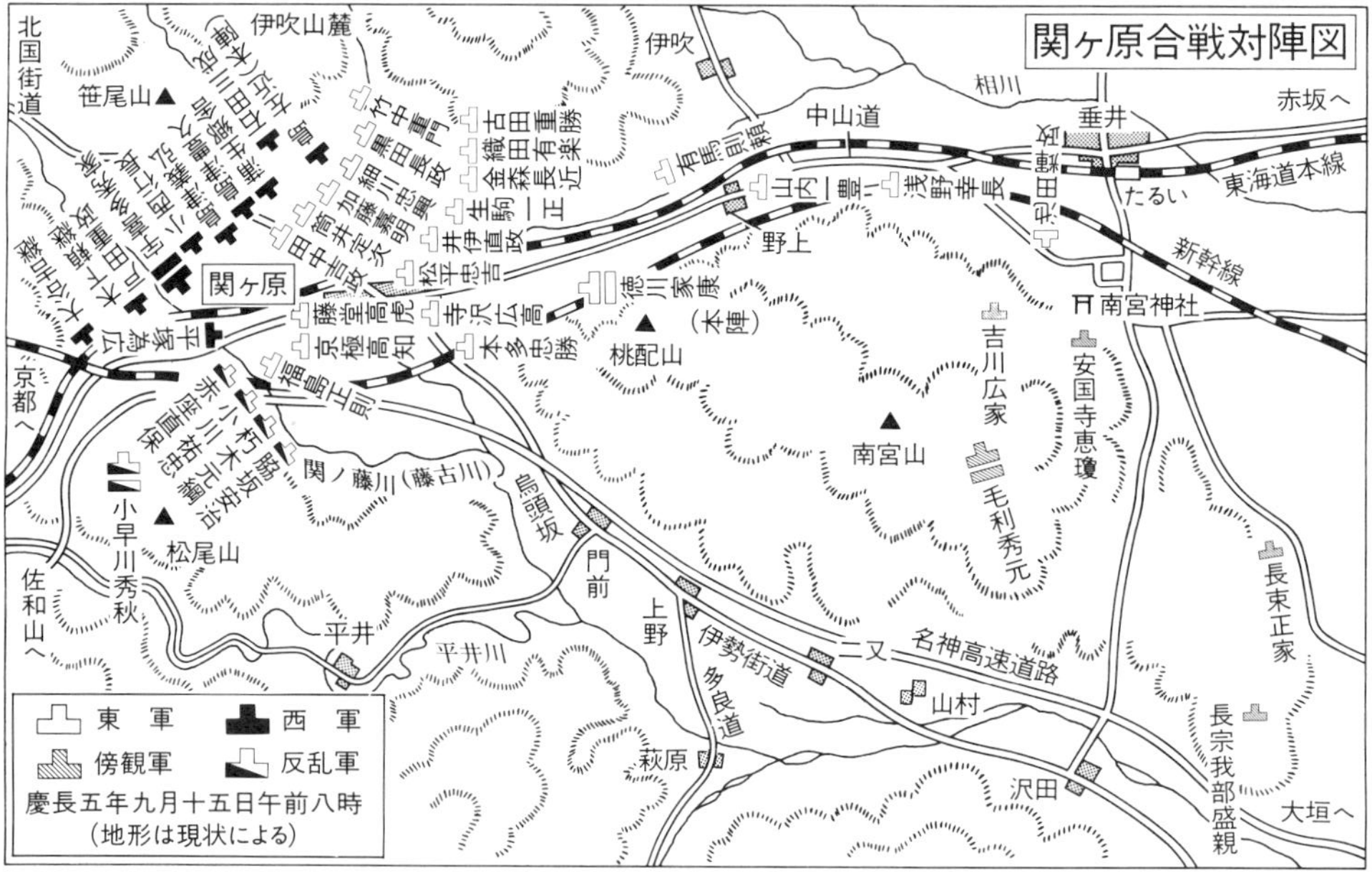

関ヶ原合戦対陣図
北国街道
伊吹山麓
笹尾山
石田三成(本陣)
島左近
蒲生郷舎
島津豊久
島津義弘
小西行長
宇喜多秀家
戸田重政
木下頼継
大谷吉継
平塚為広
関ヶ原
竹中重門
黒田長政
細川忠興
加藤嘉明
筒井定次
田中吉政
古田重勝
織田有楽
金森長近
生駒一正
井伊直政
松平忠吉
藤堂高虎
京極高知
寺沢広高
本多忠勝
福島正則
徳川家康
(本陣)
桃配山
赤座直保
小川祐忠
朽木元綱
脇坂安治
関ノ藤川(藤古川)
小早川秀秋
松尾山
京都へ
佐和山へ
平井
平井川
烏頭坂
門前
上野
萩原
多良道
伊勢街道
二又
名神高速道路
山村
沢田
伊吹
相川
中山道
有馬則頼
山内一豊
浅野幸長
池田輝政
垂井
たるい
赤坂へ
東海道本線
新幹線
野上
南宮神社
南宮山
吉川広家
毛利秀元
安国寺恵瓊
長束正家
長宗我部盛親
大垣へ
東軍
西軍
傍観軍
反乱軍
慶長五年九月十五日午前八時
(地形は現状による)

であることが、やがてわかる。

そして、義弘の賢明な決意と果敢な行動は、戦後の島津家に、よい意味での、重大な影響をもたらすことになる。


石田三成本陣の備えは、さすがに堅い。

というよりも、三成麾下《きか》の将兵の闘志は、

「さすがに、ちがう」

と、いったほうがよいであろう。

島津義弘など、味方の諸将の信頼を受け損ねた石田三成だが、みずからひきいる約六千の将兵は、

「主《あるじ》のために戦い、主のために討死《うちじに》をする」

この一事のほかに、おもい迷うことがない。

これは、かねがね、三成の恩顧に深く感じていたからであろう。

わが家来、わが領国、わが領民に対しての石田三成は、

「またとなき……」

人物であった。

島左近は、左肩に弾丸を打ち込まれたが、屈せずに戦い、兵をはげまして一歩も退《ひ》

かぬ抵抗を見せはじめた。

これを、桃配山《ももくばり》の本陣から望見した徳川家康は、後尾に詰めていた本多忠勝《ほんだただかつ》の部隊を、右へ移動させた。

これは、西軍主力が味方を突きくずしたときに備えたのだ。

黒田隊につづいて、いまは、細川・加藤《かとう》（嘉明《よしあき》）・田中の諸隊が石田本陣へ向かって攻めかけつつあった。

霧は、ほとんど、はれあがっていたが、日は射《さ》し込まず、灰色の雲が空に張り詰めている。

石田三成は、たまりかねて、またも家臣の八十島助左衛門《やそじますけざえもん》を、島津陣へ走らせた。

八十島は、前面に陣を構えている島津豊久へ、

「すぐさま、打って出られたし」

と、要請をした。

いま、島津部隊が出てくれれば、石田三成が全軍をひきいて、家康の本陣へせまる戦機を、

「つかむことが、できる……」

やも知れぬ。

しかし、島津豊久の返事は、相変わらず、

「うけたまわった」

である。

そこで八十島助左衛門は、

「兵庫頭《ひょうごのかみ》様に、目通りをいたしたい」

こういって、島津義弘へ直接、出動要請をおこなおうとしたが、

「いや、それにはおよばぬ」

島津豊久は、自分は伯父の義弘から、すべてをまかされており、こうして陣所の前面を守備している。

ゆえに何事も、

「それがしが、うけたまわる」

と、いう。

「なれば、何故、打って出られませぬのか?」

われを忘れた八十島が、拳《こぶし》を打ち振るようにして問い詰めるや、

「本陣の治部少輔《じぶしょうゆう》殿へつたえよ」

島津豊久が凜然《りんぜん》として、

「島津が軍勢は、戦《いくさ》の駆け引きを誤ったることはないと、な」

「何と、おおせられる」

「打って出るときには、かならず打って出る。かようにつたえるがよい」

どうしようもなかった。

八十島助左衛門の両眼《め》に悔し泪《なみだ》が滲《にじ》んだ。

二

これより先、黒田長政《ながまさ》の部隊が石田本陣の前衛へ突撃する前に、東軍の先鋒《せんぽう》として深く進出していた福島正則《ふくしままさのり》・井伊《いい》直政《なおまさ》の両部隊が、西軍の宇喜多・小西《こにし》の両部隊へ攻撃を開始している。

それはまだ、霧がはれあがる前のことだ。

福島正則は、薄れかかる霧の彼方《かなた》に、宇喜多秀家が部隊を五段に分けて展開し、押し出して来るのを見た。

「押せ、押せい！」

正則は、長槍をつかみ、長柄《ながえ》の足軽隊《あしがるたい》を指揮するかたちとなった。

これは、みずから先頭に立って、敵中へ突入する気構えを見せたことになる。

戦場へ出た福島正則には、

「水を得た魚……」

のような潑剌《はつらつ》さがあった。

戦将としての彼を、徳川家康が、どれほど怖れていたかは、すでにのべておいた。

正則が西軍へ参加することを防ぐために、家康は、

「肝胆を砕いた……」

などと、いわれている。

上杉景勝《うえすぎかげかつ》征討の名目《みようもく》をかかげて東下する折、福島正則を大坂へ招き、

「何事も豊臣《とよとみ》家の御為《おんため》でござる」

巧妙にもちかけ、会津攻めの先陣を押しつけ、これを承知させたときから、徳川家康の謀略は第一歩を踏み出したといってよい。

いま、宇喜多隊へ突撃する福島正則の脳裡《のうり》には、

「豊臣家の禍根《かこん》となるべき石田治部少輔と戦う」

この一事があるのみであった。

「えい、おう！」

「えい、えい！」

「おう！」

声を合わせ、福島隊の長柄足軽が猛然と押し寄せると、

「退くな！」

宇喜多隊の長柄足軽も、槍《やり》を揃《そろ》えて霧の中からあらわれた。

槍と槍とが叩《たた》き合い、突き合い、なぐりつける。

こうなると福島部隊は、何処の敵と戦っても負《ひ》けはとらぬ。

吹きながれる霧の合間から、押し詰められ、引き退《の》いて行く宇喜多部隊が、はっきりと見えた。

そのとき、機《とき》を逃さず、合図の法螺貝《ほらがい》が鳴りひびいた。

すると、それまでは一丸となって戦っていた福島正則の長柄足軽隊が颯《さっ》と左右に分かれた。

すかさず、後方から鉄砲隊が押し出して来て、宇喜多部隊へ一斉《いっせい》射撃をあびせかける。

宇喜多方にも鉄砲隊がないわけではない。

しかし、はじめから押され気味に戦闘開始となったものだから、これを効果的に使うことができなかった。

二段に分けた福島隊の射撃に、宇喜多勢が乱れ立つのを見て、

「それっ！」

福島正則が馬腹を蹴《け》って突進した。

主人の、この闘志は福島勢を奮い立たせずにはおかぬ。

錐《きり》を揉《も》み込むようにして福島勢が敵の陣形を突き崩しはじめた。

正則は、馬腹をはさみつけた両の太股《ふともも》と鐙《あぶみ》へかけた両足を巧みに使って愛馬を操りつつ、縦横に槍を揮《ふる》った。

正則の槍は、敵を突き捲《まく》り、鉄条をはめこんだ柄《え》は風を切って、敵を馬から叩き落とした。

福島勢につづいて、藤堂高虎《とうどうたかとら》の部隊が、藤川台の大谷吉継《おおたによしつぐ》の陣地へ向かって進みはじめた。

しだいに、霧がはれあがるにつれ、宇喜多方も目標をつかみ、必死の反撃に移った。

福島勢が押し返されはじめる。

井伊・寺沢の両隊は、宇喜多勢の右方に陣形をととのえている西軍・小西行長《ゆきなが》の部隊へ攻めかかった。

関ヶ原は、広闊《こうかつ》の平原ではない。

一方里半の小盆地のうちの半分ほどの戦場で数万の軍勢が戦うのだから、樽《たる》の中で芋を洗うような混乱戦となったのも当然であろう。

起伏の多い盆地の森や村や田地は両軍の旗差物《はたさしもの》に埋めつくされ、それが、軍馬の嘶《いなな》きや戦闘の響《とよ》みと共に、関ヶ原に充満し、激しく揺れうごいていた。

「退くな、退くな!」

福島正則は敵の返り血をあび、折れた槍を投げ捨て、家来が差し出す二本目の槍をつかみ、兵を叱咤《しった》し、押し寄せる宇喜多勢を喰《く》いとめつつあった。

午前八時から十一時までの、およそ三時間の戦闘は頂点に達したといってよい。

だが、この三時間は、必死に戦う両軍の将兵にとって、一瞬の間のことであったにちがいない。

八十島助左衛門が、島津陣地へ二度目の使者に出て、やむなく本陣へ引き返したのは、ちょうどそのころであったろう。

八十島の報告を受けた石田三成は、居たたまれぬおもいがした。

いま、両軍の戦闘は頂点に達している。

自分の将兵もよく戦っているし、小西・宇喜多の両勢も一歩も引かずに持ちこたえている。

ここで精強を誇る島津部隊が戦闘に加わってくれるなら、戦況は、やや有利となろう。

その機を逃さず、本陣から烽火《のろし》を打ちあげる。

烽火は、南宮山《なんぐうさん》と松尾山の味方へ、

「山を下って攻めかかれ」

の、合図であった。

「馬を、馬を引けい」

あわただしげに石田三成は、みずから馬へ乗り、二十名ほどの兵に護《まも》られ、笹尾山《ささお》の本陣を駆け下った。

自分と小西行長の兵が、東軍の攻勢を喰いとめているのを左にのぞみながら、三成は一気に島津陣地へ走り込んだ。

「何をしておられる。すぐさま、打って出られたい」

馬から下り、詰《なじ》るようにいう石田三成を、島津豊久があわれむかのごとく見まもって、

「いまは、それぞれの軍勢が、それぞれに、おもうままに戦うよりほかに道はござらぬ。われらの陣所も前後左右を敵に囲まれ、身うごきもなり申さぬ」

冷然と、いったものである。

「すぐさま、打って出られたい」

「打って出るべきときは、打って出ると、先刻も、そちらの使者へ申しつたえたはず」

「なれば、兵庫頭殿へ……」

飛び乗った馬を返して、三成が木立の奥の島津義弘の陣所へ行きかけると、島津の兵たちが槍を連ね、これを阻止するではないか。

馬上の三成は、顔面蒼白《そうはく》となった。

「こ、これは何としたことじゃ」

「おもどりめされ」

と、島津豊久は鰾《にべ》もない。

着陣以来、伯父・兵庫頭義弘を、石田三成に無視されつづけてきた怒りが、三十一歳の島津豊久の顔にみなぎっている。

ここで三成が、ふたたび馬から下り、頭をたれて、真情を率直に、正直にあらわして、

「たのみ申す」

と懇願したら、どうなっていたろうか。

しかし三成は、それができぬ人物であった。

青白い怒りと屈辱に堪え切れず、石田三成は、むなしく笹尾山の本陣へ引き返したのである。

灰色の雲を割って、日ざしが落ちかかってきた。

もはや、猶予《ゆうよ》はならぬ。

駆け寄って、三成を迎えた八十島助左衛門へ、

「烽火をあげよ！」

と、石田三成が叫んだ。

三

ここにいたって石田三成は、ようやくに、島津勢の戦列参加をあきらめた。

激戦の最中《さなか》においてである。

何としても遅い。遅すぎる。

それぱかりではない。

大垣《おおがき》から関ヶ原へかけての西軍主力と、たとえば大津城の京極高次《きょうごくたかつぐ》を攻撃している立花宗茂《たちばなむねしげ》らの有力部隊との連携も、拙劣をきわめているといわねばならない。

しかし、いまは、何も彼《か》も取り返しがつかぬ場面となった。

笹尾山の西軍・本陣から打ちあげられた烽火は、南宮山と松尾山の味方へ、

「すぐさま、山を下って敵へ攻めかかるべし」

と、告げた。

しかし、南宮山の毛利・吉川《きつかわ》の主力は、東軍の池田《いけだ》・浅野《あさの》・山内《やまのうち》の諸部隊に監視をされている上に、徳川家康とは念書を取り交わしており、

「東西両軍の、どちらの戦列へも参加をせぬ」

その姿勢をくずさぬ。

烽火のあがるのは見たろうが、南宮山からでは、戦場の様子もわからぬ。

ただ、地鳴りのような戦場の響《とよ》みが、風に乗って聞こえてくるのみだ。

山裾《やますそ》に陣を構えている安国寺恵瓊《あんこくじえけい》は、戦況を案じ、吉川広家《ひろいえ》へ再三、使者を差し向けたが、広家は取り合おうともしない。

広家は、西軍の総帥《そうすい》として大坂城に在る毛利輝元の従弟にあたり、毛利家の親族として、出雲《いずも》・富田《とだ》城主（十四万二千石）であった。

このとき吉川広家は三十九歳であったが、早くから東軍の黒田長政と通じ、内応を約していた。

しかも、

「どちらへも味方をせぬ」

という条件で、毛利家の、むずかしい立場を切りぬけようとしている。

物の本によると、吉川広家は、

「平素より、石田三成や安国寺恵瓊に好感を抱いてはおらず、関ヶ原戦の折には、南宮山の南麓《なんろく》に待機していた味方の長宗我部《ちようそかべ》・長束《なつか》の両勢を威嚇《いかく》し、これを釘《くぎ》づけにしてしまい、ついに西軍を敗退にみちびいた」

などと、記している。

もしも南宮山の三万に近い西軍が、笹尾山から打ちあげられた烽火を合図に山を下り、東軍の背後から攻めかかったなら、どうであったろう。

戦場では、石田・宇喜多・小西の将兵の奮戦によって、東軍の攻勢がはかばかしくなかっただけに、戦況は一変したやも知れぬ。

関ヶ原戦後、徳川家康は、百二十万五千石の毛利家を、三十六万九千石に減じてしまった。

吉川広家との約束はまもられなかったわけだが、それにしても生き残ることを得たのは、広家の内応があったからだ。

のちに、所領を約四分の一に減じられた毛利家では、吉川広家の単独内応を、

「あの折、西軍に味方をし、徳川を討ち取っていれば、かような悲運には至らなかったものを……」

と、看《み》て、広家は本家から疎《うと》まれるようになる。

このように、吉川広家は決戦となってからは終始変わらず、徳川家康との約定《やくじょう》をまもった。

戦場から離れた南宮山からでは、戦況を見て、判断することが不可能だった所為《せい》もあろう。

けれども、松尾山の西軍は、眼下に両軍の戦闘を、はっきりと見ている。

合図の烽火があがったときは、まだ、どちらが勝つか、咄嗟《とっさ》の判断ができかねた。

　すでに、徳川家康が差し向けた使者・奥平貞治《おくだいらさだはる》は松尾山へ到着しており、そのほかにも、黒田長政の家臣・大久保猪之助《おおくぼいのすけ》が、昨日から密《ひそ》かに松尾山へあがり、小早川軍《こばやかわ》を監視していた。

　そこで、奥平と大久保が、

「いまこそ、山を下って、藤川の台の大谷勢へ攻めかかられよ」

と、小早川家の老臣・平岡頼勝《ひらおかよりかつ》へせまった。

「いや、まだ、潮時ではござらぬ」

「何と申される。そこもとは、われらが主《あるじ》、黒田甲斐守《かいのかみ》（長政）と堅い約束をかわされたのではござらぬか」

「いかにも」

「ならば、すぐさま、攻めかかられたい」

　平岡は、沈黙した。

　まだまだ、戦場のうごきは決定的なものではない。

　完全に勝利をおさめる方へ、

（味方をせねばならぬ……）

　このことであった。

　平岡頼勝は、西軍の主力が、これほど頑強《がんきょう》に戦おうとは、おもっていなかったらしい。

藤川台の大谷吉継の急使が、松尾山へ駆けのぼって来たのは、このときである。

それと見て、東軍から派遣された監視の二人は姿を隠した。

大谷吉継も、合図の烽火があがったのに、なお、松尾山の小早川軍がうごき出さぬので、

「すぐさま、関東勢へ攻めかかられたし」

と、いってよこしたのだ。

これに対し、平岡頼勝の返事は、例によって、

「うけたまわった」

なのである。

あまりにも、あつかましいというか、恥を知らぬというか……。

この期《ご》におよび、冷静に、ふてぶてしく東西両軍の使者や監視人をあやつる平岡頼勝が、傍目《はため》には、いかにも遠謀深慮に長《た》けているかのように見える。

だが、その、あまりにも露骨な駆け引きが目の前で演じられるのを見て、

「何という愚か者であろうか……」

奥平貞治は、呆《あき》れ果てたという。

天下の事は、

「右も左もわからぬ」

といってよいほどの、十九歳の主人・小早川秀秋《ひであき》の老臣として、

(何としても、小早川家に傷をつけてはならぬ)

そのためには、こうするよりほかに道はない。

自分の一身に責任《せめ》を負うて、

(かならず、主家をまもり通してみせる)

と、平岡頼勝は、これまで、のらりくらりと敵味方をあざむいてきた自分の駆け引きに、

「酔っていた……」

のである。

(いま少し……いま、しばらく……)

であった。

西軍に勝味があれば、内応の約束を裏切り、東軍の側面から攻めこむ。

東軍に勝利の色を見たなら、内応の約束どおりに、西軍を裏切って大谷・平塚・戸田の諸部隊を攻撃する。

その平岡頼勝の打算は、もはや包み隠すこともできずに、東西両軍の目にとらえられてしまった。

眼下の戦場へ、小早川勢が突入する期《とき》が来ているのだ。

それなのに、西か東かと、まだ平岡は決意できぬ。

傍目には、ふてぶてしく見えはしても、平岡頼勝にしてみれば苦悩に心をさいなまれていたにちがいない。

だが、これでは、たとえ勝利の方へ味方することができても、

「小早川は最後まで、わが身の安全を見きわめた上で戦った」

ことになってしまう。

いや、すでに、その過ちを冒《おか》しつつある。

これでは、東西両軍のどちらが勝っても、小早川家が、きびしい批難を受けるのは当然といってよい。

それでは、味方したことにならぬ。

となれば、生き残ったにせよ、小早川家の前途は暗い。

「小早川秀秋は、信ずるに足らぬ大名である」

との烙印《らくいん》を押されてしまうからだ。

四

このとき、笹尾山の石田三成本陣は、東軍諸部隊の猛攻に屈せず、奮戦をつづけて

いた。

三成の家老・島左近《さこん》は、すでに重傷を受け、後方へ退《の》いている。

「島左近の隊、ほとんど尽き、左近勝猛《かつたけ》も、また傷つき、従兵これを負うて走る」

と、戦記にある。

このときより、島左近の消息は絶えてしまう。

一応は、関ヶ原で戦死したことになっているが、

「戦場を脱して逃れた……」

という説もある。

島左近は備後《びんご》の尾道《おのみち》へ逃れ、のちに、その子孫たちは広島県の西条へ移り、拝島姓を名乗って隠れ住み、西条には左近の墓所もあると、筆者に知らせてくれた人もいる。

左近ほどの武将が討死《うちじに》をすれば、かならず記録にも残っているはずとおもうが、それはない。

戦闘は、すでに四時間近くつづけられている。

こうなると緒戦の激烈さを、両軍ともに維持しつづけるわけにはまいらぬ。

戦闘に疲れ切ってしまえば、息を入れたくもなるし、戦士たちのすべてが勇敢であるはずもないのだ。

中には、木立の中へ隠れて、疲れをやすめる者もいるだろうし、

「味方が勝つ前に死んでしまっては、はじまらぬ」

と、おもう者もいたであろう。

こうして、ようやく戦闘に、

「弛《たる》みが生じてきた……」

のである。

それは、つまり、東軍が一気に攻め切れなかったことを意味する。

松尾山の小早川軍が、なおも、うごかぬのは、そうした戦場のありさまを眼下に見ているからだ。

時刻は、昼に近い。

一時は、日ざしも落ちかかってきた関ヶ原の頭上を、黒い雲が被《おお》いはじめた。

「松尾山は、いかがじゃ」

と、桃配《ももくばり》山の本陣に在って、徳川家康は苛《いら》立《だ》ちはじめている。

「何をいたしておるのか。小早川の内応はまだか、まだか……」

家康は床几《しょうぎ》から立ちあがり、足を踏み鳴らし、

「甲斐守へ聞き合わせよ」

と、命じた。

騎乗の使番《つかいばん》が本陣を走り出て、戦闘中の黒田長政の許《もと》へ向かう。

徳川家康は、右手の爪《つめ》を嚙《か》みはじめた。

爪を嚙むのは、苛立っているときにする、若いころからの家康の癖であった。

おもうようにすすまぬ戦況を見て、さすがの家康も、

「悲観憂慮した……」

などと書いた戦記もある。

家康の使者・久保島孫兵衛《くぼじまもごべえ》が、石田本陣を攻め立てている黒田部隊へ駆けつけてみると、折しも黒田長政は戦闘の渦《うず》の中から引きあげ、一息入れているところであった。

黒田長政も武勇をうたわれた男だけに、兜《かぶと》も具足《ぐそく》も血の池から浮かびあがったような凄《すさ》まじさで、

「馬、馬！」

傷を負った愛馬から飛び下り、替わりの馬の催促をした。

そこへ、久保島孫兵衛が馬を寄せて飛び下り、

「松尾山の様子は、いかがありましょうや？」

「何……」

黒田長政が嚙《か》みつくような声で、

「この、おれが姿を見よ。幼童《わらべ》が戦《いくさ》あそびをしているのではないぞ。いまこのとき、松尾山へ気を配っておられようか、愚か者め！」

「は……」

「これまでには手をつくした。後は、小早川の一存にて決まることじゃ」

「なれど、主より、たしかめてまいれと申しつかりましたゆえ……」

「なれば、いま、この甲斐守が申したことを、そのままにつたえよ。よいか、うろたえるなよ。おれはいま、敵勢と戦っておるのだ。なれば、何としても敵の本陣を突き崩さねばならぬ。小早川がことは、その後のことじゃ。しかと申しつたえるがよい」

叩《たた》きつけるようにいって、黒田長政は雑兵《ぞうひょう》が差し出す水をのみ、替え馬へ跨《また》がると、久保島をかえり見て、いま一度、こういいはなった。

「よいか。うろたえるなよ！」

これは久保島へいったというより、徳川家康へ向けた言葉といってよい。

(内府も、どうかしているのではないか。戦っているわしに、松尾山の様子がわかろうはずはない。内府ともあろうものが何たることだ。かくなれば運を天にまかせ、戦って戦って戦いぬくよりほかに為《な》すべきことはない)

彼方の笹尾《ささお》山の裾《すそ》で、敵味方の叫喚が、また高まりはじめた。

黒田長政は息をやすめていた兵をひきい、ふたたび戦列に加わるべく、泥田《どろた》の中の道を疾駆し去った。

笹尾山の石田本陣へは、黒田・田中・竹中・生駒《いこま》の諸隊に、本多忠勝《ただかつ》隊の一部が加わり、敵も味方もわからぬほどの混乱戦となっている。

久保島は、やむなく馬を返し、桃配山の本陣へ駆けもどった。

「いかがしたぞ?」

家康は、久保島孫兵衛がもどるのを待ちかねていた。

久保島が昂奮《こうふん》の面《おも》もちで、黒田長政の言葉を、そのままにつたえた。

長政から二度にわたって「うろたえるな!」と叱《しか》りつけられたのは、自分に向けられた言葉と受けとり、久保島は怒りを押さえてきたのだ。

「何、うろたえるなと、甲斐守が申したのか」

「はい。私めは、うろたえてはおりませぬ。ただ御使者の役目をもって……」

「もう、よいわ」

家康の口もとへ、苦い笑いがただよった。

たしかに、

(わしは、うろたえていたようじゃ)

と、気づいたのであろう。

そこへ、本陣の前面に出て、遊軍のかたちではたらいていた本多忠勝が、本陣へ駆けのぼって来た。

「島津勢は、いまだに打って出ませせぬ」

と、忠勝がいった。

「打って出ぬのはよいが……兵庫頭《ひょうごのかみ》は、何を考えておるのか……?」

家康も先刻から、西軍の戦列へ加わらぬ島津勢を不気味におもっていた。

「それがし、押し詰めましょうや?」

「ふむ……」

徳川家康の眉《まゆ》が、ひくひくとうごき、

「南宮山の方も、鳴りをひそめておるようじゃな」

「これは、もはや大丈夫かと存ずる」

約束どおり、南宮山の西軍は戦列に加わらぬことが、略《ほぼ》、確実なものとなったと、本多忠勝はいったのである。

それに、西軍の宇喜多《うきた》・小西の両勢が、ようやくに疲労の色を濃くして引き退きつつある。

この機を逃さずに、本多忠勝は島津陣へ攻めかけようと、いい出た。

「よし」

徳川家康が決然となって、

「馬をひけい」

と、よばわった。

「何となされます?」

「わしも出よう」

頭から頼政頭巾《よりまさずきん》を挘《むし》り取るようにして、

「いつまでも、埒《らち》のあかぬことよ」

吐き捨てるように、家康がいい、家来の介添えで兜をかぶりはじめた。

まさかに、五十九歳の家康が槍《やり》をつかんで敵と戦うわけではない。

しかし、このままでは戦局が、どのように変わるやも知れぬ。

双方の戦闘が疲労を見せはじめたいま、局面を一変させ、味方に新しい活力をあたえようというのだ。

すなわち、桃配山から本陣を関ヶ原の中央へ移し、総大将の意気込みを敵味方に示そうと決意したのであった。

このとき、笹尾山の方で、つづけざまに轟音《ごうおん》がとどろきわたった。

石田三成の本陣から大砲《おおづつ》が撃ち出されたのだ。

混戦だけに、味方に害をあたえることをおそれ、これまでひかえていた大砲なのだが、いまは、そのようなことをいってはいられなくなったのであろう。

本多忠勝は、家康に一礼し、急ぎ桃配山を下って行った。

徳川家康も馬へ乗った。

家康出陣の法螺貝《ほらがい》が、戦場に立ちこめる硝煙《しょうえん》を縫って鳴りひびいた。

本陣の馬印《うまじるし》が、二十余の白い長旗が、桃配山からゆるやかに下りはじめた。

徳川家康の本陣は、関ヶ原の略中央にある陣場野へ向かって進みはじめた。

このとき東軍は、じりじりと西軍の宇喜多・小西勢を押しつめていたので、家康本陣は、味方の最後尾に移ったことになる。

それと見て、福島正則が馬を煽《あお》り、前線から駆けつけて来た。

すでに正則は、四本目の槍をつかんでいる。

正則も、黒田長政に劣らぬ。

泥と血に塗《まみ》れつくした福島正則の顔も姿も、

(これが人か……?)

と、おもうほどの異形《いぎょう》で、返り血をあびた顔の目鼻立ちさえ、さだかではなかった。

このとき、徳川家康が、

「松尾山へ鉄砲を撃ちかけよ!」

と、叫んだ。

本陣をまもる鉄砲隊五十余が本陣を走り出たとき、ちょうど福島正則が本陣近くへあらわれ、

「なれば、わしについてまいれ」

すぐさま、自分の鉄砲隊二十余を引きつれ、

「つづけ！」

戦場を斜め南へ向けて馬を走らせはじめた。

五

鉄砲隊をひきいて、松尾山の裾へ駆け進む福島正則の右手から、西軍の一隊が突撃して来た。

それと見て、東軍・藤堂高虎《たかとら》勢の一部が割って入り、これを懸命に防ぎとめようとする。

福島正則は馬上に長槍を揮《ふる》って、たちまち二名の敵を馬から叩き落とし、突き落とした。

正則の家来たちも、

「殿が、あれにござる」

「それっ！」

戦闘の渦の中から反転し、正則を援護しはじめた。

福島正則は、松尾山の北麓《ほくろく》へ馳《は》せつけるや、鉄砲隊を押しならべ、

「一度に撃て！」

と、命じた。

約八十の鉄砲隊の一斉射撃《いっせい》がおこなわれ、その響音は谺《こだま》をよび起こし、関ヶ原の狭隘《きょうあい》な盆地にとどろきわたった。

「いま一度、撃ちかけよ！」

馬上に腰をあげ、福島正則が号叫した。

間を置いて、またも、松尾山の山頂へ向けての一斉射撃である。

両軍の戦闘が中弛《なかだる》みとなっていたときだけに、この二度にわたる一斉射撃は、八十挺《ちょう》の鉄砲が二百にも三百にも感じられた。

一斉射撃を受けて、松尾山の小早川勢が動揺しはじめた。

十九歳の小早川秀秋は、まるで、死人《しびと》のように蒼《あお》ざめ、

「石見守《いわみのかみ》を、早う、これへ……」

と、床几《しょうぎ》から立ちあがった。

老臣の平岡石見守頼勝《よりかつ》もさすがに狼狽《ろうばい》の色を隠せぬ。

「石見。関東方が、われらに……われらに鉄砲を撃ちかけてまいった」

「いかにも……」

「何とする。この上の猶予《ゆうよ》はなるまいぞ」

「いかさま……」

平岡頼勝も、いまや決断を下さなくてはならぬ。

徳川家康は、鉄砲の一斉射撃によって、

「小早川を、敵とみなすぞ！」

と、いってよこしたのである。

戦況は、まだ、どちらが勝ちとはいえなかった。

しかし、上辺《うわべ》は冷静そのものに見せてはいても、態度を決しかねて焦思の頂点にあった平岡頼勝だけに、このとき、一斉射撃を受けた衝撃は層倍のものとなったといってよい。

そこへ、東軍の監視として松尾山からうごかなかった奥平貞治《さだはる》と大久保猪之助《いのすけ》があらわれ、

「何となされる？」

「あの鉄砲の音を耳にいたされたか。内府公の御怒りは徒事《ただごと》ではありませぬぞ」

と、詰め寄った。

「い、いまこそ……」

平岡頼勝は、これまでの冷静さと、ふてぶてしさを忘れたかのように満面へ血をのぼせ、

「いまこそ、打って出申《いで》す！」

と、こたえた。

ちょうど、そのとき……。

松尾山と戦場をへだてた笹尾山の石田三成《みつなり》本陣では、三成が麾下《きか》の軍勢をまとめ、最後の突撃を敢行しようとしていた。

三成がたのみとする猛将・島左近《さこん》は重傷を負って後方へ退いてしまったし、いまは総司令官の石田三成自身が家康の本陣へ突き入らねばならない。

そのことによって味方の兵を奮起させ、南宮山《なんぐうさん》・松尾山の毛利と小早川の新手《あらて》を戦場へよび込まねばならぬ。

「殿。松尾山の小早川勢が、うごき出しましてござる」

馬へ乗った石田三成へ、侍臣の平山惣右衛門《ひらやまそうえもん》が叫んだ。

「何……」

平山が差し出す異国わたりの遠眼鏡《とおめがね》をつかみ取り、石田三成は松尾山を見た。

松尾山の小早川勢一万五千余の、おびただしい旗差物が、まさにうごきはじめ、山を下りつつあるではないか。

「おお……」

三成は、よろこびの声をあげた。

小早川勢が、いよいよ戦場へ打って出る。むろん西軍の新手としてだ。

一瞬、石田三成は、そうおもったのであろう。

ところが、小早川勢は、藤川台の西軍・大谷刑部吉継《ぎょうぶよしつぐ》の陣地をめがけて攻撃を開始したのである。

小早川勢の裏切りを知ったとき、藤川台の陣所の幔幕《まんまく》の内に躰《からだ》をやすめていた大谷吉継は、

「やはり、のう……」

格別、おどろいた様子もなかった。

大谷陣地の前面に出て、松尾山を見まもっていた平塚為広《ひらつかためひろ》が馬腹を蹴《け》って駆けつけ、

「中納言《ちゅうなごん》が、裏切り申した」

「うむ」

「それがし、突き崩してまいる」

「たのみ申す」

こうした場合にそなえ、吉継と為広とは、油断をしていなかった。

このとき、小早川勢を迎え撃つ大谷勢は、平塚為広・戸田重政《しげまさ》・木下頼継《よりつぐ》などの隊を合わせて約三千ほどであったろう。

吉継は、これを三段に分け、まず平塚隊が突出し、山を下って来る小早川勢を阻止

しようというのだ。

一万五千の小早川勢だが、平野の中を攻めかかって来るのではない。

山道を駈《か》け下って来るのだ。

当然、おもうままに将兵を展開することはできぬ。

つぎつぎに山道を下って来て陣形を組む前に、平塚為広は痛打をあたえようとしている。

松尾山の裾を東からまわっている関《せき》ノ藤《ふじ》川は、いま戦闘がおこなわれているあたりで、藤古《ふじこ》川と黒血《くろち》川の二流に別れる。

その黒血川のあたりで、平塚為広は戦うつもりだ。

「では、これにて……」

馬から下りた平塚為広が、

「これが最後でござる」

と、いった。

うなずいた大谷吉継は、

「われらもすぐに、後よりまいる」

「ごめん」

「うむ」

うなずいた吉継へ、うなずき返した平塚為広の顔は、兜《かぶと》と頬当《ほおあて》に隠れ、その両眼《め》のみが凄烈《せいれつ》に光っていた。

大谷吉継の顔も白絹の頭巾に覆《おお》われてい、白濁した両眼は、ほとんど光を失っているかのようだ。

このたびの変乱から今日の決戦に至るまで、終始、変わることなく、自分に附《つ》き従ってくれた因幡守《いなばのかみ》為広へ、大谷吉継は深ぶかと頭を垂れた。

平塚為広は馬に跨《また》がり、台地から疾駆し去った。

これを見送ってから、大谷吉継は、

「五助《ごすけ》、輿《こし》を……」

と、命じた。

侍臣の湯浅《ゆあさ》五助が合図をすると、四方明け放しの輿を、屈強の足軽《あしがる》八名が担《かつ》いで来た。

槍も持たず、白地に黒蝶《ちょう》の群れ飛ぶさまをあらわした直垂《ひたたれ》姿のままで、吉継は輿に乗った。

これを三十名の家来が護《まも》り、しずやかに陣小屋を後にしたのである。

台地の、すぐ下の木蔭《こかげ》から、出撃する平塚勢の馬蹄《ばてい》の響《とよ》みが湧《わ》き起こった。

これまでは、戦場の西端にあり、松尾山を監視するかたちで、

「鳴りをひそめていた……」

大谷陣営が、にわかに騒然となった。

諸方で法螺貝《ほらがい》が鳴りはじめ、最左翼をまもっている戸田重政の陣所から鉄砲の音も起こりはじめた。

これは、押し詰めて来た東軍の藤堂勢の一部が、戸田の陣所の近くまであらわれたのを射撃したのだ。

「五助。五助はおらぬか」

輿の上から、大谷吉継が呼んだ。

「は。これに……」

「おお。それにいたか」

吉継の視力は、ほとんど失せかかっているらしい。

「脇坂《わきさか》の様子を見てまいれ」

「はっ」

松尾山の麓の木立の中には、脇坂・朽木《くつき》・小川・赤座の西軍諸隊が陣をかまえているが、この軍勢も、いまだにうごかぬ。

朽木・赤座などの諸将はさておき、脇坂安治《やすはる》（淡路《あわじ》の洲本《すもと》城主）のみは、大谷吉継も、

（まず、裏切ることはあるまい）

と、看《み》ていた。

かねてから親密にもしていたし、脇坂安治は豊臣家《とよとみけ》の恩顧を忘れず、朝鮮戦役にも目立たぬが誠実にはたらいており、今度も、はじめは伊勢《いせ》口を防衛し、ついで大坂へ引き返し、味方の人質の脱出を防いだりしている。

大谷吉継が、脇坂安治を松尾山の麓へ置き、山上の小早川勢のうごきを監視してもらうことにしたのも、脇坂の人柄《ひとがら》に信頼をよせていたからだ。

山上から攻め下る小早川勢を、脇坂安治は、

「いまこそ、喰《く》い止めねばならぬ……」

はずであった。

そのうごきを、

「見てまいれ」

と、吉継は湯浅五助に命じたのである。

やがて、駆けもどって来た湯浅五助の報告は、脇坂安治が、他の三将と共に裏切り、小早川勢と合流して、

「味方に攻めかけてまいりまする」

と、いうものであった。

「脇坂も、か……」

輿の上で、大谷吉継は深いためいきを吐いた。

「五助。もはや、これまでじゃな」

「は……」

「治部《じぶ》殿も、われから招いたことじゃ。こころ残りはあるまい」

つぶやいた大谷吉継は、見えぬ目を笹尾《ささお》山本陣の方へ向けた。

人馬の叫喚と鉄砲の音が、この新しい戦場に渦《うず》巻きはじめている。

しきりにうごく暗雲の隙間《すきま》から、白い秋の日射《ひざ》しが縞《しま》になって落ちかかってきた。

六

小早川勢の裏切りについては、つぎのようなはなしが残っている。

小早川秀秋《ひであき》の重臣・松野《まつの》主馬《しゆめ》は、秀秋の養父・小早川隆景《たかかげ》のころから仕えて、勇将のほまれが高い。

小早川隆景は毛利《もうり》元就《もとなり》の三男で、西軍の総帥《そうすい》・毛利輝元《てるもと》の叔父にあたる。

生前の小早川隆景は、豊臣家の五大老の一人であり、豊臣秀吉《ひでよし》の信頼が厚かった。

隆景は、三年前に病歿《びようぼつ》してしまったので、その代りに毛利輝元が大老の一人に任ぜられたのであった。

その小早川隆景の薫陶《くんとう》を受けた松野主馬だけに、

「すぐさま、山を下って大谷の陣所へ攻めかかるよう」

との命令が、平岡頼勝から伝えられるや、

「何を申すことか！」

奮然として、

「裏切りがいかぬと申すのではない。裏切るからには裏切る頃《ころ》あいがある。いまこのとき、東西両軍の乱戦を目の前にして、味方を裏切るとは何事か。これによって小早川の家名に深い傷がついてしまうことを石見守《いわみのかみ》（平岡頼勝）はわからぬのか。裏切りはならぬ。かくなれば何処《どこ》までも、この松尾山からうごかず、戦の終わるのを待てと申せ」

と、いいはなった。

しかし、法螺貝は鳴りわたり、陣太鼓は乱打されて、小早川勢は一斉《いっせい》にうごきはじめ、山を下りつつあった。

平岡頼勝が、さらに、松野主馬へ出撃を請《こ》うと、主馬は、

「いいや、ならぬ。そのような愚かなまねをしては、亡《な》き御先代様に申しわけがたたぬ。戦いたければ勝手に戦いなされ。それがしのみは手勢をひきい、関東勢を相手に戦うつもりじゃ」

と、いうではないか。

これには平岡頼勝も驚愕《きょうがく》し、あわてて松野の陣所へ駆けつけて来た。

松野主馬に、そのような単独戦闘をおこなわれたのでは、西軍を裏切ったことが何の価値をも生まぬことになる。徳川家康《とくがわいえやす》の激怒をよぶことは、必定《ひつじょう》であった。

平岡頼勝は低頭して、松野主馬へ出撃を請うた。同じ小早川家の重臣であっても、平岡と松野では格がちがう。

その平岡が、頭を下げたというのは、よほどに狼狽《ろうばい》したものであろう。

松野主馬も、この上、平岡の愚劣さを責めてみても仕方がないとおもった。

そこで、手勢をひきいて陣をはらい、山を下りはじめた。

しかし、下りきって戦闘に加わったのではない。

松野は、松尾山の高処《たかみ》の一角へ兵をとどめ、ついに眼下の戦闘が終熄《しゅうそく》するまで東西両軍のどちらへも加わらず、傍観の姿勢をつらぬいたというのである。

味方を裏切っての戦に、闘志がわくはずもない。

そうした小早川勢が山を下って黒血川と藤古川を渡ろうとするとき、早くも川を渡って待ち構えていた平塚為広が、まず鉄砲を撃ちこみ、

「突き崩せ！」

猛然として、小早川勢へ突撃した。

このときの平塚勢の迎撃の痛烈さは、小早川勢が三度までも松尾山の中腹へ追い返

されたことを見てもわかる。

徳川家康が監視に差し向けた奥平貞治さえも、この戦闘で討死《うちじに》をとげたほどだ。

若い小早川秀秋さえも、わずか数百の平塚勢に突き崩された味方の弱腰を怒り、

「われにつづけ！」

槍《やり》をつかんで先頭に立ったといわれている。戦記によると、平塚為広は、自隊の死傷者の約二倍の小早川勢を死傷させている。

けれども、時が移るにつれて、兵力の差はどうしようもなくなってきたし、東軍の藤堂・京極の両隊が、平塚勢の側面から攻めかけてきはじめた。

十文字槍を揮《ふる》い、鬼神のごとく戦いぬく平塚為広。

小早川秀秋と共に裏切った脇坂安治の一隊が突き進んで来て、奮戦する平塚勢へ鉄砲をあびせかけた。戦局は、最後の高潮に向かって、ふたたび激烈となった。

総帥の徳川家康が戦場の中央へ押し出して来たこともあり、東軍も奮い立ったのであろう。

藤川台の高処の一角に輿を下ろしていた大谷刑部吉継はつぎつぎに届けられる伝令の報告を聞き、

「もはや、これまでじゃ」

と、湯浅五助にいった。

視力を失った吉継の目は、もはや、戦況をとらえることはできなかった。

東軍の銃声と叫喚が、ひたひたと迫って来る。

これまで必死に戦っていた味方の宇喜多・小西の両勢も、東軍に押し捲《まく》られるかたちとなったようだ。

「五助……五助……」

「はい。御前に」

「島津勢は、まだ、打って出ぬか！」

「鳴りをひそめております る」

大谷吉継は、嘆息と共に、

「いたし方もないことよ」

と、つぶやいた。

平塚為広が五騎を従えて駆けもどって来たのは、このときであった。

為広は、折れた十文字槍を投げ捨て、馬から下り、

「因幡でござる」

「おお。また、会えようとは、おもうておらなんだわ」

「は……」

輿の傍へ来た平塚為広の全身から生臭い血の匂《にお》いがたちのぼっている。敵の返り血

と自分の傷の血に、為広は塗《まみ》れつくしていた。その血の匂いも、病患に蝕《むしば》まれた大谷吉継の鼻へはとどかぬ。

「武蔵守《むさしのかみ》殿も、討死いたしてござる」

と、為広が告げた。

戸田武蔵守重政は越前《えちぜん》・安居城主（一万石）で、大谷吉継同様に、徳川家康の気に入られた人物である。

したがって、徳川の家臣たちや、東軍の諸将とも親密の人びとが多かった。

戸田重政の戦死を耳にしたとき、東軍の諸将が、

「みな、泣いた」

といわれている一事を看ても、その人柄がわかろうというものだ。

七

何十万石の城主でもない戸田重政や平塚為広、それに大谷吉継など、敵方の諸将にさえ惜しまれるほどの人物は、それだけに西軍へ味方するという初志を、一念を、つらぬき通した。

戸田重政の戦死を、大谷吉継へ告げた平塚為広が、

「これまででござる」

「うむ……」

「それがし、最後まで防ぎとめまする」

「相すまぬな」

大谷刑部吉継が輿に乗り、血闘の中へ出ていったところで、もはや、どうにもならぬ。

身体の自由もきかず、眼《め》も見えぬ吉継が敵の槍先にかかって無残の死を遂げるよりも、

（こころしずかに、自害していただきたい。それには、いまこのときを逃したら機《とき》を失うことになる）

と看て、平塚為広は乱軍の中を切りぬけ、わざわざ知らせにもどってくれたのだ。

「因幡《いなば》殿。かたじけない」

「何の……」

かぶりを振った因幡守為広が、にっと笑った。

しかも、討死を目前にした人とは見えぬちからのこもった声で、

「はや、御覚悟を……」

「心得た。こたびは、そこもとに何から何まで、厄介《やっかい》をかけてしもうた」

「共に冥土《めいど》で酒酌《く》みかわすも、間もなきことと存ずる」

「む……」

「ごめん」

平塚為広は、これも血みどろとなった愛馬へ跨《また》がり、その馬の頸《くび》を軽く叩《たた》き、

「ようも走りまわってくれた。馬というものは、まことに感心な生きものじゃ」

其処《そこ》にいた大谷吉継の侍臣・湯浅五助へいいかけ、笑顔で、

「早ういたせよ」

と念を入れ、丘を駆け下って行った。

「五助はおるか。五助……」

よびながら、吉継が輿《こし》から下りて来た。

駆け寄った湯浅五助が、

「これにおりまする」

「おお……」

うなずいた大谷吉継が、白絹の頭巾《ずきん》をぬいだ。

難病によって、くずれかけた吉継の面貌《めんぼう》は、人の顔ともおもわれぬ。

「五助。介錯《かいしゃく》をたのむ」

「は……」

丘の下で、主人の吉継を最後まで護《まも》っていた二百ほどの兵が、いよいよ戦わねばな

らぬ期《とき》がきた。

味方の法螺貝《ほらがい》と陣太鼓が鳴りわたり、軍馬の嘶《いなな》きが殺到する敵の喚声を縫って聞こえてくる。

「安房《あわ》殿も、左衛門佐《さえもんのすけ》殿も、さてさて、不運な籤《くじ》を引いてしもうたわ」

と、いいながら大谷吉継は、手早く着衣を押しひろげ、

「五助。よいか」

まるで、一椀《わん》の湯を飲むかのような自然さでもって、腹へ短刀を突き入れ、十文字に掻《か》き切っている。

湯浅五助は、主人の首を打ち落とし、太刀《たち》を放《ほう》り捨て泣き伏した。

これも侍臣の三浦喜太夫が、

「五助、五助……」

はげましの声をかけつつ、主人の首を包み、小脇《こわき》に抱え、丘の向こうの木立の中へ駆け去った。

木立の下の何処かへ、大谷吉継の首を埋めるためにである。

敵は、丘の下の大谷勢を蹂躙《じゅうりん》し、こちらへ駆けのぼって来る。

暗雲が、頭上へ疾《はし》って来た。

湯浅五助は太刀を鞘《さや》におさめ、槍をつかんでただ一人、肉迫して来る敵を待ち構え

た。

突然、雨が激しく叩いてきた。

このとき、九月十五日の午後二時前後であったろうか。

七、八時間の戦闘であったが、戦士たちにとっては一時間ほどにしかおもえなかったろう。

すべて物事の渦中《かちゅう》にあって没頭している者の時間感覚は、傍観者のそれとはまったくちがう。

夢中で小説を書いているときの三時間は、列車で旅をしているときの同時間の比ではない。

それこそ「あっ……」という間に三時間が経過してしまう。

また、たとえば大勢の人びとを前にして何かしゃべっているときなどは、一時間の持ち時間が十五分ほどにしか感じられない。

戦局に激しさもあり、弛緩《しかん》もあったが、無我夢中の戦士たちには、時間の経過などは感覚として受けとめられていなかったにちがいない。

そして……。

大谷部隊を壊滅させた小早川秀秋、脇坂安治などの裏切り勢が、必死に戦う宇喜多・小西の西軍の側面から突き進むにおよんで、にわかに戦況は一変した。

宇喜多秀家は、

「もはやこれまで……」

あきらめざるを得なかったといえよう。

到底、ささえ切れなくなってしまった。

「……小西の隊、まず沮喪《そそう》敗退す。つぎに宇喜多の陣、東北に向かって崩る。その兵二千余人之に死傷す」

と、戦記にある。

宇喜多秀家は、小早川秀秋の裏切りに激怒し、

「彼奴《きやつ》めの首を、わしがはね切ってくれる」

乱軍の中へ、みずから馬を突入させようとしたが、

「……明石《あかし》全登《たけのり》、これを諫《いさ》むるに遭《あ》い、侍臣数人と共に走る」

と、ある。

明石全登は、宇喜多秀家の重臣であり、熱心なキリスト教の信者で、受洗名をジョバンニという。

宇喜多秀家が騎士数名を従え、伊吹山の麓《ふもと》を目ざし、血路を切りひらいて逃れ去ったのは、それから間もなくのことであった。

これは、卑怯《ひきよう》の行動ではない。

やがて、小西行長も戦場から離脱し、石田三成《みつなり》も笹尾山の本陣をささえ切れず、これも伊吹山麓へ逃走することになるが、三成も秀家も、この関ヶ原の戦で、

「すべてが終わった……」

とは、考えていなかった。

大坂城には、豊臣秀頼《とよとみひでより》を護って西軍総帥《そうすい》の毛利輝元《てるもと》がいるし、近江《おうみ》の大津城を攻略した味方の兵力も少ないものではない。

大坂城は、亡《な》き豊臣秀吉が築いた天下一のスケールをもった大城郭である。本丸・二の丸・三の丸を囲む周囲は十二キロメートルにおよび、城を囲む濠《ほり》の幅が広いところで七、八十メートルもある。

関ヶ原で敗れても、西軍の残存兵力をもって大坂城をかためれば、徳川家康が、これを攻めあぐねることは必定《ひつじょう》といってよい。

乱軍の中で、自決する余裕もなかったが、

「ともかくも、この場を落ちれば、いま一度、戦うことができる」

と、おもったにちがいない。

大谷勢につづいて、宇喜多・小西勢が突き崩されると、東軍は一丸となり、石田三成の本陣へ猛攻を加えはじめた。

いまや、三成本陣の右翼に陣を構えている島津勢も、傍観をゆるされなくなった。

島津陣地は、戦場からわずかに引き込んだ窪処《くぼみ》のようなところにあり、その背後の丘に島津義弘《よしひろ》がおり、丘の下を甥の豊久《とよひさ》が堅《かた》めていた。

これまでにも、東軍の井伊《いい》直政《なおまさ》が何度も島津陣へ肉迫した。

しかし、そのたびに、島津勢の鉄砲隊が、これを追い退けてしまったのである。

薩摩《さつま》の島津家の鉄砲隊は、

「天下に知られた……」

ほどに充実している。

だが、いまは井伊勢のみではなく、東軍の諸隊が、孤立した島津陣の三方から攻めかけてきはじめた。

「これからが、わしと内府の戦じゃ」

と、島津義弘は思った。

戦といっても、これは、撤退戦であった。

それならば一応、宇喜多秀家と同様に伊吹山の方を目ざして撤退するのが常識であったろうが、それでは伊吹の山中へかかって全部隊が一丸となるわけにはまいらぬ。

また、山中の逃走は将兵のうごきを阻《はば》む。

となれば、部隊が分散して逃げるわけで、それを東軍が各個に捕捉《ほそく》して打ち叩くということになりかねない。

それよりも、むしろ、

「東軍の中心を突破し、家康の本陣へ攻めかかると見せ、一気に伊勢《いせ》街道へぬけ、戦場を離脱すべし」

と、決まった。

まことにこれは、果敢きわまる撤退作戦といわねばならぬ。

逃げるのではない。

こちらから攻めかかって、敵の大軍を突き抜けてしまおうというのだ。

出血と犠牲は、いうまでもなく大きい。

「なれど、御老公を、われらにて最後まで、お護りすることができよう」

と、島津豊久がいいはなった。

八

約千五百の島津勢の前面は、すべて敵軍といってよかった。

その正面へ、島津勢が突入したのである。

関ヶ原は雨雲に被《おお》われ、沛然《はいぜん》と雨がけむりはじめた。

島津勢の先鋒《せんぽう》は、重臣・後醍院宗重だ。

老公の島津義弘は中央に進み、甥の島津豊久は、

「自分が殿《しんがり》をつとめる」

と、いい出た。

家臣たちが、

「それは相なりませぬ」

いかにとどめても、豊久はきかなかった。

何としても、伯父の島津義弘を脱出させねばならぬと決意した豊久は死を決している。

法螺貝が島津陣地から鳴りわたるや、まず、長柄《ながえ》の一隊が槍《やり》を連ね、すばらしい鬨《とき》の声をあげて正面から突貫した。

「あっ……」

「押し出してまいるぞ！」

東軍は、まさかに正面から攻めかけて来るとはおもわなかったろう。

押し詰められ、逃げ場を失った島津勢は散り散りに引き退くより仕方もないはずであった。

それが、一丸となって攻めかけて来た。

東軍の井伊部隊を救援して、島津陣地の側面から押し出しかけていた京極《きょうごく》部隊は、たちまちに島津の先鋒に突き捲《まく》られ、乱れ立った。

泥飛沫《どろしぶき》をあげて、軍馬が転倒する。

出鼻を打ち叩かれた京極勢が、これまでちからを溜《た》めていた島津勢に、

「突き飛ばされた……」

かたちになった。

これは、どう看《み》ても、島津勢が徳川家康の本陣めがけて突進して来るとしかおもえぬ。

また、島津部隊ならば、

「やりかねぬ」

のである。

福島正則《まさのり》は、島津勢の熊《くま》の皮の一本杉《すぎ》の馬印《うまじるし》と、丸に十文字の旗差物《はたさしもの》が一筋の流れのように味方の軍勢へ突き入って来るのを見て、

「これはいかぬ」

あわてて馬首をめぐらし、

「御本陣を、御本陣を……」

手まわりの兵をひきいて、家康の本陣へ駆け向かった。

京極部隊を追い散らした島津勢を井伊直政の部隊が包み込むようにして迫ると、先鋒の槍隊の背後の島津勢が先鋒の両傍へ出て援護にかかった。

その恐るべき突進を見た徳川家康は、無意識のうちに、侍臣の手から槍をつかみ取っていたという。

おもいもかけぬ、島津勢の反撃ではある。

しかも、これは西軍の新手《あらて》といってもよいのだ。

いま、関ヶ原を歩いて見ても、島津陣地から陣場野の家康本陣までは、それほどの距離があるわけでもない。

ゆっくりと歩いても二十分はかからぬだろう。

それだけに、東軍の狼狽《ろうばい》ぶりはひどいものであった。

「御本陣が、御本陣が……」

それと知った東軍の戦士たちが駆けあつまって来るうちにも、島津勢の猛進は熄《や》むことを知らぬ。

「おのれ！」

井伊直政は、馬上に歯がみをした。

いま、後尾の島津勢は、殿の島津豊久を護ろうとして、その両傍へ展開しつつあった。

展開しながらも突き進むことをやめない。

その左側から、井伊直政の鉄砲隊が、それへ向かって射撃した。

雨と弾けむりの中に、島津の兵たちが薙《なぎ》はらわれたかのように殪《たお》れるのが見えた。

しかし、島津豊久は包囲を駆け抜けている。

そこへ、右手から福島正則の部隊が割り入って来た。

物凄《ものすご》い戦闘となった。

そのときである。

駆けつけて来た福島勢の中に、槍をつかんだ八名ほどの戦士がまじってい、その八名が、

「まるで一人のように……」

かたまり合って島津勢と戦うのが見えた。

いや、だれも、その特殊な戦闘の仕方に気づいたものはあるまい。

彼らは、馬に乗っていなかった。

武装も、いわゆる〔半武装〕なのだ。

兜《かぶと》も、かぶってはいない。

そのかわりに陣笠《じんがさ》をかぶっているので、足軽《あしがる》の武装とも見えるが、そうだともいいきれぬ。

どこか、ちぐはぐな武装なのだが、この乱闘の中では、それを怪しむものとていない。

彼らが背負っている四ツ目結びの旗差物は、東軍の京極高知《たかとも》の兵であることをしめしている。

しかも、この八名の兵は島津勢と勇敢に戦っているのだ。

馬にも劣らぬ速さで、彼らは駆け、駆けつつ、島津の兵を突き殪してゆく。

八名が一心同体となり、一人が敵の槍を受けそうになると、すかさず一人がこれを側面から救う。

その呼吸の合った戦いぶりと、まるで野獣のような俊足を、

と見たものは、あるいはいたやも知れなかった。

「みごと……」

これまで大谷勢と戦っていた筒井定次の部隊が島津勢の横合いから押し出して来たのは、このときであった。

もう、敵も味方もわからぬほどだ。

八名の戦士は、その戦闘の渦《うず》の中へ巻き込まれた。

徳川家康の本陣へ攻め込むと見せて、島津勢が突如、右へ向きを変えた。

裏切った小早川勢もあらわれ、島津勢の前進を阻もうとしたが、見る見るうちに突き崩されてしまった。

京極部隊の兵と見えた八名の戦士が、混乱の頂点に達した戦闘の中からあらわれ、

一気に陣場野の家康本陣へ駆け向かいはじめた。

壺谷又五郎《つぼやまたごろう》と、七人の草の者だ。

又五郎たちは、これまで、この戦場の何処に潜んでいたのであろう。

あるいは、家康の本陣へ何度も接近しかけて、機会を得なかったものか……。

そして島津勢の猛烈な退却戦が、ついに又五郎たちへ機会をあたえた。

壺谷又五郎は、陣笠の下の顔へ頬当《ほおあて》をつけ、片鎌槍《かたかまやり》をつかんでいる。

風と雨が吹きつける陣場野の本陣の周囲は幾重にも家康の本軍が堅めていた。

けれども、京極家の旗差物を背負った八名が走りぬけるのを、不審と見るものはいない。

このとき……。

東南へ向きを変えた島津勢は、家康本陣を左に見て、伊勢街道へ突き抜けようとしている。

これで、島津勢の退却意図が、はっきりと東軍にも看て取れた。

「逃すな。兵庫頭《ひょうごのかみ》の首を討て！」

と、井伊直政は、みずから馬を煽《あお》って追撃の先頭に立ち、島津の戦士たちを突き捲った。

島津勢の前面にいながら、これを阻止できずに突き破られた口惜《くや》しさは、

「徳川の四天王」

などとうたわれた井伊直政にとって、堪えがたいことであった。

しかも、こうなる前に、井伊部隊の攻撃を、島津勢はゆるさなかったのである。

退却する島津勢も、すでに半数を失っている。

戦闘は、東軍の追撃戦に変わってきた。

陣場野の南面を、数千の喚声と軍馬の響《とよ》みが雨音を打ち消して、東へ移りはじめている。

九

これまで、必死にもちこたえていた笹尾《ささお》山の西軍本陣が崩れ落ちたのも、ちょうどそのころであったろう。

石田三成の本軍は、雪崩《なだれ》込んで来る黒田長政《ながまさ》・田中吉政《よしまさ》・細川忠興《ただおき》など東軍の諸部隊の前に乱れ立ち、いまは四散して潰走《かいそう》しはじめたのである。

「追え。何処までも追え！」

黒田長政は馬上に叫ぶ。

「なんとしても治部少輔《じぶしょうゆう》の首を打つのじゃ！」

島左近《さこん》・蒲生郷舎《がもうさといえ》など、勇猛をほこる石田部隊も、ついに潰滅した。

石田治部少輔三成は、数騎に護《まも》られ、雨にけむって山容を消した伊吹《いぶき》の山中へ敗走して行った。

島津勢も、つまりは敗走中なのだが、家康本陣の西から南へ、さらに東へと旋風のごとく戦いつつ、東軍の包囲を突破しようとしていた。

しかも一丸となって老将・島津義弘を護り、つぎつぎに犠牲者を振り撒《ま》きながら、伊勢街道を目ざしている。

これが、敗走中の部隊とは到底おもえぬ。

さすがの徳川家康が、瞠目《どうもく》していた。家康の本陣は、いくぶん高処《たかみ》になってはいるが、ほとんど平地といってよい。

その周囲の水田や木立には、家康本軍の将兵が、ひしひしと詰めかけていた。

「ふむ。ようも……」

その中へ、壺谷又五郎と七名の草の者が駆け入ったのである。

だれも、これを咎《とが》めようとはせぬ。

八名とも、味方の京極高知の旗印を背につけているし、その京極部隊は島津勢を追撃中なのだ。

その京極勢の戦士たちが、何かの伝令に本陣へ駆けつけようとしていると看た者もいたろう。

京極高知は、近江《おうみ》の大津城を昨日まで死守していた京極高次《たかつぐ》の弟にあたり、いまは信州・飯田十五万石の城主で、これは、はじめから東軍へ属し、岐阜《ぎふ》城の攻撃にも参加している。

壺谷又五郎は、家康本軍が堅めている中を縫うようにして進みながら、胸が躍ってきた。

（これなら、やってのけられるやも知れぬ）

戦闘が始まってから、又五郎たちは、何度も家康本陣へ接近しようとして果たせなかった。

島津勢の、

（おもいもかけぬ……）

退却作戦が敢行されなかったら、

「もはや、これまで……」

と、又五郎はあきらめたやも知れぬ。

雨と風が吹きつける中を、むしろ、速度をゆるめて、又五郎たちは家康本陣へ接近して行った。

戦《いくさ》は、終わったも同然といってよい。

笹尾山の石田本陣の壊滅を告げる知らせがつぎつぎに本陣へ入って来る。

一方では、島津勢の追撃がおこなわれているけれども、

「逃げ切れるか、どうか……？」

であった。

それほどに、島津勢の出血はおびただしい。

木立の向こうに、壺谷又五郎は、金銀の大馬印《うまじるし》を見た。

又五郎は振り向き、七名の配下にうなずいて見せた。

そして、走り出そうとした。

「待て」

「いずこの者だ？」

本軍の隊列の中から飛び出して来た二人の武装の足軽が、又五郎の前へ立ちふさがった。

この足軽は、陣笠の頂へ黄色の細長い布《きれ》を附《つ》け、それが、肩のあたりまで垂れ下がっていた。

これは、本陣周辺を警戒する甲賀《こうが》・山中の忍びで、黄の布切れは、その目じるしであった。

さすがに山中忍びだけあって、本陣へ接近して来る八名の戦士の武装が不揃《ふぞろ》いなので、

(妙な……?)

と、感じたのである。

壺谷又五郎も、立ちふさがった二人の顔と、服を見て、

(これは、甲賀の忍びか……)

たちまちに察知したが、

「京極修理太夫が物見の者でござる」

落ちつきはらっていった。

「ふむ。何処へ行く?」

「御本陣へ」

「何の用あって?」

「主《あるじ》よりの使者でござる」

「何……?」

奇妙な恰好《かっこう》をしている足軽が、京極高知の使者だと聞いて、山中忍びの疑惑は、

「ぬきさしならぬ……」

ものとなったといってよい。

「何事じゃ?」

「どうした?」

まわりの戦士たちが、又五郎を取り囲みかけた。

島津勢を追撃する戦闘の響みが、本陣の南方から東へ移動しつつある。

壺谷又五郎は、

(これまでじゃ)

と、おもった。

転瞬、又五郎の肩がうごき、前に立ちふさがる二人の山中忍びへ電光のように又五郎の片鎌槍が繰り出されていた。

恐るべき手練《てだれ》といわねばならぬ。

二人の山中忍びは避ける間もなく又五郎の槍を受け、突き殪されていた。

同時に、鞍掛八郎《くらかけはちろう》以下七名の草の者も猛然と突き進んだ。

「曲者《くせもの》」

「逃すな！」

本軍の兵士たちが槍を揮《ふる》って押し迫るのへ、

「うぬ！」

又五郎が、身を沈めて躍り込んだ。

「御本陣を、御本陣を……」

「曲者を包みこめい！」

隊列が乱れ立ち、馬が狂奔した。

草の者の二人が、ところかまわず、あたりの馬を槍で突き捲《まく》ったのである。

血がしぶき、絶叫が上がった。

その絶叫の中には、東軍の兵士の槍を身に受けた草の者の声もふくまれていたろう。

壺谷又五郎は、無我夢中で突き進んだ。

敵を突き伏せ、馬の腹をくぐりぬけ、跳躍した。

そして……。

兜をぬぎ、ふたたび、頼政頭巾《よりまさずきん》をかぶった徳川家康を彼方《かなた》に見た。

又五郎と家康《いえやす》との距離は、十五メートルほどではなかったろうか。

(いまこそ!)

又五郎は、左右から立ちふさがる家康の侍臣たちの頭上へ躍りあがった。

そのとき……。

徳川家康の前へ出て来た軽装の武士が、又五郎と同様に跳躍した。

この武士は、山中内匠長俊《たくみながとし》である。

戦士たちの頭上で、又五郎と長俊の躰《からだ》が激しく打ち当たり、落ちた。

徳川家康は、わずかに身を引き、その前に、山中大和守俊房《やまとのかみとしふさ》が太刀《たち》を抜きはらっている。

家康の侍臣たちが左右にわかれた。

壺谷又五郎の片鎌槍が泥濘《でいねい》へ突き立っていた。

又五郎の胸下へ、山中長俊の手が脇差《わきざし》ぐるみ突き入っていた。

そして、いつ引き抜いたものか、又五郎の脇差も山中長俊の腹へ突き入っており、その切先《きっさき》は長俊の背へ突き抜けていた。

又五郎と長俊は相撃ちとなった。

二人とも、即死である。

「おのれ！」

たまりかねたように叫んだ山中大和守俊房が、

「ようも、内匠を……」

駆け寄りざま、山中長俊と折り重なって倒れている壺谷又五郎を引き離し、太刀を投げ捨てて又五郎の死体へ馬乗りとなった。

徳川家康も、本軍の将兵たちも凝然と、これを見まもっている。

「ようも……おのれ、ようも……」

わが片腕ともたのむ又従弟《またいとこ》の山中内匠長俊を討たれた怒りに、山中大和守は逆上してしまっていた。

息絶えた壺谷又五郎の死に顔も凄《すさ》まじいものであった。

又五郎の剥《む》き出された前歯が、嚙《か》み締めた下唇《くち》へ喰《く》い入っているのは、最後の一瞬の激闘の緊迫を、まざまざとものがたっている。

大和守俊房は脇差を引き抜き、その又五郎の首を搔《か》き切った。

このとき……。

本陣へ肉迫する壺谷又五郎を援護して力闘した七名の草の者は、すべて討死《うちじに》を遂げていた。

十

東軍の激烈な追撃を受けつつ、島津勢は伊勢《いせ》街道へ出た。

そこは、徳川家康が最初に本陣を置いた桃配《ももくばり》山の南麓《なんろく》にあたる。

昨夜、大垣《おおがき》を発した西軍は伊勢街道を進み、烏頭坂《うとうざか》を下って関ヶ原へ入った。

その烏頭坂を、退却する島津勢が必死に駆けのぼる側面から、井伊《いい》・本多《ほんだ》・小早《こばや》川《かわ》・京極《きょうごく》など東軍諸隊が、

「包み込め！」

「一騎も逃すな！」

息を入れる間もなく突き入って来る。

これを、島津豊久《とよひさ》が手勢と共に踏みとどまり、ささえて戦う。

六十六歳の伯父・島津義弘《よしひろ》だけは、

（何としても、薩摩《さつま》へ帰っていただかねばならぬ）

と、豊久は、人間の心身の能力の限度を超越した凄絶《せいぜつ》の大奮戦を反復して、いささかもたじろがぬ。

敵を追い退けては疾駆して、苦しげに逃げる馬上の伯父をはげまし、またも敵の追撃が迫るや、引き返して戦う。

その勇敢で疲れを知らぬ島津豊久の防戦がなかったら、島津義弘は逃げ切ることが不可能であったろう。

烏頭坂をのぼり切った島津勢へ、なおも執拗《しつよう》に追い迫って来るのは井伊直政《なおまさ》の一隊のみとなった。

このとき、島津勢は、二百にみたなかった。関ヶ原の陣地を走り出たときの千五百余が、二百に減ってしまっている。

いかに、東軍の追撃が激しかったかを知ることができよう。

そして、ついに、島津豊久の最後が来た。

防戦のうちに手勢のことごとく殪《たお》れたとき、豊久に追いついた東軍の騎士たちの槍《やり》が一斉《いっせい》に豊久の躰へ突き込まれた。

全身に十余の槍を受けた島津豊久を馬から突き落とし、それでもあきたらず、追撃の東軍はなおも馬上から豊久を突き捲ったという。

これまでの豊久の奮闘のすばらしさが、それほどまでに追撃の東軍の激怒と憎悪《ぞうお》をよんだといってよい。

井伊直政は、さらに追った。

二人、三人と、逃げ遅れている島津の戦士たちの、傷を受けて疲労しつくした躰が突き伏せられ、斬《き》り殪される。

伊勢街道の牧田の村をすぎるや、島津勢は右へ切れ込んで行った。

この道を多良道《たらみち》といい、養老と鈴鹿《すずか》山脈の谷間《たにあい》を縫って、伊勢にも甲賀にも通じている。

その山道へかかる前に、井伊直政が数名の騎士をひきいて追い迫って来た。

島津義弘をまもって逃げる家来たちは百名に満たない。

その中の柏田源蔵《かしわだげんぞう》という家来が一人で踏みとどまり、木蔭《こかげ》に待ち構えていて、追跡の先頭に馬を走らせて来る井伊直政を鉄砲で射撃した。

「あっ……」

井伊直政の槍が落ちた。

槍をつかんでいた右腕へ弾が命中したのである。

井伊の馬がおどろいて棹立《さおだ》ちとなり、井伊は馬上から投げ出された。

それを、入江某という者が見ていて木蔭から飛び出し、いきなり井伊直政へ斬りつけた。

入江は石田三成の家来で、乱戦中に島津勢へまじり入ってしまったのだ。

井伊は重傷を負った。

入江に討たれなかったのは、すぐに井伊の家来たちが追いついて来たからだ。

入江は逃げた。

井伊直政がうごけなくなってしまい、ここで、ついに追撃を断念したのであった。

井伊直政は、関ヶ原戦後二年にして四十二歳の生涯《しょうがい》を終えている。

同じ徳川家康の重臣でも、本多忠勝《ただかつ》は、

「身に一創《いっそう》もなし」

と、いわれているけれども、井伊直政の満身は数え切れぬ傷痕《きずあと》に埋まっていたそうな。

関ヶ原戦後の井伊直政は、徳川家康によって、石田三成の佐和山《さわやま》城十八万石をあたえられた。

それまでの井伊は、上野《こうずけ》・箕輪《みのわ》城十二万石であった。

いかに家康が、井伊直政の勲功を高く評価していたかが知れよう。

井伊は、佐和山城を彦根《ひこね》山へ移し、そこへ新城を築いた。これが、いまも残っている彦根城の前身である。

そして、江戸時代も幕末となって、井伊直政の子孫にあたる大老・井伊直弼《なおすけ》が江戸城・桜田門外に水戸浪士の襲撃を受けた折、ただ一人、薩摩の島津家を出奔して来た有村次左衛門《ありむらじざえもん》に首を討たれたのも、深い因縁が在るといってよい。

現在《いま》、鹿児島の高校生が毎年の修学旅行に、関ヶ原へやって来るという。

島津勢の、敵中突破の退却路を、そのまま徒歩で辿《たど》り、

「往時を偲《しの》ぶ……」

ということなのであろう。

一方里半の小盆地に、東西両軍が約十四万の兵力を投入した決戦は、ようやくに終わった。

ときに、九月十五日の午後三時ごろとおもわれる。

この間、南宮山《なんぐうさん》に陣所を構えていた毛利・吉川《きつかわ》・安国寺・長宗我部《ちようそかべ》・長束《なつか》の、三万におよぶ西軍は、ついにうごかなかった。

毛利家の一族であり、出雲《いずも》・富田《とだ》城主でもある吉川広家が東軍との、

「中立の誓約」

を、まもりぬいたわけだ。

しかし、それは、最後まで吉川広家の胸ひとつにたたまれていた。

毛利秀元《ひでもと》をはじめ、他の諸将の出動についても、広家が主導することになっていたので、彼方《かなた》の関ヶ原から波濤《はとう》のようにつたわってくる戦闘の響《とよ》みを耳にしていながら、彼らは出動の機を失ってしまった。

西軍の総帥《そうすい》に推された豊臣《とよとみ》家の大老・毛利輝元《てるもと》は、養子の秀元を石田三成の許《もと》へ、

「自分の代わりに……」

と、差し向けてよこし、従弟にあたる吉川広家へ、

「秀元をたのむ」

と、後見せしめた。

毛利秀元は、すでに養父の輝元から二十万石を分けあたえられて周防《すおう》の山口城主であったけれども、二十歳の若さでもあり、また、養子であるだけに、吉川広家への遠慮もある。

だが、関ヶ原で戦闘が開始され、しばらくすると、安国寺や長束の諸将も気が気ではなくなってきた。

そこで、南宮山の毛利秀元へ、

「打って出ねばなりますまい」

「御旗を進められたい」

などと、使者を差し向ける。

毛利秀元も、そのつもりになって、毛利本隊の前面下方に陣を構えている吉川広家へ、

「打って出る機《とき》ではないのか？」

問い合わせるが、広家は、

「まだでござる」

落ちつきはらっていて、一向に取り合わぬ。

山裾《やますそ》の諸将からは、引きつづいて出動の要請があるものだから、毛利秀元はたまりかね、兵に食事をさせたりして、

「時を稼《かせ》いだ……」

などともいわれている。

それが本当ならば、何という愚劣なまねをしたものであろう。

毛利軍が動かぬかぎり、少数兵力の諸将のみが単独で行動を起こすわけにもまいらぬ。いや、起こしてもよいのだが、起こす勇気がないのだ。

このとき、南宮山の西軍の中に、東軍の井伊直政のような武将が一人でもいたら、状況は当然、変わっていたにちがいない。

ついに、毛利秀元は、安国寺恵瓊《えけい》と長束正家《まさいえ》の陣所へ使者を走らせ、

「吉川勢が進まぬかぎり、われらも山を下るわけにまいらぬ」

と、つたえさせた。

この上は、そちらで直接、吉川広家へ相談してもらいたいというのだ。

何とも、なさけないはなしではないか。

そこで、

「どうしたらよかろう」

「困った……」

ぐずぐずと時間をもてあましているうちに、戦争は終わってしまったのだ。

南宮山麓の諸将の陣所から関ヶ原までは二里ほどの近距離だし、七時間におよぶ戦闘中に駆けつけられぬわけはない。

島津勢の退却を知って、安国寺も長束も長宗我部も、

「これまでじゃ」

あわてて、逃走にかかった。

十一

後に、関ヶ原における西軍の敗北を耳にした真田《さなだ》安房守昌幸《あわのかみまさゆき》が、

「これは、どうしたことじゃ?」

呆《あき》れ果て、また、不審にたえぬ面持《おもも》ちで、

「上方勢は、小児《こども》の戦遊《いくさ》びをしていたのか……」

と、いったそうな。

左衛門佐幸村《さえもんのすけゆきむら》にしても、おもいは同じであったろう。

約十倍もの徳川第二軍を上田城へ引きつけ、これが決戦場へ参加することを阻《はば》んでやったのだ。

なまなかの兵力ではない。

三万余の徳川の精鋭が、決戦の日に、間に合わぬようにしてやった。

石田三成《みつなり》の、総司令官としての資性や人望はさておいても、

「勝てる戦に、何故、勝たなかったのであろう?」

真田父子《おやこ》にしてみれば、

「不思議きわまる事……」

であったにちがいない。

三成はさておき、小西行長も宇喜多秀家《うきたひでいえ》もいる。島津義弘も大谷吉継《よしつぐ》もいた。

そうした人びとが、

「何故、勝とうとしなかったのか……?」

さらに、後のことだが、当日の戦況を知ったときの昌幸と幸村の失望は、

「あまりに愚かしく、なさけなく、正気の沙汰《さた》ともおもえぬ……」

ほどのものといってよかった。

あのような作戦、あのような戦将たちの決戦場における離反は、真田父子にとって到底、信じかねるものだったといってよい。

「わしなり、左衛門佐が一千の兵をひきいて関ヶ原にいたら、家康の首は飛んでいたであろう」

真田昌幸は、そう洩《も》らしたという。

石田三成の本軍の奮戦。

小西・宇喜多両勢の健闘。

大谷吉継・平塚為広《ためひろ》等の死闘。

島津勢の勇猛をきわめた退却戦。

これだけ戦っていながら、

(何故、勝機を得られなかったのか?)

真田父子には、それが、

「ふしぎでならぬ」

のである。

南宮山と松尾山の味方の裏切りなどは、別のことであった。

ともかくも西軍は七時間も戦って、徳川家康を苦しめたのだ。

その間に、いくらでも家康を討つ機会があったはずだ。

草の者の、壺谷《つぼや》又五郎やお江《こう》、奥村弥五兵衛《やごべえ》などが五十にもみたぬ人数で、あれほどのはたらきをしたではないか。

わずか七名をひきいたのみの又五郎でさえ、最後には家康の本陣へ肉迫したではないか。

山中内匠長俊《たくみながとし》が一身を捨てて防がなかったとしたら、又五郎は家康を討ち取っていたやも知れぬ。

あの場合、不可能とはいえなかったのではないか……。

西軍諸部隊が力戦しながらも効果をあげ得なかったのは、作戦が拙劣をきわめていたからだとしか、真田父子にはおもえなかった。

各自が、それぞれ単独に戦ってしまったのだ。

真田昌幸が、

「小児の戦遊び」

といったのは、このことであった。

大垣《おおがき》から関ヶ原へいたるまでの間に、西軍の諸将は、

「いったい、どのような軍議をおこなったのでありましょうな?」

と、左衛門佐幸村は、憮然《ぶぜん》としていった。

のちのち、生き残ったお江と弥五兵衛から、家康奇襲の実態がもたらされたとき、幸村は、

「これは父上、私が、たとえ百の兵を引きつれてでも、上方へ残っているべきでありました」

いかにも残念そうにいった。

幸村にしてみれば、たとえ諸将が単独の戦闘をおこなったとしても、

「それはそれでよい」

のであって、そのときに自分が手勢をひきいて戦場に出ていれば、かならず、つけこむ隙《すき》を見いだしたにちがいないというのだ。

この真田幸村の言葉が、ただの強がりや誇張でないことは、十五年後に、幸村自身が立証してみせることになる。

さて、こうして……。

真田本家も、西軍の敗将の一人となってしまった。

となれば、敗軍の将としての処罰を受けねばならぬ。

その顚末《てんまつ》へふれねばならないのだが、ここで再び、関ヶ原へ目を転じたい。

石田三成や、宇喜多秀家・小西行長も、関ヶ原で、

「すべてが終わった……」

とは考えていなかった。

「まだ、大坂城が在る」

そこへ、一縷《いちる》の望みをかけていた。

数十名の家来にまもられて、関ヶ原から脱出した島津義弘でさえ、大坂城にいる西軍総帥・毛利輝元が戦うというのなら、

「自分も城へ入って、これを助けたい」

と、おもっていたのである。

関ヶ原に日が暮れるころ、徳川家康は藤川台へ本陣を移した。

藤川台は、大谷吉継の陣所があったところで、吉継が寝起きしていた小屋が残っているのを知って、

「よし、そこへまいろう」

すぐさま、家康は陣場野を引きはらった。

すでに、諸将が参集して戦勝を祝い、討ち取った敵の首実検も略《ほぼ》終わった。

そのころは、雨がいよいよ烈《はげ》しくなって、泥《どろ》まみれ血まみれの戦士たちも、すぐには熱い湯さえ口にすることができなかったが、

「戦は、勝った……」

のである。

徳川家康は上機嫌《じょうきげん》で、

「兜《かぶと》を持て」

と、命じ、頼政頭巾《よりまさずきん》をぬいで兜をつけ直してみせた。

「勝って兜の緒《お》を締めよ」

というわけであろう。

戦勝参賀の諸将たちへ、床几《しょうぎ》へかけた家康がいちいち、ねぎらいの言葉をかけているとき、重傷を負った井伊直政が、松平忠吉《ただよし》と共にあらわれた。

家康の四男にあたる松平忠吉の生母は、西郷局《さいごうのつぼね》という。

ときに二十一歳。武州・忍《おし》城十万石の城主だ。

忠吉は、島津勢を追撃して勇戦し、両腕を負傷している。

徳川家康は、わが子の忠吉をちらりと見たきりで言葉もかけず、重傷の井伊直政が、

「このたびは、首尾よう……」

うずくまって一礼したまま、後の言葉がつづかぬほどなのを見るや、これを抱きかかえるようにして、自分の専用の薬箱を運ばせ、みずから直政の腕の傷の手当てをしてやり、いかにも、

「その、ついでに……」

と、いわんばかりの様子で、創薬を松平忠吉へあたえた。

「手当ていたせ」

「はい」

「む。よし」

うなずいた家康の眼《め》の色に、わずかに父親の情が洩れ滓《こぼ》れた。

このとき、井伊直政は諸将に向かって、

「今日《こんにち》の合戦にて、それがしより先なる人はあるべからず」

いいはなったとも、つたえられている。

つまり、今日の戦闘で、自分よりすぐれた働きをしたものは一人もいないと、満座の中で、はっきりといった。

それが本当なら、自分の手柄《てがら》を自慢したのではあるまい。

「類《たぐい》まれなる……」

歴戦の勇将である井伊直政の目から見れば、今日の味方の戦いぶりが、

「弛《たる》みきっていた」

と、いいたかったにちがいない。

徳川家康は、

「そのほうの軍功は、今日に始まったことではないが、ようも仕てのけてくれた」

「いえ……兵庫頭《ひょうごのかみ》を、ついに、取り逃してしまいました。不覚でござる」

「よい、よい」

家康は、井伊の肩を二度三度と撫《ぶ》して、

「戦は、まだ終わらぬ」

「は……」

「傷の手当てを、な……」

「は……」

井伊直政は、重傷と、その出血のために、ほとんど失神寸前であったろう。

そのときは、嵐《あらし》のような雨と風で、篝火《かがりび》も燃やせなかったけれども、本陣を藤川台へ移すと、急に雨勢がおとろえはじめた。

ここへも、参賀の遅れた諸将が詰めかけて来る。

西軍を裏切った小早川秀秋もあらわれ、家康に祝いをのべた。

家康は、いちいち笑顔をもってこたえ、誇張の誉《ほ》め言葉を惜しげもなくあたえた。

ところで……。

南宮山の毛利秀元は、家康本陣へあらわれなかった。

これは、自分の意志で内応したのではなかったので、大坂にいる父・毛利輝元の許《もと》へ去ったのである。

吉川広家は、家康の本陣へ、

「出向かれたがよろしゅうござる」

と、すすめたが、秀元は奮然として、大坂へ去ったともいう。

藤川台へ本陣を移してから間もなくのことであったが、大谷吉継の首が発見された。

主人の刑部少輔《ぎようぶしようゆう》吉継の首は、家臣の三浦喜太夫が泥田の中へ深く埋め込んでおいた。

それを掘り出してきたのである。

その近くに、自害をした三浦喜太夫の死体があり、その顔を見知っていた家康《いえやす》の家来・太田権左衛門が、

(さては……?)

と、直感し、その周辺の泥田を探りまわったのだ。

徳川家康は、気に入りの大谷吉継が、やむなく西軍に参加した事情をよくわきまえている。

目の前へ運ばれて来た大谷吉継の首級を、凝《じつ》と見つめていた家康が、

「こころにもなき戦を、いたしたことよ」

目鼻立ちもさだかではなく、くずれかかった吉継の首へ語りかけ、顔をそむけて、

「手厚く、ほうむってやるがよい」

と、太田権左衛門へいった。

しばらくして、藤堂隊へ突き入って討死《うちじに》をとげた湯浅五助《ゆあさごすけ》の首も、とどけられてきた。

その首が、いくぶん兎唇《としん》であるのを見た家康は、

「まぎれもなく、湯浅五助が首じゃ」

と、いったそうな。

しかし、大谷吉継の長男・大学助吉治《だいがくのすけよしはる》と次男・山城守の首は発見できなかった。

この兄弟は生き残って、姿を隠したのだ。

十二

関ヶ原の戦捷《せんしょう》が、第二軍の徳川秀忠《ひでただ》の耳へとどいたのは、翌々日の九月十七日であった。

秀忠は木曾路《きそじ》を急行しつつあり、妻籠《つまご》まで来て、この報告を受けとったのである。

妻籠の村へ入り、民家を宿所にした徳川秀忠が夜食を摂《と》っていると、家来が、

「本多中務《なかつかさ》様からの御使者にござります」

と、告げた。

「何と……」

おもわず秀忠は、箸《はし》を落とした。

本多忠勝が、本軍の先鋒《せんぽう》として先発したことは、秀忠もわきまえている。

その忠勝からの使者が、美濃《みの》から木曾へ駆けつけて来たというのは、勝ったにせよ敗けたにせよ、すでに決戦が終わったのではないか。

徳川秀忠は、震える手で、使者が差し出した書状を開封した。

まぎれもなく、本多忠勝の筆跡である。

ただし、これは九月十四日の夜に、忠勝がしたためたもので、

「いよいよ、明朝、関ヶ原にて決戦……」

のむねが書きしたためてあった。

したがって、本多忠勝の使者も、勝敗を知らぬ。

知らぬが、二日前に決戦がおこなわれたことは、たしかな事とみてよい。

使者の口から、九月十四日夜までの情況を聞き取った秀忠は、勝敗がわからぬだけに、居ても立ってもいられなくなってきた。

「父上は、わしに腹切らせるであろう」

たまりかねて、傍にいた榊原康政《さかきばらやすまさ》にいうと、この徳川譜代の家臣の中でも、井伊直政に負《ひ》けはとらぬほどの勇将は、

「御覚悟なされ」

臆面《おくめん》もなく、ずけずけといいはなった。

秀忠はむっとして、

「直《す》ぐに発《た》つ」

と、いい出した。

「この夜中にでござるか？」

「いうまでもないわ」

「なりませぬ」

「何……」

「相なりませぬ！」

「そのほうの指図は受けぬぞ！」

「おわかりになりませぬか」

「何がじゃ」

三万余の将兵は、連日の強行軍に疲れ果てている。

しかも、夜中に山路を行軍したところで、

「のちのち、どれほどの益がありましょうや」

と、榊原康政が断然、秀忠を押しとどめてしまった。

秀忠も暗愚な人物ではない。

「これより、大坂までの道々は安穏《あんのん》ではありませぬぞ」

まだまだ、遅参の汚名を挽回《ばんかい》する戦闘の機会が、いくらでもあると康政は説き、

「もしも、御腹をめさるるときは、この康政も御供つかまつる」

と、いった。

事実、榊原康政は、その決意であったらしい。

九月二十日になって、秀忠の第二軍は、ようやく大津へ入った徳川家康の許へ到着した。

憔悴《しょうすい》の極に達した秀忠が、目通りを申し入れると、

「ふとどき者には会わぬ」

家康は、きびしくはねつけている。

わが子の、しかも自分の後継者である秀忠の失態であるから、

「よし、よし」

と、ゆるすわけにはまいらぬ。

だからといって、

「腹を切れ」

ともいえぬ。

わが後継者の資性をそなえた秀忠なのだ。

本多忠勝をはじめ、重臣たちの取りなしを、家康は待っている。

それを充分に心得ているから、重臣たちが取りなしをする。

そこで、家康は秀忠に目通りをゆるし、諸将が列座している前で、激烈な口調をもって叱《しか》りつけた。

大津城は、西軍の立花宗茂《むねしげ》が攻め落とし、入城していた。

すると翌日に、関ヶ原の西軍敗北の知らせが入ったので、立花宗茂は、

「大津で戦っても仕方があるまい」

と、全軍をひきいて大坂へ向かった。

宗茂もまた、大坂城へ入って、東軍との決戦へ参加するつもりであった。

このため、徳川家康は戦わずして大津へ入城したわけだが、関ヶ原から大津到着までには五日の間がある。

そして、関ヶ原から大津までの間には、石田三成《みつなり》の佐和山《さわやま》城が在った。

まず、これを攻め落とさねばならぬ。

家康は、九月十六日の朝、藤川台を発して近江《おうみ》に入った。

数万の東軍が、佐和山を包囲したわけだが、佐和山城は降伏の気配もない。

城の本丸は、三成の父・石田隠岐守正継《おきのかみまさつぐ》がまもり、外舅《がいきゅう》の宇多《うだ》頼忠《よりただ》・頼重《よりしげ》の父子《おやこ》のほかに、大坂から援軍として入城した赤松則房《あかまつのりふさ》・長谷川守知。それに三成の兄の石田正澄《まさずみ》が三の丸をまもった。

籠城《ろうじょう》の石田勢は二千八百人といわれている。

真田昌幸と、お徳《とく》の間に生まれた於菊《おきく》は、ほかならぬ宇多頼重と婚約がととのい、嫁入る直前に東西が手切れとなったので上田城にとどまった。

もしも開戦が遅れていたなら、於菊は、石田三成の妻の弟にあたる宇多頼重と共に、佐和山城へ入っていたやも知れぬ。

宇多頼重は、佐和山落城と同時に自殺しているから、あるいは於菊も夫に従い、自害していたろう。

このとき於菊は、滝川三九郎《たきがわさんくろう》に引き取られ、江戸へ到着していたやも知れぬ。

真田昌幸が、突然、上田城へ訪ねて来た滝川三九郎へ、

「あずかってもらいたい」

と、於菊を引きわたしたのは、九月十一日のことで、それから四日後に関ヶ原の決戦がおこなわれたことになる。

十三

石田三成の居城・佐和山が攻め落とされたのは、九月十七日から十八日にかけてであった。

関ヶ原決戦の頂点において、ついに西軍を裏切った小早川秀秋《ひであき》の評判はまことによ

ろしくない。

最後の最後まで、ためらいぬいていた小早川秀秋を見る東軍諸将の目は冷ややかである。

秀秋も充分に、これをわきまえているから、諸将の目を憚《はばか》り、藤川台へ本陣を移した徳川家康の許へも挨拶《あいさつ》に出られなかった。

家康は、

「筑前中納言《ちくぜんちゆうなごん》は、まだ若輩《こども》よ」

つぶやいて、侍臣の村越直吉へ、

「よしよし。急ぎ、連れてまいれ」

と、命じた。

村越が、藤川台の下の、諸将の陣所からも離れた黒血《くろち》川べりに集結していた小早川部隊へ駆けつけ、

「御案内つかまつる」

そういったときには、十九歳の小早川秀秋のよろこびは言語に絶した。

秀秋は、内応が遅れて家康の怒りを買い、鉄砲まで撃ちかけられたのだ。

そして、東軍が勝利をおさめたいまも、家康の怒りが恐ろしく、戦勝を祝うための挨拶にも出て行けなかった。

「では、お目通りが適《かな》うと申されるか……」

飛びつくようにして尋《き》くと、村越直吉が、

「先刻より、お待ちかねでござる」

「さ、さようか」

すぐさま小早川秀秋は、老臣の平岡頼勝《よりかつ》をはじめ、近臣二十余名を引き連れ、雨の中を家康本陣へ急行した。

本陣は二重三重に柵《さく》や幔幕《まんまく》に囲まれている。その柵の外に、黒田長政《ながまさ》が待ちかまえていて、

「中納言殿。何をしておざった」

叱りつけるように、

「この上の失態を重ねて、何となされるぞ」

と、これは平岡頼勝へいいはなった。

今朝からの松尾山で、東西両軍を、

「秤《はかり》にかけていた……」

ときとは別人のように蒼《あお》ざめた顔を伏せたまま、平岡頼勝は返す言葉もない。

黒田長政は、

「自分と堅く内応の取り決めをしておきながら、肝心の機《とき》に、あれほど気をもませた

……」

その平岡を忌々《いまいま》しげに睨《ね》めつけていたが、ややあって、

「中納言殿……」

と、小早川秀秋へ視線を転じた。

そして、家康へ挨拶をしたなら、すぐさま、石田三成の佐和山城攻撃の先鋒を願い出るがよいとすすめた。

「承知いたした」

「では、御同道いたそう」

黒田長政は、本陣の奥へ、小早川秀秋を案内した。

秀秋や平岡たちが、怖々《おずおず》とあらわれたのを見た徳川家康は、

「おお、まいられたか」

と、満面を笑みくずした。

顔は笑っているが、家康の巨眼は冷たく小早川秀秋を見据《みす》えている。

秀秋たちは、平伏して戦捷の挨拶をした。

今日の勝利の緒《いとぐち》となったのは、まぎれもなく、小早川秀秋の一万五千が味方を裏切り、松尾山を下って西軍へ攻めかけた事にある。

もしも、小早川の新手《あらて》がこちらへ内応をせず、西軍と共に立ち向かって来たなら、

（われらの勝利は、覚束《おぼつか》なかったであろう）

家康も東軍諸将も、口には出さぬが、そうおもっていたにちがいない。

ゆえに、もしも小早川秀秋と平岡頼勝が、

「われらの内応によって、東軍は勝ったのではないか」

肚《はら》を据えて堂々と、家康本陣へ真っ先にあらわれたなら、どうであったろう。

関ヶ原では勝ったにせよ、まだ、大坂城が残っているのだ。

西軍の残存勢力も、あなどりがたい兵力を有している。

この時点では、まだ、徳川家康も、

「天下をわが手に……」

つかみ取ったという気はしていない。

しかし、あまりにも恐縮しきって、

「内応の機が遅れたことを、何とぞ、おゆるし願いたし」

とでもいうようにあらわれた小早川秀秋たちを見るや、家康は、

「中納言殿の御手柄《てがら》は、まことに大きい」

と、いいながらも、戦後の恩賞は、さほどに大きなものでなくともよいと決めてしまった。

事実、小早川秀秋は、備前《びぜん》と美作《みまさか》、備中《びっちゅう》の三国をあたえられたが、翌々年の慶長七

年に二十一歳で病歿《びょうぼつ》するや、家康は同情も容赦もなく、小早川家を取り潰《つぶ》してしまったのである。

さて……。

小早川秀秋は、黒田長政からすすめられたとおりに、

「佐和山攻めの先手《さきて》をおおせつけられたく……」

と願い出て、家康にゆるされた。

秀秋は、佐和山攻めで、汚名を雪《そそ》ぐ決意であった。

秀秋と入れかわって、脇坂安治《わきさかやすはる》が挨拶にあらわれると、

「中務《なかつかさ》。手柄じゃ」

家康は、すげもなくいったのみだ。

世にきこえた戦将で、豊臣秀吉《とよとみひでよし》の子飼いの人物だし、戦功も多いのに立身ができなかった鈍重な性格の脇坂安治など、徳川家康は、

「歯牙《しが》にもかけぬ……」

ところがある。

無口で鈍重ながら、脇坂安治としては、このたびの裏切りは、一世一代の果敢な行動といってよかった。

しかし、戦後は、旧領三万三千石を安堵《あんど》されたのみだ。

恩賞は何一つなかった。

この人は、そのまま鳴かず飛ばずで、ひっそりと生き残り、徳川幕府も三代将軍の世になってから七十三歳の長寿をたもち、病歿している。

こういう男のほうが、激動の時代には、むしろ安泰なのやも知れぬ。

十四

佐和山城を攻撃する東軍は、井伊直政《いいなおまさ》・田中吉政《よしまさ》に、小早川・脇坂・朽木《くつき》等の内応勢をふくめて一万五千といわれているが、おそらく二万をこえていたろう。

これを迎え撃つ佐和山城の石田勢は二千八百であった。

小早川秀秋たちは、佐和山城の正面(大手口)から攻撃をし、田中吉政は搦手《からめて》へまわった。

大手口の攻撃は、九月十七日の払暁《ふつぎよう》から開始された。

約八倍の敵に包囲されたのであるから、もとより、

「勝てる戦ではない」

のである。

佐和山城の城郭は、なるほど大きく立派であるが、これを守備するためには二千八百の城兵ではどうにもならぬ。

かえってちからが分散してしまうし、一方が破れれば、その傷口が諸方へ波及してしまう。

城将として佐和山をあずかっていた石田三成の父・隠岐守正継は諸将をまねき、

「かくなったからには、この城をまもるというても、よくまもりぬいて三日そこその命ゆえ、このような戦に、多年にわたって石田家へ忠勤をはげみくれた人びとを殺すは、自分としては、まことに忍びがたい」

しずかに、いい出た。

石田正継は、むかし、佐和山からも近い近江国・坂田郡石田村に居住していた武士で、わが子の三成が幼少のころから、

「落ちぶれてはいても、学をおさめることをおこたるな」

きびしくいいわたしただけあって、向学の志が深かった。

三成が豊臣秀吉に見いだされ、見る見る頭角をあらわし、ついに近江・佐和山二十万三千二百石の大名となってからは、わが子に代わって領国の治政にあたった。

石田三成は、豊臣秀吉の信頼が深い閣僚（奉行《ぶぎよう》）ゆえ、秀吉が生前のころは、ほとんど側《そば》につきそっていたから、大坂や伏見《ふしみ》の屋敷で暮らすことが多かった。

このため、父の隠岐守正継に領国の治政をまかせ、三成はこころおきなく、奉行としての活動をすることができたのであった。

三成同様、隠岐守正継も当代一流の知識人といってよい。

また、領国を治めるのに、いささかの懈怠《けたい》もなく、領民はいずれも石田家の治政をよろこんだといわれている。

「このような敗戦必至の折に、人材を失ってはならぬ」

と、石田正継は将兵をあつめて、自分の考えをつげ、

「いまのうちに、少しも早く、おもいおもいに落ちのびたがよい」

いいわたしたものである。

そこで城外へ去った者もいたろうが、二千八百の将兵が残った。

関ヶ原戦における石田勢の勇敢さについては、すでにのべておいたが、いま城と共に死を決するにあたり、これだけの将兵が残ったというのは、やはり、石田父子《おやこ》への敬慕の念が強烈だったからであろう。

謀略と戦陣の駆け引きには一流の将とはいえなかった石田三成であったが、一大名としてならば、これを称讃《しょうさん》するにはばかるものではない。

さて……。

佐和山城の攻撃が開始されると、城兵は必死に戦った。

しかし、兵力の差は、どうしようもない。

まず、大手の〔太鼓丸〕という曲輪《くるわ》が東軍の手に落ちた。

日が暮れかけたとき、搦手へまわった田中吉政は、ほとんど水之手口を破りかけていたが、このとき、徳川家康から、

「石田方の津田喜太郎を招き、語り合うてみたい。このむねを申し入れてみるように」

との指令が、吉政の許《もと》へとどけられた。

徳川家康は、佐和山の南の野波村の正法山へ本陣を構えてい、東軍をひきいて佐和山の攻防戦を見まもっている。

津田喜太郎清幽《きよふか》は、若いころに織田信長《おだのぶなが》に仕え、後に徳川家康の家臣・阿部正勝に奉公をしたが、さらに十年後、ふたたび信長の許へ帰った。

若いころ、織田信長の怒りを買って出奔したものらしい。

織田信長亡《な》き後、津田喜太郎は牢人《ろうにん》となって諸方を流浪していたが、四年ほど前に伏見へあらわれ、榊原康政《さかきばらやすまさ》の取りなしによって、家康に目通りをゆるされた。

「喜太郎。そのほうは妙な男よ。ま、しばらくは遊んでおれ」

こういって、家康は榊原康政へ津田喜太郎をあずけた。

榊原の家来にするのでもなく、自分が召し抱えるのでもない。

そのうちに、石田三成の兄・石田正澄《まさずみ》が堺《さかい》の町奉行に就任したので、家康は、ひそかに手をまわして津田喜太郎を石田正澄に仕えさせたのだ。

こうして津田は、石田正澄と共に佐和山城へ入っていたのである。

津田は、徳川の間者ではない。

どこまでも石田正澄の家来として佐和山城へ立てこもった。

家康もまた、津田を間者として使うつもりはなかった。

しかし、いま、このときになって、家康は津田喜太郎の存在を活用しようと、おもい立ったのである。

そこで田中吉政は、いったん戦闘を中止し、水之手口の曲輪内を守備している石田方へ、

「其処《そこ》に、津田仙者はおらるるか？」

と、呼びかけさせた。

仙者とは、津田喜太郎の別名である。

ちょうど、津田はわが子の重氏《しげうじ》と共に、この曲輪で防戦に努めていたので、

「何事でござる？」

と、曲輪内からこたえた。

「おお、仙者か。われは田中兵部《ひょうぶ》じゃ」

「まさに……」

「内府公が、おぬしをお招きである。出て来られぬか？」

津田喜太郎は沈黙していたが、ややあって、このむねを石田正澄へつたえると、

「ともかくも、会うてみるがよい」

と、正澄が承知をした。

そこで、津田が曲輪の外へ出て、田中吉政の陣所へおもむくと、徳川家康の使者・船越《ふなこし》五郎《ごろう》右衛《え》門景直《もんかげなお》が来ていて、

「久しゅうござる、仙者殿」

「船越殿か……」

船越は、関ヶ原の戦場で東軍に捕えられた石田三成の鉄砲頭《がしら》・青木市左衛門を、この場に連れて来ている。

徳川家康は、この青木の口から、関ヶ原で西軍が大敗した事実を告げさせ、この上の抵抗は、まったくのむだであるから、

「いさぎよく、城を明け渡すがよい」

と、通告せしめようとしたのだ。

船越は、捕虜の青木を、

「城内へ、お連れめされ」

と、いう。

「かまわぬので？」

「かまい申さぬ」
青木の口から、納得が行くまで、関ヶ原の情況を、
「お聞き取りなされ」
というのである。
津田喜太郎は厚く礼をのべ、青木を伴い、城内へもどった。
この青木市左衛門の口から、西軍敗北の確報が入ったことになる。
敵の大軍が佐和山《さわやま》城を包囲したことによって、うすうすは、味方の敗北を感じては
いたが、これで、すべてがあきらかとなった。
万に一つの希望……それは、たとえ西軍の一部でも、佐和山の救援に駆けつけてく
れるのではないかとの期待も、いっさい、むなしくなった。
「もはや、いたしかたもない」
石田正澄は、本丸にいる父の隠岐守《おきのかみ》正継《まさつぐ》へはかるまでもなく、自分の一存で、
「それがし一人の死をもって、他の将兵の命に換えて下さるなら、明日にも城を引き
わたし申そう。それには旧知の村越直吉殿を城内へ遣わされたい」
と、津田喜太郎をもって、船越五郎右衛門にこたえさせた。
この申し入れをたずさえ、船越五郎右衛門は、家康本陣へ引き返して行った。
このとき、船越は、田中吉政へ、くわしい事情を告げぬまま、

「御沙汰《さた》あるまで、城攻めは相なるまじ」

とのみ、いい置いて去った。

これが、いけなかった。

もっとも、城内からの回答があったとき、田中吉政は席を外していたともいう。

すでに、夜半であった。

船越五郎右衛門は、従者五名に松明《たいまつ》を掲げさせ、正法山の家康本陣へ駆け向かった。

一方、田中吉政は船越が本陣へ帰ったと聞き、これは交渉が決裂したとおもいこんでしまったらしい。

船越の伝言を聞いた田中吉政の家来が、どのように主人へ報告したかは不明である。

血気さかんで、戦将として自負が大きい田中吉政だけに、

「夜明けを待って、攻めかかろうぞ！」

と、いいはなった。

一方、正法山の本陣へもどった船越五郎右衛門が、石田正澄の申し入れを徳川家康につたえると、即座に家康は、

「さすがに木工頭《もくのかみ》である」

と、石田正澄の決断をほめた。

家康は正澄の〔官僚〕としての資性を買っていた節がある。

「木工頭の申し条は、すべて承知をした」

こういって、家康は石田正澄の要求をいれ、村越直吉に彦坂小刑部《ひこさかこぎょうぶ》をつけそえ、佐和山城へ差し向けることにした。

村越と彦坂が正法山の本陣を出発したとき、薄紙を剝《は》ぐように夜の闇《やみ》が明るみはじめつつあった。

十五

ちょうど、そのころ、

「それ、一気に揉《も》み潰《つぶ》せ！」

田中吉政は下知《げじ》をあたえ、猛然と攻撃を開始した。そして、佐和山城の天守閣下の門を破り、本丸へ突入したのである。

城兵の防戦も、ちから尽きた。

前夜、徳川家康からの使者が来て、石田正澄との間に、

「和議の交渉がおこなわれているらしい」

との、うわさが城内にひろまっていたし、事実、正澄は、この事を父の隠岐守正継へつたえ、

「それは何よりであった。わしも、おことと共に死のう」

正継にも、よろこばれたのだ。

それだけに、城内の守備も、将兵の闘志も弛《たる》んでいたのか、たちまちに敵の突入をゆるしてしまった。

このとき、またも裏切る者が出て、本丸に火を放ったといわれている。

石田正澄は、こちらの条件を入れた徳川家康が村越直吉をさしむけたとも知らず、

「内府も、かほどまでに小細工をせぬでもよいに……」

呆《あき》れて口に出すと、父の隠岐守正継は、

「さほどの人《じん》とはおもえぬが……何分、田中兵部は血気の漢《おとこ》ゆえ……」

苦笑を浮かべ、

「もはや、これまで」

と、いった。

そして、天守閣の楼上にあつまっていた女子供たちへ菓子をあたえたのち、男たちが、それぞれに手をかして自害せしめた。

田中吉政の兵のみか、大手口からは小早川秀秋の軍勢が、二の丸まで雪崩《なだれ》込みつつある。

石田三成の侍臣・土田桃雲は、

「御覚悟を……」

と、三成の妻を刺殺したのち、用意の油を撒《ま》きわが手で喉笛《のどぶえ》を掻《か》き切って果てた。

天守閣の楼上は、火炎の海と化した。

隠岐守正継も正澄も、正澄の妻子もその炎に包み込まれつつ自害したのである。

そして、逃げ惑う女たちの多くが、南面の崖《がけ》から身を投げた。

この崖は、後に、「女郎墜《じよろうお》ち」とよばれている。

この悲惨な光景を見知っているだけに、戦後、徳川家康から近江《おうみ》・佐和山十八万石をあたえられた井伊直政は、

「佐和山は、わが城にはできぬ」

と、いった。

そこで、琵琶《びわ》湖の入り江をへだてて彼方《かなた》にのぞまれる彦根《ひこね》山へ、新城を築くことにした。だが、この勇猛の武将は、新城の完成を見ることなく、世を終わっている。

それは関ケ原戦後二年目の二月で、直政の歿年《ぼつねん》は四十二歳であった。

これはやはり、関ケ原での島津部隊追撃の折に受けた重傷が原因となっていたのではあるまいか。

さて……。

佐和山落城について、手ちがいがあったことを、徳川家康は、

「女子供まで死なせるにはおよばなかったものを……」

非常に残念におもったが、さりとて、田中吉政《よしまさ》を責めるわけにもまいらぬ。手ちがいの、もっとも大きな原因は、自分の使者に立った船越五郎右衛門の、「念の入れようが、たらなかった……」

からである。

船越は、家康から、きびしく叱責《しっせき》された。そうしたこともあってか、のちに家康は、石田三成の嫡子《ちゃくし》・隼人正《はやとのしょう》重家《しげいえ》の処刑をゆるしている。

当時、大坂にいた石田重家は、佐和山落城と聞き、家臣のすすめで大坂城を脱出し、高野山へ逃れた。

しかし、間もなく、京都の妙心寺の塔頭《たっちゅう》・寿聖院をたよって潜伏していたが、詮議《せんぎ》がきびしくなってきたので、

「これはむしろ、こちらから助命を願い出たほうがよい」

と、寿聖院から、家康へ石田重家の助命嘆願をしたものである。

このとき、徳川家康は、

「佐和山の事もあるゆえ……」

こころよく、その願いをゆるした。

このため、当時十三歳の少年にすぎなかった石田重家は、仏門へ入り、たゆまぬ精進をつづけ、後年には寿聖院三代の〔大禅師〕となった。

寿聖院は、石田三成が父・正継のために建立《こんりゅう》した塔頭だ。

したがって、宗享《そうきょう》大禅師となった石田重家が、祖父と父母の霊をなぐさめるには、またとない場所であったといえよう。

九月十七日。

佐和山《さわやま》城が、まだ、必死の抵抗をつづけていたころ、徳川家康《いえやす》は早くも、大坂城にいる西軍の総帥《そうすい》・毛利輝元《てるもと》へ急使をさしむけている。

家康は、この急使に、毛利秀元《ひでもと》の家老・福原広俊《ふくはらひろとし》をつけそえ、さらに、福島正則《まさのり》と黒田長政《ながまさ》連署の書状をたずさえせしめた。

福島・黒田から、毛利輝元へあてた書状の大意は、およそつぎのようなものであった。

このたび、内府公が奉行《ぶぎょう》どもの陰謀を打ち砕かむため、美濃表《みのおもて》まで御出陣なされたについて、吉川広家《きっかわひろいえ》殿および福原広俊殿は、毛利本家の大事をおもい、その存続を願われ、内府公への忠節を申し出られた。

そこで、われら両名にて、しかるべく、おはからい申した。

委細は、福原殿の口上へ申しふくめておいたので、よろしく、お聞き取り願いたい。

徳川家康の使者が大坂城へ到着し、この書状を毛利輝元へわたし、福原広俊は、輝元の問いにこたえ、関ヶ原の戦況と結果を語るや、

「ふうむ……」

西軍の総帥は低く唸《うな》って、もはや戦意を失ったようだ。

関ヶ原での敗戦。

ついで、佐和山も落城しかけている。

石田三成も小西行長《ゆきなが》も、宇喜多秀家《うきたひでいえ》も、その他の諸将も生ある人びとは、いずれも散り散りに逃走してしまったと聞いて、

(もはや、これまで……)

毛利輝元は、みずからすすんで総帥の座に坐《すわ》ったわけではない。

福原広俊が、井伊直政から吉川広家へわたされた「封土《ほうど》は旧に仍《よ》る」と、したためられた誓約書を、

「何とぞ、御披見《ひけん》を……」

毛利輝元へ見せるや、これを読み下した輝元が、

「ならば、よし」

たちまちに、顔を笑みくずしたという。

このとき、すでに、養子の毛利秀元は関ヶ原から大坂城へ到着していた。

毛利秀元は、関ヶ原前後における徳川方の謀略の凄《すさ》まじさを、わが目に見とどけているだけに、

「父上。早まっては相なりませぬ」

たまりかねて、いい出た。

毛利家が、戦前と同様に領国を安堵《あんど》され、大老職もそのままで、

「自分と共に、以前のごとく国政を協議いたそう」

などと言ってよこした徳川家康の言葉を、いまこのとき、信じてはなるまいと秀元は進言した。

ここは、豊臣秀頼《ひでより》を擁して大坂城へ立てこもる決意を見せ、その後に家康自身の確固たる誓約を得た後ではないと、

「安心はできませぬ」

と、いうのだ。

毛利輝元も、このまま直ちに大坂城を明け渡すつもりはない。

しかし、輝元は、すぐさま福島正則と黒田長政へあてて返事をしたためている。

大意は、つぎのようなものだ。

御書状を拝見いたした。

吉川・福原の両人が、おかげをもって、内府公より、ねんごろな御取りあつかいを受け、領国を安堵されたとのことで、まことに自分もよろこばしくおもう。

なお、このむねを、大坂城内にいる増田長盛《ましたながもり》・前田玄以《げんい》の両奉行へも申しつたえたので、この両名へも、内府公からの御取りなしが必要かと存ずる。


西軍の総師が、このありさまでは、大坂城をたのみに、なおも最後の一戦を交えようとしていた西軍の残存の諸将も、手のつくしようがなかったろう。

結局、毛利輝元は、徳川家康自身の誓約を得ぬまま、ずるずると大坂城を家康の手へゆだねてしまうことになるのだ。

十六

佐和山が落城した九月十八日の夜に入ってからだが……。

伊吹《いぶき》の忍び小屋にいた真田《さなだ》家《け》の草の者は、密《ひそ》かに、笠神《かさがみ》の小屋へ引き移った。

伊吹の小屋には、姉山甚八《あねやまじんぱち》が死亡してしまったので、重傷の奥村弥五兵衛《おくむらやごべえ》に伏屋太《ふせやた》平《へい》、そのほか二名の草の者に五瀬《ごせ》の太郎次《たろうじ》をふくめて五名が残ったのみである。

関ヶ原の決戦が終わっても、壺谷又五郎《つぼやまたごろう》以下八名の草の者は、ついに伊吹の小屋へもどってこない。

七十を越えた五瀬の太郎次が、ただ一人で探りに出かけたけれども、

(これは、到底いかぬわえ)

太郎次は、あきらめた。

落武者を探索する東軍の目は、いたるところに光っていたし、また、その落武者を
ねらって掠奪《りゃくだつ》をする土民の蠢動《しゅんどう》も凄まじい。

「これは、しばらく後のことでないと、関ヶ原へは近寄れませぬ」

小屋へもどった太郎次が、奥村弥五兵衛へ告げると、

「うむ……」

弥五兵衛は、暗澹《あんたん》の面持《おもも》ちで、

「おそらくは、又五郎様も、みなみなも討死《うちじに》なされたに相違ない」

「なれど、いま、しばらくは様子を……」

「いや、生きてござるならば、かならず小屋へもどられよう。それにな、太郎次」

「はい?」

「そのように落武者の詮議がきびしいとなれば、われらも、この小屋にとどまっては
おられまい」

道理であった。

ここは、東軍の前の本陣・赤坂にも近い。落武者が、この小屋の近くまで逃げて来ることも考えられる。となれば、これを追って東軍の探索部隊もあらわれよう。

「よし。これまでじゃ」

と、弥五兵衛は意を決し、

「笠神の小屋へ、今夜のうちに移ろうぞ」

「大丈夫で？」

「わしなら、何とか保《も》ちそうだ」

伏屋太平の傷が最も軽い。

だが、弥五兵衛と二人の草の者は重傷を負っている。

「笠神の小屋なれば、傷が癒《い》えるまで潜み隠れていられよう。さ、急げ」

弥五兵衛は気力をふるい起こして、立ちあがった。

そして、太平たちへ、

「これにて終わったわけではないぞ。よいか、上田の大殿や左衛門佐《さえもんのすけ》様の安否を知るまでは、われらも死ぬに死ねぬとおもえ」

と、はげました。

「笠神の小屋から、佐助《さすけ》をよんでまいりましょうかな？」

と、五瀬の太郎次がいうのへ、

「いや、ならぬ。いまは、余計のうごきをさせてはならぬし、してもならぬ」

弥五兵衛は、これを押しとどめた。

姉山甚八の遺体は、すでに土中へ埋め込んであった。

夜の闇《やみ》の中を、五人の草の者は小屋を後にして笠神へ向かった。

太郎次である。山道を抜け、伊吹の小屋から笠神の小屋まで約十里とみてよい。道案内は、五瀬の平常の草の者の足ならば、わけもないことだが、五人のうちの三人が重い傷を負った躰《からだ》だけに、

「なんとしても、夜が明けぬうちに笠神へ着かねばならぬ」

と、奥村弥五兵衛も必死であった。

松明《たいまつ》もつけず、先へ立った五瀬の太郎次の腰へ結びつけた細い綱を四人がつかみ、山道を這《は》うようにしてのぼり、下って行く。このときの難儀が、どのようなものであったかは、一行が笠神へ到着して間もなく、若い草の者が一人、おびただしい出血のために息を引きとったことをみてもわかるであろう。

ともかくも、笠神へ到着した。

空が、白みかけている。

倒れ込むように入って来る五人を迎えた向井《むかい》佐助が地下蔵《ぐら》へ下り、

「お江《こう》さま。弥五兵衛どのが、まいられました」

と、告げた。

「なに、弥五兵衛どの一人か？」

「いえ、五人のみにて……」

「又五郎どのは？」

「見えませぬ」

「ああ……」

お江は、絶望に抱きすくめられ、呻《うめ》いた。

「戦《いくさ》は、敗《ま》けたと見ゆる……」

お江と佐助は、あれから、この小屋の外へは一歩も出ていないので、関ヶ原の様子も知らなかった。ひたすらに、二人は、伊吹の小屋からの知らせを待っていたのだ。

しかし、壺谷又五郎の姿はなく、奥村弥五兵衛以下五人だけが到着したと聞いて、お江は、すべてを察知してしまった。

地下蔵へ下りて来た弥五兵衛が、

「お江どの。生きておられたか……」

「弥五兵衛どの……」

叫ぶように言い合って、二人は、ひしと抱き合い、声もなく泣いた。

「弥五兵衛どのは、又五郎どのと共に、戦忍びに出られたのか？」

ややあって、お江が尋ねると、

「いかにも」

弥五兵衛は、きっぱりとこたえた。

いまは、自分が十四名の草の者をひきいて、岐阜《ぎふ》から赤坂へ向かう徳川家康の行列を襲い、影武者を討ったことを語ってはならぬと、おもいきわめている弥五兵衛であった。

これを語ったなら、お江は、長良川《ながら》で家康を襲った自分の行動を責めずにはいられない。お江の襲撃については、佐助の口から太郎次の耳へ入り、太郎次が弥五兵衛のみへ伝えておいた。

それを聞いておいて、

（よかった……）

と、弥五兵衛は、いまにしておもう。

「お江どのも、長良川で、内府を討ち損ねたそうな。佐助から太郎次が聞き申した」

「あい。さし出たまねをしてしもうて……」

「何の。さすがに、お江どのじゃ。ようなされた」

「弥五どの。早う、傷の手当てを……」

お江は、たちあがった。

いまのお江は、それだけ、回復していたのだ。伏屋太平と三人の草の者も地下蔵へ下り、そこで、佐助と太郎次が傷の手当てをおこない、薬湯《やくとう》をのませた。

奥村弥五兵衛の手当ては、お江がした。

「弥五どの……」

「む……?」

「これなれば大丈夫。死にはせぬぞえ」

「さようか。かたじけない」

「これから、どうなることか……」

「うむ……」

「上田の大殿も、左衛門佐様も、敗け戦を背負い込んでしもうたことになる」

「そのことじゃ、お江どの」

「家康は、いま……?」

「佐和山を攻めているらしい」

「憎いやつのう」

「なれば、お江どの。われらも、これからが大事でござる」

「む……」

「何となれば、お江どの一人にても、あれほどまでに内府を追いつめたではないか」

「いま一息のところであった……」

「そこじゃ。これからも、われらのみにて、どのようにも闘えよう」

弥五兵衛も、自分の襲撃をおもい起こし、自信を得ている。

「ふむ、ふむ……」

「な、お江どの……」

「わかった。挫《くじ》けてはならぬな」

「そのとおりじゃ」

「それにしても……」

いいさして、弥五兵衛を見つめたお江の双眼は暗かった。

「む……？」

「又五郎どのは……」

弥五兵衛は顔をそむけて、両眼を閉じ、

「あきらめなされ」

と、いった。

お江の、こたえはない。そのかわりに、お江の手が薬湯を弥五兵衛にのませた。

弥五兵衛は、目を閉じたままである。

その閉じた両眼から、熱いものがふきこぼれてきた。

若い草の者の喘《あえ》ぎが高まりはじめて、

「これは、いかぬ」

と、五瀬の太郎次が呟《つぶや》いた。

地下蔵の中に、血の匂《にお》いがたちこめている。

「私は……私は、また、死ねなくなってしもうた……」

何ともいえぬ悲痛な声が、お江の口から洩《も》れた。

「死んだつもりで、生きて下され」

と、弥五兵衛がいった。

若い草の者の息が絶えたのは、このときである。

十七

この笠神の忍び小屋に生き残った真田家の草の者は、合わせて六名となった。

いま、息を引き取った一人をふくめ、関ヶ原の決戦に死んだ草の者たちは、二十名であった。このほかに、権左《ごんざ》が下久我《しもこが》の忍び宿を一人でまもっている。

「下久我と長曾根《ながそね》。それに、この笠神の忍び小屋だけは、さいわい、甲賀《こうが》の目にも耳にもふれてはおらぬ。これは、このまま、われらが手の内から放してはなるまい」

と、奥村弥五兵衛は、お江にいい、さらに、

「いざともなれば、上田の大殿と左衛門佐様を何処《どこ》ぞへおかくまい申さねばなるまい」

「いかにも、大坂方が敗けたとあれば……」

「いや、それは、まだ早うござる」

「え……？」

「大坂城が、まだ残ってござるわ」

「なるほど……」

「いま、一戦《ひといくさ》、ないとはいえますまい」

だが、お江は、ゆっくりとかぶりを振って、

「なれど、それはなあ……」

呟いたのち、沈黙してしまった。

お江は、もはや西軍の結集に望みをつないではいないらしい。

「その後の様子を、探ってまいりましょうか？」

と、向井佐助がいい出るや、

「ならぬ」

お江は、鋭く佐助を見やり、

「いまここで、焦《あせ》っても仕方がない。この上は一名も失ってはならぬ」

「そのとおりじゃ。ともかくも、われらの傷を、一日も早く癒さねばならぬ」

と、弥五兵衛。

夜が明けると、霧のような雨がけむりはじめた。

「佐助。この小屋のまわりを、一応、見まわってくれ」

弥五兵衛《やごべえ》にいわれて、すぐに佐助は外へ出て行った。

そのあとで、弥五兵衛が、

「もしも、このまま、徳川の天下になるとしたなら、上田の大殿や左衛門佐様は、いかがなろうか？」

「それは弥五どの……」

いいさして、お江は一瞬、絶句したが、

「おふたりともに、お命は助かるまい」

「ふうむ……」

「それは、われらも覚悟しておかねばなるまい」

「なれど、沼田の伊豆守《いずのかみ》様が、御助命を願い出られよう」

「家康にかえ？」

「さよう」

「願い出られても、むだであろう。聞き届けるような家康ではあるまい」

お江は、いささかも甘えた考えを抱いていない。

「そのように申されては、実《み》も蓋《ふた》もないと申すものだ」

と、弥五兵衛は突然、昂奮《こうふん》しはじめた。

奥村弥五兵衛は重傷を負い、気力も体力も衰えつくしているので、ついつい、自分の推測に望みを見いだしたくなってしまうのであろう。

「ま、弥五どの……」

半身を起こし、怒気を発して自分を睨《にら》み据《す》えている弥五兵衛の肩へ両手をかけ、

「さ、いまは眠ることじゃ」

「いや、かまわぬ。かもうて下さるな」

「怒られたのかえ?」

「なれど、あまりにも……」

「弥五どのともあろう人が……」

苦笑を浮かべた、お江が、

「壺谷又五郎どのが亡《な》き後、これよりは弥五兵衛どのが、われらのたよりじゃ」

「いや、まだ、わからぬ。何処ぞに生きておられるやも知れぬ」

激しい感情に揺さぶられて言いつのる弥五兵衛へ、お江は、この上、逆らわぬことにした。

どうやら、弥五兵衛が眠りはじめたのを見すましてから、お江は、五瀬《ごせ》の太郎次《たろうじ》を手招きし、

「こたびは、よう、はたらいてくれました」

「いえ、なに……七十をこえた老骨。おもうにまかせぬことばかりで……」

「いや、そうでない。いまから、そのようなことをいうては困る」

「何と申されます？」

「これよりは、私と共に、忍びのはたらきをしてもらわねばならぬ」

女忍びでありながら、お江の、この闘志に太郎次は瞠目《どうもく》した。

「この小屋で躰《からだ》をやすめたなら、京へ発《た》ってもらいたい」

「京へ……？」

太郎次は、いぶかしげに、

「京で、何をなされます？」

「私と共に住む家を設けておいてもらいたいのじゃ。その費用《ついえ》は、私の手許《てもと》にある」

五瀬の太郎次は、むかしから戦忍びをしたり、得物《えもの》を把《と》って敵と闘うこともなかった。太郎次の主な役目は、忍び宿をまもったり、探索をしたり、連絡《つなぎ》をおこなったりすることが多かった。

それだけに太郎次は、商人・百姓・旅僧など、さまざまな変装に長じているし、そ

れにふさわしい技能をも身につけている。

たとえば、旅絵師になったとすると、太郎次は、あざやかに絵筆をふるうこともできる。また、声音《こわね》も男女の十余種類をつかいわけられる。

「天下のなりゆきは、また新しく変わろうが、われらは真田の草の者として、どこまでもはたらかねばならぬ」

「さよう……」

「何事にも出遅れてはなるまい。いまのうちに、京の町へ、私は忍び宿を設けておきたいのじゃ」

「わかりまいた。明日、京へ向かいまする」

五瀬の太郎次の、皺《しわ》の深い顔に血の色がのぼってきた。

「たのみますぞ」

「はい」

「その前に、下久我へ立ち寄り、権左へ、こたびの始末を告げておいて下され」

「心得まいた」

下久我の忍び宿をまもっている権左は、もう八十に近い。

いまごろは下久我にいて、居ても立ってもいられぬほど、気をもんでいるにちがいない。

「一日も早く、上田の様子を見に行きたいが……まだ、この躰では、うごくこともならぬ」

声は落ちついていても、お江は、さすがに、もどかしげな表情を浮かべ、

「いまのところ、うごけるのは、太郎次と佐助のみじゃ」

「私が、上田の様子を……？」

「いや、それよりも京が先じゃ」

何を考えているのか、お江は、しきりに京都へ忍び宿を設けることに急《せ》いている。

せまい地下蔵《ぐら》の中で眠っている負傷者たちは、無意識のうちに呻《うめ》き声を発していた。

向井佐助がもどって来て、異状のないことを告げると、お江は、

「此処《ここ》は、まず大丈夫とおもうが、油断はならぬ。これより当分の間は、充分気をつけてもらわぬと……」

「はい」

「いまは、お前と太郎次のみが、たよりなのだから……」

「お江さま。傷薬を取り替えませぬと……」

「それよりも先に佐助。熱い粥《かゆ》を煮ておくれ。すこしずつでも腹におさめ、元気をつけねばならぬ」

処断

一

徳川家康《とくがわいえやす》は、佐和《さわ》山攻めの前に、石田三成《いしだみつなり》・宇喜多秀家《うきたひでいえ》・小西行長《こにしゆきなが》・島津義弘《しまづよしひろ》を捕らえた者は、百姓・町人を問わず、引き出物を賜った上に、

「近江《おうみ》の国の領内において、永代無役《むやく》の恩典をあたえる」

と、いう布令を発した。

また、生け捕りにできぬときは、首を討ってもよい。そのときは、金子《きんす》百枚をあたえようというのだ。

もしも、三成等を匿《かく》まったり、所在を知っていながら届け出ぬ者があれば、

「当人のみか、一類一在所にいたるまで、処罰する」

その旨《むね》を、諸方の村や町へ、ふれさせたのである。

関ヶ原を中心にして、伊吹《いぶき》山の麓《ふもと》の小道や、山道には、西軍の落武者の死体を其処《そこ》此処に見ることができた。

具足《ぐそく》も千切れ、刀や槍《やり》、兜《かぶと》、身につけた金子も、すべて奪い取られた死体なのだ。

それは、落武者を狙《ねら》う野伏《のぶせり》（賊）の仕わざばかりではない。

百姓も狩人《かりうど》も、

「このとき……」

とばかり、掠奪《りやくだつ》をはじめる。

ゆえに、石田三成等の探索には、東軍のみではなく、恩賞を目あての彼らも血眼《ちまなこ》になっているとみてよい。佐和山城が落ちた翌十九日に、徳川家康は、正法山の本陣を引き払って、草津へ入った。

小西行長が捕らえられたのは、この日のことであった。小西行長は、戦場から離脱する折に従っていた家来たちとも別れ、単身、伊吹の山麓《さんろく》を逃げ歩いた。

武装をした落武者が何人も一緒になって逃げたのでは、すぐに発見されてしまう。

血にまみれた武装を解き捨て、なるべく、目立たぬような姿になって、別れ別れに逃げるのが、もっともよい。

石田三成も、行長と同様で、ついには一人きりとなり、これも伊吹山麓に潜みつつあった。

島津部隊が退却する折に、なまじに伊吹山麓へ逃げ込み、散り散りとなるよりは、全隊が島津義弘を護《まも》って敵中突破を敢行したのも、老将の義弘が、行長や三成同様の逃避行となるのをおそれたからだ。

島津隊も、最後は数十名になってしまったが、それでも伊賀《いが》の山中で、賊の一隊に襲われたとき、この数十名が賊を追い散らし、島津義弘を無事に大坂へ到着せしめたのである。

小西行長は、山中をさまよい歩きつつ、

(何としても大坂城へ……)

と、焦《あせ》ったが、どうにもならぬ。

東軍の探索の目はきびしく、到底、街道筋へは出られぬし、また村里へ姿を見せても危ないわけだから、食を得るわけにもまいらぬ。行長は、疲労困憊《ひろうこんぱい》の極にあったといってよい。

そして、伊吹山の東方の山中に潜んでいるところを、村の庄屋に発見された。

あるいは、近くの山寺の僧が通りかかったのを、行長のほうから、

「そこなる人、待たれよ」

呼びとめたともいわれる。

ともかくも、行長を発見した者は、関《かか》わり合いたくなかったので、

「見ぬことにいたしますゆえ、何処へなりと落ちて行かれるがよい」

と、こたえた。

「いや、わしは小西摂津守《せっつのかみ》である」

行長が名乗ったのを聞いて、発見者（ここでは庄屋ということにしておこう）は、おどろき、いまは到底、逃れることはできぬゆえ、

「自害をなされては……」

と、すすめた。

すると行長は、

「自分は、キリシタンの信者である。キリシタンの法は自害をゆるさぬので、こころにまかせぬ。かくなってはいたしかたもない。どうか、関東方の本陣へ案内をしてもらえまいか」

あきらめきった顔色となり、しずかにいった。

そこで庄屋は行長の請《こ》いをいれ、家康の本陣を尋ねるつもりになったが、そこへ到着するまでに行長の身に危害が加えられることをおそれたらしい。

恩賞がついた小西行長の首なのである。

思案の結果、庄屋は自分の家へ行長をともない、粥などをあたえたのち、竹中重門《たけなかしげかど》の陣所へ、このむねを告げに走った。

すでにのべておいたが、竹中重門は、このあたりの領主であるから、地勢にくわしい。このため、竹中重門は、東軍の探索隊の指揮官として、関ヶ原の戦が終わるや、

すぐさま活動をはじめていたのだ。

こうして、小西行長は竹中重門に護送され、草津の本陣へ到着したのである。

徳川家康は、竹中丹後守《たんごのかみ》重門へ光忠《みつただ》の銘刀と共に、

「関ヶ原は丹後守の領地であるのに、これを戦場となし、荒らしてしもうたな」

こういって、米千石をあたえたという。

庄屋が恩賞を受けたことは、いうまでもあるまい。

小西行長は、堺《さかい》の薬種商・小西如清《じょせい》の子に生まれた。父の如清は堺の豪商でもあり、豊臣秀吉《とよとみひでよし》との関係もふかく、のちには政治的にもいろいろと活躍をしたようだ。

行長は、早くから宇喜多家に仕えていたらしいが、のちに父のすすめに従い、秀吉の家臣となり、石田三成と肩をならべて目ざましい躍進をとげ、朝鮮の役では、父・如清と共に渡海し、父子協力して講和調整にはたらいた。

また、石田三成と同様に、小西行長は家来たちへ慈愛をかけたので、朝鮮での小西部隊の勇戦は、そのまま今度の関ヶ原での奮戦にむすびついている。

行長が熱烈なキリスト教信者であることは、よく知られている。

教名をドン・オーギュスタン（またはドン・アグスチン）という。

西教史に、

「ドン・オーギュスタンは、日本におけるキリスト教の守護人にして、貴重依頼すべ

き者……」

と記されているように、日本でのキリスト教の伝道の上から、もっとも有力な存在であったといえよう。

豊臣秀吉の信頼も厚く、ついに肥後の国・宇土《うと》城主として二十四万石を領する大名となった。行長と石田三成との親交はさておき、戦将としての行長は、三成をはるかに凌《しの》いでいる。

決断力もあり、関ヶ原前夜の赤坂本陣の夜襲について、三成がおもい迷う姿を見て、

「治部《じぶ》殿は何から何まで、ぬかりなく運ぼうとする。それは結構であるが、戦はちがう。戦には魔性がある。この魔性に立ち向かい、戦機をのがさぬためには、書状をいじり、政令を案ずるようにはまいらぬ」

吐き捨てるようにいった、その言葉から推してみても行長の戦将としての資性が知れよう。

徳川家康は、護送されて来た小西行長に会うこともせず、これを草津の仮牢《かりろう》へ押し込めた。

いま、家康は多忙をきわめている。

それは関ヶ原戦に勝利をおさめた夜からだ。日本の諸国へ、家康は勝利の知らせを飛ばし、大坂入城を目ざして、つぎつぎに指令をあたえ、使者を発した。

大津へ入城するや、福島正則《まさのり》・池田輝政《てるまさ》・浅野幸長《よしなが》に、

「京都の治安をととのえるよう」

と、命じた。すでに天皇と朝廷へは戦勝を報じている。


この日。

笠神《かさがみ》の小屋を出発した五瀬の太郎次は、頭を剃《そ》りあげて旅僧の姿となり、京都へ向かった。


翌九月二十日。

徳川家康は近江の草津を発して、大津へ入城した。小西行長も同時に、大津へ護送されることになった。

家康が大津へ到着すると、勅使が待ちかまえていて、

「家康を慰労した」

と、ある。

天皇も朝廷も、徳川家康の実力を、みとめざるを得ないことになった。

家康が草津を発したときに、家康の老臣・本多忠勝《ほんだただかつ》は、娘聟《むすめむこ》の真田伊豆守信幸《さなだいずのかみのぶゆき》へ、

「急ぎ、上洛《じょうらく》なさるべし」

との急使を、上州・沼田城へ向けて出発させた。この使者は、五名である。

戦に勝ったのだし、五名もの使者を送ることもないのだが、忠勝は念には念を入れたのだ。これは真田信幸にとって、まことに重大なことだからである。

「戦陣へ駆けつけるつもりで急げ。一刻を争うぞ」

と、本多忠勝は、使者たちへ申しわたしている。

大津城へ入った徳川家康は、小西行長を捕らえたので、残る石田・宇喜多・島津の三将の探索を、

「なおもきびしくせよ」

佐和山に残っている田中吉政《よしまさ》へ、その指令をあたえている。

家康が草津を発《た》った後に、ようやく、中山道《なかせんどう》をのぼってきた徳川秀忠《ひでただ》の第二軍が草津へ到着した。秀忠は、やすむ間もなく、大津へ向かった。

しかし家康は、大津へ到着した息《そく》・秀忠に、

「目通りはかなわぬ」

と、つたえさせた。

決戦に間に合わなかった秀忠を、笑って迎えるわけにはまいらぬ。

二

ところで……。

徳川家康が大津滞陣中に、つぎのような事件が起こっている。

すでにのべておいたが、家康は、福島正則・池田輝政・浅野幸長へ、京都の治安をととのえるように命じた。

そこで福島正則は、嗣子《しし》の伯耆守正之《ほうきのかみまさゆき》へ一隊をあたえ、京都へおもむかしめた。

「何も、わざわざ、わしが出ていかずともよい」

このことであった。

関ヶ原に勝利をおさめてのち、福島正則は、

(どうも、おもしろうない……)

のである。

それというのも、関ヶ原の前と後では、自分に対する徳川家康の態度が一変してしまった。

関ヶ原の前までは、何事につけても、

「清洲《きよす》侍従《じじゅう》にはかれ」

とか、

「清洲侍従は何と申している?」

とか、いちいち正則の意向を尋ねもし、自分が江戸から西上する折、つぎつぎに先鋒《せんぽう》部隊へさしむけてよこした使者の書状にも、まず福島正則を第一に重んじていたも

のだ。

正則も、悪い気持ではなかった。

それゆえに、というわけではないが、清洲から岐阜《ぎふ》、岐阜から赤坂、関ヶ原と転戦するうちにも、福島正則は、みずから長槍を揮《ふる》って先頭に立ち、勇猛のはたらきを存分に見せてきている。

ところが、いま、徳川家康は人が変わったような尊大な態度で、正則を見ているようにおもわれる。

家康の侍医として、この戦役に従って来ている板坂卜斎《いたさかぼくさい》は、こういっている。

「……関ヶ原の戦が終わるまでは、内府公（家康）を主とは大名衆も存ぜられず、ただ、天下の御家老として敬っていたのである。天下の主は大坂におわす豊臣秀頼《ひでより》公のみと心得ていた。これは大名衆のみならず、諸人下々にいたるまでの常識というものであった」

ところが、いったん関ヶ原に勝利をおさめるや、徳川家康の言動の一つ一つが、

「これよりは、自分が天下を治める」

その含みを帯びてきたことが、だれの目にもあきらかであった。

福島正則は、

（はて……？）

どうにも、割り切れぬおもいがしてならぬ。

豊臣家のために、石田三成等の、

「謀叛《むほん》を取りしずめる……」

ことだからこそ、正則は家康に協力をした。

何も、家康を、

「天下人《てんがびと》にする……」

ために、戦ったのではない。

いかに家康から重んじられ、それをよろこんでいたとしても、正則にしてみれば、

「内府のために戦したのではない。秀頼公のために戦った……」

のである。

正則は、不安であった。

(まさかに、内府は、天下を取ろうなどと考えておられるのではあるまい)

そうはおもっても、威望にわかに加わった家康を見ていると、

(もしや……?)

その懸念《けねん》は、なかなかに消えぬ。

そうした大津滞陣中の一日、福島正則は、京都にいる嗣子・正之へ急用ができたので、使者を走らせた。

この使者が、馬を飛ばして三条大橋までやって来ると、

「洛中へ入ること、まかりならぬ」

三条大橋を警備している徳川家康の家臣・伊奈図書《いなずしょ》に押しとどめられた。

いかに、

「自分は、清洲侍従の使者でござる」

と、いい張っても、

「それは承知いたしたが、われらは主より何人《なんぴと》であろうとも、いまは洛中へ入れてはならぬと厳命を受けているので、通すわけにまいらぬ」

伊奈図書は、断固として、はねつけた。

そこでやむなく、正則の使者は大津へ馳《は》せもどり、このことを正則へ報告した。

使者の名を、佐久間嘉右衛門《さくまかえもん》という。

佐久間は、報告を終え、

「残念にござります」

と、引き下がって行ったが、使者として恥を受けたというので、ためらうことなく腹を切り、死んでしまった。

「おのれ！」

福島正則は、激怒した。

これまでの、自分に対する徳川家のへり下った態度を忘れたかのように、

「内府の家来が、自分の家来に恥辱をあたえ、腹を切らせてしまった……」

のである。

正則は、奮然として佐久間の首を抱えて、大津城内の家康の前へ出て行き、

「この始末を何とつけられる？」

と、せまった。

家康は苦い顔をしたが、

「こなたが悪い」

と、こたえた。

正則はすぐさま、

「かくなれば、伊奈図書へも切腹を申しつけられたい」

と、申し入れた。

佐久間が切腹したので、家康は事情を訊《き》くため、伊奈図書を大津へ呼びもどしていたのである。

伊奈は、

「自分は主人の命令を忠実にまもりぬいたまでであるから、腹を切る必要はない」

と、いう。

当然である。

家康も、非常に困惑した。

困惑をしたが、ついに、伊奈図書を捕らえて、首を切った。

やむを得ぬ。

いま、ここで、福島正則を怒らせてはまずい。

むかし、家康は、織田《おだ》信長《のぶなが》から、

「謀叛のうたがいがある」

と、きめつけられた長男の三郎信康《のぶやす》を、

「うたがいを、はらすために……」

切腹させている。

自分が愛し、もっとも、のぞみをかけていた若い長男に腹を切らせたのだ。

伊奈図書にしてみれば、納得ができぬ処刑であったろうが、徳川の家臣たちには、信康に腹を切らせた主人を知っていればこそ、主人の表にはあらわれぬ苦悩を察することができるわけである。

家康は、伊奈図書の首を福島正則へわたした。

これは、家康が正則に屈伏したことになる。

正則の怒りも、どうにかおさまったようだ。

正則は、

（この上、内府をつけあがらせておいてはならぬ）

と、おもい、釘《くぎ》を刺したつもりであったのやも知れぬ。

事件はくだらぬことであったが、関ヶ原戦直後の、家康と正則の姿勢が、よくわかる挿話《そうわ》ではないか。

三

石田三成が、女婿の福原長尭《ふくはらながたか》を残して守らせた大垣城《おおがき》も、すでに落ちた。

大垣城を攻撃したのは、徳川家康の臣・水野勝成《みずのかつしげ》（三河《みかわ》・刈屋城主）である。城内に内応する部将が出たので、三の丸・二の丸を東軍に攻め取られたが、福原長尭は本丸に立てこもり、頑強《がんきよう》に抵抗した。

これを、水野勝成がもてあましているときに、

「無益な血を流すな。諭して城を開かせるがよい」

と、家康がいってよこした。

そこで、水野勝成が、大垣城下の禅僧を本丸へさしむけ、開城の利害を説かせたという。

もとより福原長尭は、関ヶ原の敗戦を知っている。

この上の抵抗が無益なことは、いうまでもない。

「これまでのことよ」

決意をした福原が、

「自分は治部少輔《じぶしょうゆう》の縁者ゆえ、一命を助けられようともおもうてはおらぬ。なれど、身命を限りに、これまで戦うてくれた士卒の死を内府公がゆるされるなら、城を明け渡してもよい」

と、こたえた。

水野勝成は、これを受け入れた。

城を明けわたしたのち、福原長尭は剃髪《ていはつ》し、水野の家来たちに護送されて伊勢《いせ》の国の朝熊《あさま》山へおもむき、家康の処断を待った。これは、水野勝成のはからいによるものだ。

すぐさま、福原を捕らえて家康の本陣へ送りとどけるよりも、まず僧侶《そうりょ》にしてしまったほうが、

(内府公の御怒りも解けよう)

と、考えたのであろう。

しかし、徳川家康は、これをゆるさなかった。

水野勝成は大津本陣へ馬を飛ばして来て、大垣城攻防の折の福原長尭の見事な進退

を語り、

「いかにも、いさぎよき男でござります。何とぞ一命のみは……」

懸命に、福原長尭の赦免を請《こ》うたが、

「たとえ、法体《ほったい》になろうとも、福原を許すことはならぬ。ただちに切腹を申しつけよ」

家康は、断固としてゆるさぬ。

仕方もなく、水野が朝熊山へおもむき、

「残念でござる」

そういうと、福原は、

「内府公にしてみれば、当然のことでござろう」

悪びれることなく、切腹をした。

これが、九月の二十八日であった。

この日の前日に、徳川家康は大坂入城を果たしている。

小西行長も安国寺恵瓊《えけい》も捕らえられ、福原長尭の岳父・石田治部少輔三成も捕らえられていた。

石田三成が捕らえられたのは、九月二十一日であった。

三成もまた、小西行長と同様の経過をたどったといってよい。

戦場を離脱し、伊吹《いぶき》の山中へ逃走したときの三成には、数十名の家来たちが従っていたらしい。

それも山中の逃避行なので散り散りになったりして、最後には三名の近臣のみとなった。

だが、探索がきびしいので、

「一人一人に分かれて落ちるがよい。大坂で会おうぞ」

石田三成は、三名を説き伏せ、山中で別れ別れになった。

このあたりは、三成の出生の地・石田村にも近いのだが、山を下って里へ出ることは危険であった。

田中吉政《よしまさ》の探索は、水も洩《も》らさぬほどで、

(かくなれば、琵琶《びわ》湖の北岸へまわり抜け、比叡山《ひえいざん》を越えるよりほかに道はない)

そうおもいながら、三成は辛うじて近江《おうみ》の伊香《いか》郡・古橋の村の近くの山道へ出て来たが、ついに倒れた。石田三成は激しい下痢《げり》を病みつづけ、心身の衰弱が、この上の歩行をゆるさなくなった。

小西行長とはちがい、このあたりは自分の旧領だったところで地理にもくわしい三成であったが、どうしようもない。

現代のように、大小の道路が山中にひらけているわけではない。

したがって、人が歩む道、住み暮らす場所というのは決まっている。

山の中から、そっと下りて来て食物を買うなどということは、むろん、不可能な時代であって、人の目にふれたくないのなら、山中の奥深く、道もない場所へ潜むよりほかはない。

そうなれば、食物を得ることができぬ。

秋の近江の山中に、物も食べぬまま、着のみ着のままで寒気のきびしい夜をすごしていては、いかな男といえども、これは死を待つより仕方がないのだ。

伊吹山には、すでに雪が降りている。

ついに、たまりかねた石田三成は、山道を下って来て、古橋村の三珠院という寺へ保護をもとめた。

三珠院は、三成の母の菩提《ぼだい》寺といわれてい、住持の善説とも、かねて親密の間柄《あいだがら》であった。

善説は、夜中にあらわれた石田三成の、やつれ果てた姿に驚愕《きょうがく》したけれども、さすがに、これを拒まなかった。

ここで三成は、久しぶりで、人の眠る家に眠り、熱い薬湯《やくとう》と粥《かゆ》に躰《からだ》を暖めることができたのである。

だが、ここは人里なのだ。

古橋村は、琵琶湖の北岸の、むかしは豊臣秀吉が柴田《しばた》勝家《かついえ》と戦って勝利をおさめた賤《しず》ヶ岳《たけ》の東方一里余のところにある。

北近江の平野が山地へ吸い込まれて行く、その平野の突端の村里であった。

このような村里へ、他所《よそ》からの者が、たとえ一人でも入り込めば、かならず目につ
いてしまう。

善説和尚《おしょう》も、石田三成を隠し切れなくなってきた。

三成は、

「何としても……」

大坂へ行きたい。

(まだ、大坂城が残されているやも知れぬ……)

このことであった。

関ヶ原で、西軍のすべてが全滅したわけではないのだ。

そこで善説は、土地の百姓で与次郎太夫という老爺《ろうや》を密《ひそ》かにまねき、三成をかくまっていることを打ちあけるや、

「ようござります」

与次郎太夫が、三成の身柄を引き受けるといった。

そして、この老爺は、自分の家の近くの岩窟《がんくつ》に石田三成をかくまうことにした。

このときの三成は、百姓着を、おとろえつくした躰に着て、見る影もなかったろうが、

「何としても、家康を打ち倒さねばならぬ」

その一念に、ささえられていたといってよい。

石田三成は、徳川家康を倒し、おのれが、

「天下人になろう」

などとは、毛頭おもっていない。

家康の野望を、逸速《いちはや》く看破した三成は、

「家康を倒さねば、豊臣家が危うい」

と、断じ、決然として挙兵したのである。

このたびの敗戦が、三成自身の器量によるものだとしても、この初一念に変わりはない。

福島正則《まさのり》をはじめとして、豊臣恩顧の大名たちが、巧妙な徳川家康の駆け引きに籠《ろう》絡《らく》されてしまったのに、

(何という愚かな人びとなのか……)

三成にしてみれば、むしろ、呆《あき》れているほどなのだ。

(かの人びとには、何故、内府の心底がわからぬのか……)

であった。

三成は、与次郎太夫の好意によって岩窟へ隠れ、

（一日も早く……）

体力の回復を願ったが、この岩窟にも村人の目が光った。

三成《みつなり》をかくまった者のみか、その村の名主までも処罰されるというのだから、与次郎太夫ひとりが、かくまいきれるものではない。

石田三成もついに、

（この上、此処《ここ》にかくまわれていては、諸人に迷惑をかけることになる。これは自分の本意ではない）

と、決意するにいたった。

歩行も困難なほどに病みおとろえているだけに、

（とても逃げきれぬ）

おもいきわめたのであろう。

三成が下痢を病んだのは、山中を逃げているうち、空腹に堪えかね、稲穂などを口にした為《ため》だという。

三成が説得したので、やむなく与次郎太夫は、田中吉政の許《もと》へ通告した。

田中吉政は、すぐさま家臣をさしむけて、岩窟にいた石田三成を捕らえさせ、井ノ

口村へ護送せしめた。

井ノ口村は、古橋村の南方半里のところにある。

ここへ、田中吉政は出張《でば》って来て、無残に憔悴《しょうすい》した石田三成を見るや、たまりかねて顔をそむけた。

田中吉政は、はじめ、宮部継潤《みやべけいじゅん》（豊臣家の代官）に仕え、のちに関白《かんぱく》・豊臣秀次《ひでつぐ》の家来となった。

そのころから、石田三成と親しくなり、秀次亡《な》きのち、吉政が豊臣家の代官になれたのも、三成の推薦があったからこそだ。

石田三成は、吉政の恩人といってよい。

四

井ノ口村へ護送されて来た石田三成は、青竹に板を渡した即製の台のようなものに身を横たえ、これを田中吉政の兵が担《かつ》ぎ、山道を下って来たのである。

三成の手足は、いましめられてはいなかった。これは、護送隊を指揮していた吉政の家臣・野村伝左衛門という老巧の士《もの》が、独断で取りはからったのだ。野村が、主人の田中吉政と石田三成との親密な関係を、よく心得ていたからであろう。

また、以前に野村は、主人の使者として、何度も石田三成の許へつかわされること

があったので、

「おお、伝左か……」

岩窟に身を横たえていた治部少輔三成は、与次郎太夫に案内をされ、中へ入って来た野村へ、なつかしげに笑いかけ、

「この態《てい》じゃ、いましめずとも逃げはせぬ」

と、いったそうな。

野村伝左衛門は、

「あるじ兵部《ひょうぶ》大輔のいいつけにて、まかりこしました」

手短にいったのみで、あとは、ほとんど口をきかなかったが、三成へのあつかいには真情がこもり、まるで主人に仕えるがごとくであったという。

このように、野村が丁重にあつかって護送して来たことを、田中吉政は非常によろこんだ。

古橋の村外れの岩窟から井ノ口村まで運ばれる途中で、台上に坐《すわ》った石田三成が、騎乗で付き添っている野村伝左衛門へ、

「伝左……」

「は……」

「佐和《さわ》山は、いかがいたしたであろう?」

「落ちまいてござる」

「木工頭《もくのかみ》は……？」

「お腹をめされたと、聞きおよんでござる」

兄の石田木工頭正澄《まさずみ》が、本丸の炎上と共に自決したとあれば、父の正継《まさつぐ》も、自分の妻も、ことごとく、それにならったと看《み》てよい。

石田三成は、口辺に何ともいえぬ微《かす》かな笑いをただよわせ、

「ざっと、済んだわ」

ただ一言を洩らし、沈黙してしまった。

さて……。

井ノ口の村外れまで馬をすすめ、三成を迎えた田中吉政が、

「治部殿……」

よびかけて馬を寄せると、

「田兵《たひょう》か……」

石田三成は苦笑と共に、うなずいて見せ、

「勝ったのう」

と、いう。

「田兵」とは、田中兵部大輔を略してよぶ三成の口癖なのだ。

田中吉政は、

「いや、なに……」

いいさして、口ごもったが、

「治部殿も、諸将をひきいて内府公と勝負を争われたること、末代の聞こえと存ずる」

「大形《おおぎょう》に申すことよ」

「合戦の勝敗は、古今めずらしからぬことでござる」

「いかにも、な……」

「いまは、悔やむこともござるまい」

「うむ」

石田三成の、田中吉政へ対する態度は、いささかも臆《おく》したところがなく、以前のままの気やすげなもので、吉政もまた「田兵」と呼び捨てにされて、不快な色を浮かべてはいない。

「いまさらに申すまでもないが、わしは太閤《たいこう》殿下の重恩を受けたるものゆえ、御幼君(秀頼)の御ためをはかり、上杉《うえすぎ》、宇喜多《うきた》、毛利《もうり》の諸家と共に天下の安泰をはかろうといたしたが……関ヶ原の一戦に利を失のうてしもうた。まことに無念じゃ」

吉政は、こたえぬ。

黙々として付き添いながら、吉政は、

「なれど、かくなり果てたも、みな報恩のためとおもえば、さまでの後悔はいたしておらぬ」

と、いい終えた石田三成へ、顔を振り向けぬまま、うなずいたのである。

田中吉政は、すでに用意をしておいた、井ノ口村の百姓家へ、石田三成を収容した。

警護はきびしくしてあるが、依然、三成の身には縄《なわ》一筋かけようとはせぬ。

百姓家の奥の間に入った三成は、まだ付き添っている吉政へ、

「田兵。もそっと……」

手招きをした。

そして、近寄った田中吉政へ、腰の脇差《わきざし》を抜き取り、

「伝左が、これを取りあげなんだわ」

うれしげにいった。

吉政も、微かに笑った。

「さ、これを、受けてくれぬか。太閤殿下よりたまわった貞宗《さだむね》じゃ」

「ならば、そのまま、御身につけておらるるがよいと存ずる」

と、吉政がいったのは、一つの含みがあったからにちがいない。

田中吉政は、石田三成が自決するつもりなら、これを見逃す決意をかためていた。

もしも、これから徳川本陣へ連行されるとなれば、厳重に躰をいましめられるばかりではない。

西軍の総司令官であった三成が、奪《やつ》れ果てた身を縛され、東軍の諸将の勝ち誇った視線を浴びることになるのだ。

誇り高い三成にしてみれば、たまったものではあるまい。

その恥辱を見るよりは、

(自害なさるべきであろう)

と、田中吉政は、その方法についても、あれこれと胸に案じていたのである。

すると、三成を迎えにやった野村伝左衛門は、三成が腰に帯びた貞宗の脇差を黙認した。

それと見ての吉政は、

(ちょうど、よい)

この井ノ口の百姓家で、石田三成が自害するに必要な刃《やいば》を見て見ぬふりをするつもりであった。しかし三成は、その刃を自分にあたえるという。

「いや、それは、どこまでも御身から手ばなしてはなりますまい」

この言葉に、吉政は意味をこめたつもりであった。

三成は、すぐに吉政の意中を察したらしい。

「わしは、自害などせぬつもりじゃ」

と、いいはなち、

「田兵。これは、わしの形見じゃ。こころよく受けてくれ」

「なれど……」

「あれほどに親密のまじわりをむすんだこともあるわれらではないか。受けてくれれば、うれしくおもう」

ここまでいわれて、吉政も受けぬわけにはまいらぬ。

「では、かたじけなく……」

「受けてくれるか」

「いかにも……」

貞宗の脇差は、三成の手から吉政の手へわたった。

この夜。

田中吉政は、粥《かゆ》や薬湯《やくとう》をすすめたりして、三成をねんごろにあつかっている。本陣へ引き渡す束《つか》の間《ま》に、吉政は、でき得るかぎりのことをしてやりたいとおもったのである。

はじめ三成は、

「いまさら薬湯をのんでも、いたし方もない」

と、拒んだが、

「生くるにせよ、死ぬるにせよ、わが身のちからを養うておかねば、こころにまかせますまい」

田中吉政が説得するや、

「なるほど」

素直になって、三成は粥を食べ、薬湯をのんだ。

九月二十二日。

田中吉政は、石田三成の体力が、いくぶん回復したのを見とどけたので、いよいよ、大津の徳川本陣へ護送することにした。

できることなら、

「あと十日も、此処に、とどめておきたい」

吉政は、野村伝左衛門に、そう洩《も》らしたそうな。

が、三成を捕らえたことは、本陣へ報告しなければならぬ。

三成護送に先立ち、田中吉政は野村伝左衛門へ、

「治部少輔《じぶしょうゆう》を捕らえたること、御本陣へ知らせ申すべし」

と、命じ、先発せしめた。

馬に鞭《むち》打って大津へ到着した野村から、三成捕縛の知らせを受けた徳川家康《いえやす》は、

「兵部大輔がでかしたことよ」

さすがに、喜色を隠しきれなかった。

野村伝左衛門は馬で馳《は》せつけたので、二十二日のうちに大津へ到着をしたが、石田三成が護送されて本陣へ着いたのは二十三日の昼すぎであった。

五

大津の徳川本陣へ護送された石田三成と、これを迎えた東軍諸将との間には、いろいろな挿話《そうわ》が残されている。

大津へ到着した折、三成は本陣の前に躰《からだ》をいましめられたまま、見せしめのため、晒《さら》し者にされ、通りかかった福島正則《まさのり》が憎にくしげに、

「天下を騒がせた極悪人！」

と、罵《ののし》ったところ、三成は屈せず、

「太閤殿下の大恩を忘れたおのれこそ、獣同様。獣ならば這《は》って歩け」

などと、やり返したとか、また、西軍を裏切った小早川秀秋《ひであき》が通りかかった折に、

石田三成は、

「中納言《ちゆうなごん》、待て！」

よびとめて、奮然と罵りはじめ、痰《たん》を秀秋の顔へ吐きつけたなどともいわれている。

だが、真偽のほどはわからぬ。

この小説では、護送されて来た石田三成を迎え、徳川家康は決戦に敗れた敵将をねんごろにあつかったものとしたい。

ただし家康は、三成の前に姿をあらわさぬ。

そのかわりに徳川家康は、本多正純《まさずみ》をもって、三成を取り調べさせることにした。

本多正純は、家康が「わが友」とよぶほどの老臣・本多佐渡守正信《さどのかみまさのぶ》の長男である。父の関係で、若いころから家康の側近として仕え、その才幹を重んじられてきた本多正純は、このとき三十六歳。

家康から三成の身柄《みがら》をまかせられただけに、本多正純は相当に気負っていた。

三成の取り調べが始まったのは、夜に入ってからだが、この間、徳川家康は石田三成へ医薬と小袖《こそで》・袴《はかま》をあたえ、髪をととのえさせている。

本多正純の前へ引き出された石田三成は、いかにも落ちつきはらってい、正純を見やる眼《め》に、

(かような若者に、何がわかろう)

とでもいいたげな色が、あきらかに浮かんでいた。

正純は、かっとなった。

「そのほうは、このたび、無益な兵乱を引き起こし、天下を騒がせたるは何として

ぞ」

三成は、薄笑いを口辺にただよわせたまま、こたえようともせぬ。

本多正純の面上へ、見る見る血がのぼってきた。

「いまだ幼き秀頼《ひでより》公の御為《おんため》に、大老・奉行相《ぶぎょうあい》はかって天下を穏やかに治むる大事を忘れめされたか」

すると、切り返すように石田三成が、

「忘れねばこそ兵を挙げたのではないか。それを知らぬ内府でもあるまい」

と、いってのけた。

そらぞらしい取り調べなどは、

「笑止のいたりである」

とでも言いたげな三成であった。

一瞬、沈黙した本多正純へ、三成が切りつけるように、

「そのほうは陪臣ゆえ……」

昂然《こうぜん》と、いいはなった。

陪臣とは、

「家来の家来……」

という意味である。

すなわち、徳川家康は豊臣《とよとみ》秀頼の家臣であり、本多正純は家康の家臣ゆえ、三成から見れば陪臣というわけなのだ。

「そのほうは陪臣ゆえ、井の中の蛙《かわず》も同様、大海を知らぬ身にて天下の安危がわかろうものか。この治部少輔が為《な》したる武略は、そのほうなどの知るところではない」

鋭くきめつける石田三成を見ていると、どちらが敗軍の将なのかわからぬといってよい。いったんは充血した本多正純の顔から、今度は血が引いて行った。

蒼《あお》ざめて、こちらを睨《にら》み据《す》えている正純を見た三成が、

「なれど……」

と、穏やかな口調に変わり、

「なれど、大老・奉行をはじめ、諸将を味方に引き入れたのは、この治部少輔である。人びとがいずれもためらっていたのを、それがしが勧め、説き伏せて兵を挙げたのじゃ。ゆえに、糺明《きゆうめい》される者は、それがし一人じゃ。関東が首尾よく勝ちをおさめたるいま、わが味方の人びとへ罪をあたえるは無益。首を刎《は》ねらるるは、この治部少輔一人でよしと、内府へおつたえあれ」

「はて、いぶかしいことを申される」

と、本多正純は反撃に転じようとした。

「いまの言葉によれば、そのほうの無謀なる計略をもって諸将をたぶらかし、このよ

うな大事を引き起こしたことになり申そう」

　石田三成は、あわれむかのように正純を見て、

「勝手ほうだいを申されることよ」

「何といわれる」

「このようなまねを、繰り返したところでむだなことじゃ。勝ちたるものは好き勝手に敗者をあつかうものよ。いまさらに、何を申してもはじまるまい」

「相変わらず、弁舌の達者なことではある」

　と、正純は、はじめて冷笑を三成へ投げた。

「人の心をもわきまえず、卒爾《そつじ》に兵を挙げ、ついには味方の裏切りにもあい、その上、関ヶ原に討死《うちじに》した人びとを置き去りにして、おめおめと生き長らえ、生け捕りにまでなられたのも、そのほうの謀《はか》り事であるか」

「はて、さて……」

　石田三成が深い嘆息を洩らした。

　そして、半ば正純を戯弄《ぎろう》するかのように、

「われが、これまで生きてあるは、死したる後に、冥土《めいど》の太閤殿下へ、こたびの戦の始末を物語らむためじゃ。そのほうが、いま申したる言葉も、すべて申しあげることにしよう」

と、いったものである。

本多正純の満面へ、またも血がのぼってきた。そして、今度は激烈な声を押さえようともせず、正純は三成を詰《なじ》りはじめたけれども、三成は二度と口をひらこうとはしなかった。

この夜から、石田三成の処遇が一変した。

本多正純は、三成の護衛をも家康からまかせられていたのだから、正純の激怒が三成への待遇にあらわれたのも当然であったろう。

大津の仮牢《かりろう》へ押し込められた石田三成は後ろ手へ錠がついた手枷《てかせ》が嵌《は》められ、寝具もあたえられなかったといわれているし、一説には首枷まで嵌められ、身うごきもできなかったともいう。

この仮牢において、石田三成は、先に捕らえられていた小西行長と再会をした。

そして、三成が大津へ護送されて来た同じ日に、京都に潜み隠れていた安国寺恵瓊《えけい》が捕らえられている。

三成が仮牢へ押し込められたころ、徳川家康は老臣たちの口ぞえによって怒りを解き、息《そく》・秀忠《ひでただ》へ目通りをゆるした。

家康は、依然、大津の本陣へとどまり、大坂入城のための工作を指揮しつつあった。

大坂入城については、あくまでも流血や騒乱を見ぬことにしたいというのが、徳川家康の考えである。

もしも、ちからずくで、豊臣秀頼がいる大坂城を攻めるようなことになれば、残存する豊臣派の大名たちも黙ってはいまい。

それは、取りも直さず、

「徳川が豊臣を攻める……」

ことになるからであって、そうなると家康の、

「豊臣家の大老として、関ヶ原に戦い、天下の謀叛人《むほんにん》を成敗した」

という名目《みようもく》が失われることになる。

また、大坂で戦《いくさ》が始まるようなことになれば、それこそ、執念をもって生き残り、捕らえられている石田三成や小西行長の、

「微《かす》かな希望《のぞみ》……」

が、実ってしまうわけだ。

家康の指令を受けた福島正則と黒田長政《ながまさ》は、引きつづき大坂城をまもる大老・毛利輝元《てるもと》へ、家康の大坂入城についての交渉を押しすすめているが、ついに二十二日になり、

「毛利家の領土が安泰であるならば、大坂城・西の丸を内府へ引き渡すであろう。ただし、向後、われらに対して表裏別心なきことを誓っていただきたい」

と、毛利輝元が、井伊直政《いいなおまさ》・本多忠勝《ただかつ》・福島正則・黒田長政へ申し入れて来た。

これに対して四人は、

「われらが差し出した誓紙《せいし》に嘘《うそ》いつわりはござらぬ。安芸《あき》中納言殿（輝元）に対し、内府公は、いささかも異心を抱いてはおられぬ。このことを、われら四人が誓い申す」

と、起請文《きしょうもん》を毛利輝元へ送った。

これを見て、輝元は安心をしたようだ。

おもえば甘い。甘すぎる。

六

大老・毛利輝元が、大坂城・西の丸を出て、木津《きづ》の毛利屋敷へ引き移ったときも、

「内府公、直《じ》き直きの……」

保証がないかぎり、みだりに大坂城を東軍の手にゆだねてはならぬと、養子の毛利秀元《ひでもと》は反対をした。

しかし、毛利輝元は、

（井伊・本多・福島・黒田・藤堂などの内意を受けた諸将が何度も誓約してくれているのに、この上、なおも疑心を抱いていては、むしろ内府の怒りを買うことになりは

すまいか……）

これを、おそれた。

そして、ついに、徳川家康は戦わずして大坂入城を果たした。

ときに、九月二十七日の午後である。

これより先、家康の行列が草津まで来たとき、京都から勅使が下向して来るのに出会った。

勅使は、

「このたび、天下の兵乱が起こったについて、天皇は、いたく心を痛めておられましたところ、内府が上方の乱を治めるため、関東の強敵を捨てて西上され、たちまちに雌雄を決せられたことは、まことに古今稀《まれ》なる大功である。この上は、いよいよ、日の本の国土が豊かなるよう、はげまれたいとの御沙汰《さた》であります」

との綸言《りんげん》を、家康につたえた。

これに対し、家康は、

「豊臣秀頼、いまだ幼少なれば、逆臣、天下の乱を起こすとも、味方の諸将戦功をはげみ、兇徒《きょうと》を退けたる上は、四海波おだやかならんこと、うたがいあるべからず。このよし、奏聞《そうもん》なし下されるべし」

と、こたえている。

これがもし、西軍が勝利を得ていたとすれば、この勅使は石田治部少輔《じぶしようゆう》三成に対してさしむけられたろう。

そして、三成もまた、家康同様のこたえを勅使へあたえたにちがいない。

さらに家康は、大坂城の豊臣秀頼と淀《よど》の方へ向けて使者を送り、

「このたびの兵乱について、秀頼公にも淀の御方にも、何ら責任《せめ》はありませぬ」

と、つたえさせた。

このときの淀の方のよろこびと安堵《あんど》は、非常なものであったという。

徳川家康は大坂へ入城するや、西の丸へ入り、息・秀忠を二の丸へ置き、西軍諸将の大坂屋敷を、

「焼き払うべし」

と、命を下した。

つぎに、家康は毛利輝元へ対して、

「島津義弘《よしひろ》が薩摩《さつま》へ逃げ帰ったので、これを征伐いたしたい。そのため、徳川秀忠を広島までさしむけるゆえ、沿道の諸城へ警備の兵を入れおかれよ」

と、申し入れた。

家康自身の口からではない。

井伊直政をもって、通告させた。

それぱかりではない。

毛利家の家老たちは、それぞれわが子を人質として出すように、とか、毛利輝元夫人を大坂屋敷へ移されたいとか、毛利輝元自身は、

「薩摩攻めの先陣をつとめられたい」

などと、一方的な要求をつきつけたものである。

毛利輝元は、困惑するばかりであった。

(しまった……)

と、おもったかどうか知らぬが、すでに家康は大坂城へ入ってしまっている。

これでは一戦を交えることも、交渉を有利にみちびくこともならぬ。

戦うつもりなら、領国へ帰って城へ立てこもるよりほかに道はない。

だが、いまは家康と共に入って来た東軍の精鋭が大坂に充満しているのだ。

大坂を脱出することもできなくなってしまった。

「手も足も出ぬ……」

といったかたちの毛利輝元を見た上で、十月へ入るや、徳川家康は、井伊直政を通じ、つぎのように、毛利輝元へ通告させた。

これは、家康自身の言葉としてではない。

井伊や、福島正則や黒田長政から毛利輝元へ申し入れた形式をとったのである。

すなわち、

「われわれは、毛利家の安泰について、ずいぶんと骨を折ったけれども、輝元公は大坂へ入られてより、五奉行に加担して、諸方への廻状へ判を押されたり、いろいろと兇徒どもへ加勢なされていることがわかったので、もはや、どうしようもない」

と、いうのだ。

そのようなことは、最初からわかっている。

わかっているにもかかわらず、これまでは一言も口に出さず、

「毛利家の領国は、以前のままに安堵する」

この条件をもって、関ヶ原の毛利軍を内応せしめ、さらに大坂城から、

「悪いようにはいたさぬ」

と、毛利輝元を退去させてしまった後に、

「もはや、領国を以前のままにとはまいらなくなった。なれど、そこもとの実直なることは、われらもよくわきまえているゆえ、内府公へ申しあげ、一、二カ国は賜れるよう、このことは、必ず請《う》けあい申そう」

このように申しわたされたとき、独断で、内応工作に踏み切った毛利家の老臣・吉《きっ》川広家《かわひろいえ》が、およそどのように苦悶《くもん》したか、知れよう。

こうして、毛利輝元は、安芸の国のほか数カ国を合わせて約百二十万石の領国を、

周防《すおう》・長門《ながと》の二カ国で三十六万九千石に減らされてしまった。

やがて……。

毛利家の本拠であった安芸の国・広島の新しい城主となるのは、福島正則である。

正則は、尾張《おわり》の清洲《きよす》二十四万石から、安芸一国と備後《びんご》（共に広島県）を合わせて四十九万八千石をあたえられる。

関ヶ原前後の、福島正則の活躍を見れば当然の恩賞であったろうが、正則はそのときに、悲運の第一歩を踏み出したといってよい。

「それにしても……」

と、後になって、真田《さなだ》安房守《あわのかみ》昌幸《まさゆき》が呆《あき》れ顔に、こう洩《も》らした。

「豊臣家の大老として、内府と肩をならべたほどの中納言（毛利輝元）が、あまりにもなさけない。なさけないといわんよりも他愛《たわい》もない。赤子の腕をねじるほうが、まだしもむずかしいわえ」

その毛利家が、二百六十余年後に明治維新の主動力となり、徳川将軍と幕府を打ち倒すことになろうとは、さすがの徳川家康も予測してはいなかった。

七

毛利輝元が、最後通牒《つうちょう》を突きつけられた前日の、慶長五年十月一日に、石田治部少輔三成と小西行長《ゆきなが》・安国寺恵瓊《えけい》が処刑された。

その前夜。

上州の沼田城に在った真田伊豆守信幸《いずのかみのぶゆき》は、妻の小松《こまつ》の実父・本多忠勝がさしむけた急使によって、忠勝の密書を受け、これを読み終えるや、

「急ぎ、大坂へ向かうぞ」

すぐさま、三十余名の騎士を供にえらび、翌日の早朝、沼田を出発している。

この日、慶長五年十月一日。

石田・小西・安国寺の三虜囚は、すでに大坂へ送られ、大坂・堺《さかい》の両市中を引き廻《まわ》しにされた後、京都所司代をつとめている奥平信昌《おくだいらのぶまさ》へ、引き渡されていた。

いかに、

「天下への、見せしめのため……」

とはいいながら、上体を厳しく縛され、頸《くび》に鉄造りの枷をはめられた敗残の三将が馬に乗せられ、大坂と堺の市中を引き廻されるというのは、何とも、酷《むご》い。

市中の人びとは、石田三成《みつなり》のかつての威勢を知らぬものとてない。

また、堺の富商の家に生まれた小西行長は、裸馬に乗せられて堺の町筋を引き廻されつつ、群がりあつまった見物の人びとの中に、旧知の人の顔を見いだすや、

「む……」

うなずいて見せて、微笑を送った。

すると、相手は、いずれも顔をそむけてしまう。

行長の末路を見るに堪えぬということもあったろうが、いまは逆賊の汚名を着せられた行長へ、こたえ返すことの危険さをおもうからであろう。

これは石田三成とて、同様であった。

小西行長は、いかにもキリスト教徒らしく、物しずかに落ちついていたが、石田三成は、太閤《たいこう》・豊臣秀吉の側近として活躍していたころの傲然《ごうぜん》とした態《さま》をそのままに上体をのばし、胸を反《そ》らせ、いささかもたじろがぬ。

安国寺恵瓊は、蒼白《そうはく》の面《おもて》をうつ向けたままだ。

市中の、主要な町辻《つじ》へ来ると、そこで、引き廻しの足をとどめ、護送の士《もの》が三人の罪状を高声に読みあげる。

たまったものではなかったろうとおもうが石田三成は、

「敗将の常である」

といって、すこしも恥とはおもわぬ。

さて……。

十月一日の、三人の処刑の朝が来た。

この朝、徳川家康は、

「見苦しい身なりでは……」

と、三人に時服を送ってよこした。

「さようか……」

小西行長は、こだわらずに、

「かたじけない」

礼をのべて、時服を着用し、安国寺恵瓊も、これにならったが、石田三成は眼《め》の前に置かれた時服を見向きもせず、

「この小袖《こそで》は、いずれよりまいったものか？」

と、奥平家の士に問うた。

「上様より、たまわりしものでござる」

「上様……？」

「さよう」

この場合〔上様〕とは、天下人《てんがびと》をさす。

三成は、深いためいきを吐き、

「さてさて、上様は、すでにこの世におわさぬに、そもそも、たれが上様なるぞ」

と、いいはなった。

この年の十月一日は、現代の十一月六日に相当する。

冷え冷えと曇った京の空の下を、堀川出水《でみず》の所司代屋敷を出た処刑の行列は、六条河原の刑場へ向かった。

このときに、挿話《そうわ》が残っている。

牛の背に乗せられた石田三成が、刑場へ向かう途中で、

「湯を所望じゃ」

と言い出たので、護送の士が近くの百姓家へ駆けて行き、そこの老婆《ろうば》に湯の仕度を命じた。

老婆は、湯と共に烏柿《からすがき》を盆に乗せてあらわれ、三成の牛の下まで来て、

「おいたわしや」

こういって盆を差し出すと、石田三成は、うれしげな微笑をはじめて浮かべ、

「かたじけない」

ゆっくりと湯をのみ終えてから、老婆へ、

「せっかくながら、柿は食えぬ。腹を病んでいるゆえ」

やさしく言い、軽く頭を下げた。

六条河原の刑場へ到着し、三人が牛の背から引き下ろされたとき、小西行長が三成のとなりへ立ったので、

「治部殿よ」

声をかけた。

「何でござる？」

「先刻、あの老婆に、腹を病んでいるゆえ、柿を食べられぬと申されたが……」

「いかにも」

「なれど、われらは、これより首を斬《き》らるる身じゃ。養生をせずともよいに……」

するとに石田三成は、いかにも不審そうに行長を見やって、

「これは、摂津《せっつ》殿ともおもわれぬ」

「何と……？」

「心得ぬことじゃ。われらは首を打ち落とされるまで、望みを失うてはならぬはずではないか。それまでは何が起こるや知れたものではない。ゆえに、わが身の養生を心がけたまで」

救いの手が、断首の寸前に差しのべられぬとは言いきれぬ、と、三成は考えていたのか……。

その執念には、小西行長も一瞬、絶句したが、ややあって何かいいかけようとしたとき、

「こなたへござれ」

護送の士が、二人を引きはなしてしまった。

三人の処刑がおこなわれようとするとき、急に、灰色の空から霰《あられ》が迸《たばし》ってきて、処刑の光景が、さらに凄惨《せいさん》なものとなった。

刑場のまわりの警備は物々しく、厳しかったが、これを遠巻きにした群衆は息をのんで目を凝らしている。

その中に、鈴木右近忠重《すずきうこんただしげ》がいた。

鈴木右近は、この朝早く、伏見《ふしみ》の真田屋敷を出て刑場へ来たのである。

伏見の真田屋敷には、すでにのべたように、上田の本家と沼田の分家が、それぞれに留守居役を置いてあった。

今度の戦争のはじめは、伏見城が西軍の手に落ちた時点から、真田屋敷は西軍の監視下におかれた。

このときは、本家の留守居役・池田綱重《いけだつなしげ》が分家の人びとを庇《かば》い、関ヶ原戦後は分家の留守居役・鈴木右近が、すぐさま池田綱重へ、

「上田へ、急ぎ、おもどりなされ」

と、いったものだ。

「かまわぬのか?」

「かまい申さぬ」

このとき、徳川家康の本陣は大津からうごいていない。

東軍も、まだ、伏見城下を管理下に置いていなかった。

この隙《すき》に、

「一時も早く脱《ぬ》け出《い》でて、上田へおもどりなされ」

と、鈴木右近がすすめたのだ。

右近以下、分家の士は、主《あるじ》の真田伊豆守信幸が東軍へ参加したことゆえ、伏見屋敷に落ちついていればよい。

「なれど、後に、お咎《とが》めを受けては相なるまい」

「何の……」

事もなげに鈴木右近は、

「さような、むずかしいことにもなりますまい。それがしにおまかせ下され」

「では、お言葉にあまえさせていただこう」

上田にいる真田昌幸・幸村父子《ゆきむらおやこ》のことを想《おも》えば、池田綱重も、

「居ても立ってもいられぬ……」

心境であったろう。

右近が、そこまで肚《はら》を据《す》えていてくれるなら、ここは、右近のすすめに従おうと決心をした。

もしも後日、徳川家康なり真田信幸なりから咎めを受けたときは、

(鈴木右近忠重は、腹を切るつもりに相違ない)

そうわかっていながら、池田綱重は、右近のすすめをはねつけることができなかった。

その夜、長門守綱重は本家の士たちと共に伏見屋敷を脱け出し、上田へ急行したのである。

後になって、徳川家康からの咎めも別になかったし、真田信幸は、このことを知っても、右近へ何もいわなかったようだ。

いま、石田三成らの処刑を遠くから見まもりつつ、塗り笠《がさ》の内で、鈴木右近は微《かす》かに念仏を唱えている。

右近の脳裡《のうり》には、上田の真田父子の面影《おもかげ》が浮かび、

(これより先、大殿と左衛門佐《さえもんのすけ》様の御身の上は、どのようになることか……)

それのみが、こころがかりであった。

むろん、処罰はまぬがれまい。

あるいは、

(いさぎよく、大殿も左衛門佐様も腹をめされたやも……?)

知れぬのである。

長男の伊豆守信幸は、真田の分家として、これは当初から徳川家康への忠誠をつら

ぬき通した。

これは家康も、高く評価せぬわけにはまいるまい。

となれば、真田昌幸・幸村父子の死罪だけは、

（まぬがれるやも知れぬ）

と、右近は考えていた。

しかし、流罪になるか、どこかの大名へ預けられて謹慎をさせられるか、それほどの処断は、

（まぬがれぬこと……）

と、おもわねばなるまい。

石田治部少輔《じぶしょうゆう》三成の首が打ち落とされたとき、見物の群衆のためいきが一つのどよめきとなって六条の河原にたちこめた。

ついで小西行長が引き出されると、ふたたび沈黙にもどる。

行長の首が落ちると、また、何ともいえぬどよめきが起こった。

天下は豊臣家のものと、いまも思いこんでいる京都市民だけに、三人の処刑への同情は、あらわすまいとしてもあらわれてしまうらしい。

安国寺恵瓊《えけい》が引き出されたとき、期せずして群衆の中から念仏の声が起こった。

その声は、しだいにひろがり、恵瓊の首が落ちたとき、押し寄せる波濤《はとう》のように高

まった。

三人の首は、この日のうちに三条の大橋へ晒《さら》され、それぞれに文言《もんごん》を付した立て札が添えられた。

石田三成の立て札には、

「此者《このもの》、謀叛《むほん》を起こし、京・田舎の人をなやますによって、かくのごとく、おこなうものなり」

とあり、小西行長へは、

「此者、謀叛にくみする科《とが》によって、かくのごとく申しつくるものなり」

そして安国寺恵瓊には、

「此僧、謀叛にくみする科によって、かくのごとく申しつくるものなり」

であった。

この立て札の前にも、鈴木右近は姿をあらわし、笠の内で念仏を唱えた。

八

ところで……。

会津の上杉景勝《うえすぎかげかつ》は、どうしたろうか。

関ヶ原の決戦が終わってのちも、東北の戦線では、依然、戦闘がつづけられていた。

徳川家康《いえやす》の次男で、下総《しもうさ》の結城《ゆうき》家へ養子に入った結城秀康《ひでやす》がひきいる二万と、伊達《だて》政宗《まさむね》（奥州・岩出山城主六十一万四千石）や最上義光《もがみよしあき》（出羽・山形城主二十四万石）などの東軍諸将は、上杉軍と戦っていたのである。

関ヶ原の勝報が、伊達政宗の許《もと》へ届いたのは、九月の晦日《みそか》であった。

上杉景勝の許へ、西軍の敗報が届いたのも、同じころとみてよい。

それでもなお、戦闘は継続していたが、十月の下旬になり、毛利輝元《てるもと》などへ処断が下されたことを知った上杉景勝は、

「もはや、これまで」

として、老臣・本庄繁長《ほんじょうしげなが》を徳川家康の許へつかわし、謝罪させることにした。

景勝は、伏見屋敷の留守居役をつとめている千坂景親《ちさかかげちか》からの情報を手にして、決意をかためたものであろう。

上杉景勝の謀臣で、石田三成と気脈を通じ、このたびの西軍挙兵の原動力ともなった直江山城守兼続《なおえやましろのかみかねつぐ》は、開戦当初、会津へ出陣して来た徳川家康が、石田三成の挙兵を知るや、たちまちに反転して西上したとき、

「家康を追って打ち破るべし」

と、主張したそうな。

だが、上杉景勝は、軽々しく追撃することを制止している。

そのようなことをして、背後から伊達や最上の東北諸将が、上杉領内へ侵略して来ることをおそれたというが、それぱかりではあるまい。

このあたりの、上杉景勝の心境には、なかなか複雑なものがあったようである。景勝は、そのころから直江兼続と呼吸が合わぬようになってきていたらしい。

直江兼続も石田三成も、俗な言葉でいうなら、

「一《いち》か八《ばち》か……」

の激烈な闘志に揺りうごかされてい、大局を看《み》ることができなかった。

筆者は、世上にもてはやされるほどに、直江山城守兼続を買っていない。

徳川家康は、十月に入るや、伊達政宗へ急使をさしむけ、

「明春、みずから会津へ下って、上杉を征討する」

むねを告げている。

このように硬化していた家康のこころをやわらげるまでには、上杉家の工作の苦心は非常なものがあったろう。

上杉景勝は、ついに、結城秀康をたのみ、これが効果をあらわし、翌慶長六年の夏になって、

「では、ともあれ、伏見までまいるがよい」

との家康の言葉を得た。

そこで景勝は直江兼続を従え、伏見城へおもむき、家康に謁《えつ》して謝罪をした。

その結果、上杉景勝は、百二十万石を四分の一に削り取られ、出羽の国・米沢《よねざわ》三十万石へ移されることになる。

さて……。

九州の西軍諸将は、どうしたろうか。

九州では、加藤清正《かとうきよまさ》（肥後・熊本《くまもと》城主二十五万石）が、出征している小西行長の宇土《うと》城を落とした後、敗戦後、筑後《ちくご》の柳川《やながわ》城へ帰還した立花宗茂《たちばなむねしげ》を説得して、柳川を開城せしめた。

徳川家康は、西軍の将ではあるが立花宗茂の表裏のない行動に好感をもち、また、加藤清正の進言もあって、一時は領国を没収したが、三年後には奥州の棚倉《たなくら》一万石をあたえている。

しかも、家康亡《な》きのちの元和《げんな》六年に、立花宗茂は旧領国の筑後・柳川城主として、

「返り咲いた……」

のである。

立花宗茂のように、たとえ敵方へ与《くみ》した大名であっても、だれの目にも清廉《せいれん》な言動に終始した人物は、敗北の後も、ふたたび世に出ることが多い。

このような人物なら、

「味方にしても安心……」

であるからだ。

それに引きかえ、裏切り行為によって、いったんは戦功を得たものは、しばらくすると、その大半が非運に見舞われることになる。

「味方にしても、いつ、裏切られるか知れたものではない」

からであろう。

これは家康のみならず、秀吉《ひでよし》・信長《のぶなが》にしてもそうであった。

関ヶ原戦でも、立花宗茂のほかに、島津義弘《よしひろ》などは、家康へ謝罪の後に、薩摩《さつま》の国・鹿児島《かごしま》六十万九千五百石を、そのまま安堵《あんど》されているのだ。

一つには、島津家をきびしく罰したりして、

「それならば、死を決して戦おう」

などと居直られたりしたら、本州・最南端の薩摩まで攻め入らねばならない。

そうしてまた、あの勇敢な島津家の決死の抵抗を受けるとなれば、徳川家康も、たじろがぬわけにはまいらぬであろう。

豊臣家《とよとみけ》の大老の一人で、関ヶ原に勇戦した宇喜多秀家《うきたひでいえ》の行方は、まったく知れなかった。

秀家は、敗北の戦場から脱出したのち、二人の家来にまもられ、伊吹《いぶき》山の東の岨《そば》づたいに美濃《みの》の国へ入ったらしい。

秀家もまた、石田三成や小西行長と同様に、苦難の逃避行をつづけた。

落武者を探しまわる野伏《のぶせり》や百姓たちに包囲されて、まったく危うかったところを山里に住む牢人《ろうにん》・矢野某に救われたともいう。

この矢野某の手引きで、宇喜多秀家は有馬の温泉《ゆ》（兵庫県）へ逃げ、変装をして大坂へ入り、海路を薩摩へ落ちた。

つまり、薩摩の島津義弘をたよったのだ。

島津家では、秀家を手厚く保護したけれども、いよいよ、徳川家康へ謝罪をして処断を待つということになると、

「中納言《ちゅうなごん》を、隠していてはまずい」

わけで、やむなく、宇喜多秀家が匿《かく》まわれていることを、家康へ届け出ることにした。

秀家は、大老の一人であり、備前《びぜん》・岡山《おかやま》城五十七万四千石の太守で、今度の戦役では、はじめから西軍の首脳として石田三成をたすけ、伏見《ふしみ》城攻撃の総司令官をもつとめた。

それゆえ、秀家を見逃すわけにはいかぬ。

しかし、死罪はまぬがれた。

そのかわりに、家も領国も、すべてを没収され、八丈島へ流されることになった。

秀家は、悪びれることなく髪を下ろし、成元《せいげん》と号し、わが子の秀隆《ひでたか》や下僕などを連れ、伊豆の海原を渡り、八丈島へ着いた。

その後、宇喜多秀家は八十四歳の長寿をたもち、流人のままに八丈島で生涯《しょうがい》を終えたが、つぎのようなはなしが残っている。

戦後、安芸《あき》の広島城主となった福島正則《まさのり》が、領国内の備後《びんご》三原の銘酒を江戸の徳川将軍家へ献上するため、これを船に積み、八丈島の近くを通ると、彼方《かなた》の岩の上で、しきりに手を打ち振る者がいる。

「むさ苦しき男が、われらを手招きしておる」

「何であろう?」

船を寄せて見ると、これが流人となった宇喜多秀家ではないか。

秀家は、よろめきつつ海辺へあらわれ、

「われは、宇喜多秀家でござる」

と、名乗った。

福島正則の家来たちは、言葉もなかった。

短刀一つをたばさんではいるが、洗いざらしの着物を瘦《や》せおとろえた身につけ、潮

風に荒れつくした肌《はだ》の色といい、髪も髭《ひげ》も手入れのいきとどかぬまま、

「年久しく、この島にあって、故郷の消息を聞きませぬが……」

泪《なみだ》ぐみつつ語りはじめる宇喜多秀家の顔を、人びとは正視できなかった。

「ところが、いま、眼前の海上を行く船を見れば、なんと故郷の酒を献上との旗じるしが掲げてあるではござらぬか」

備後の三原は、宇喜多家の故郷であった。

「それを見て、おもわず、なつかしさにたまりかね、手を打ち振ってしまい申した。われら、久しゅう、三原の酒を口にいたしておりませぬゆえ……何とぞ、おゆるし下されし」

こういって、両手に顔をおおい、そこへうずくまった宇喜多秀家を見ては、福島家の人びともたまらなくなってきて、

「これは、主人《あるじ》より将軍家へ献上の酒でござるが、たとえ、いささかなりとも、さしあげたく存ずる」

と、三原の酒を秀家へ分けあたえた。

このとき、宇喜多秀家は、

「では、左衛門太夫《さえもんたゆう》殿へ、証拠として……」

和歌一首を書きしたため、署名をそえてわたした。

後に、広島へ帰った家来たちが、独断で秀家へ酒を分けあたえたことを福島正則へ告げ、

「申しわけもござりませぬ」

詫《わ》びるや、正則が、

「ようもしてくれた。わしからも礼を申す」

暗然として、

「さぞ、秀家殿は、さびしい日々を送り迎えていることであろう。なれど……なれど、徳川の飼い犬になっているより、まだしものことじゃ」

おもわず、つぶやいたといわれる。

このときの福島正則に、すでに昔日《せきじつ》の威風はない。

正則にしてみれば、

「こんなはずではなかった……」

のである。

九

関ヶ原戦の論功行賞は、十月十五日に発表された。

勝者敗者それぞれの、諸国大小名たちの賞罰については、いちいち書きのべるまで

もあるまい。

この後も、徳川家康は諸大名の領国を入れ替え、手直しをしているが、つまりは、あくまでも江戸を徳川の天下の本拠として、上方から西国を警戒するの体制をととのえたのだ。

これは、亡き豊臣秀吉が大坂・京都を本拠として、東へ備えたのと対照的である。

今度の戦勝によって、家康は、関東へ天下を移すことの有利をさとったにちがいない。

これより先……。

沼田を発した真田伊豆守信幸《さなだいずのかみのぶゆき》は、急行して伏見の真田屋敷へ入り、留守居役の鈴木右近《うこん》から、種々の報告を受けた。

信幸は、大坂にいる岳父の本多忠勝《ただかつ》へ、

「伏見到着」

の旨《むね》を知らせると、

「しばらく待つように……」

とのことである。

本多忠勝は、何のために、娘聟《むすめむこ》の真田信幸を、急遽《きゅうきょ》、沼田からよび寄せたのであろうか。

これは、上田城の真田昌幸《まさゆき》・幸村父子の命乞いをするためであった。

徳川家康は、

「真田本家を取り潰《つぶ》した上、安房守《あわのかみ》と左衛門佐《さえもんのすけ》には腹を切らせる」

と、肚《はら》を決めている。

それは、本多忠勝もよくわきまえていた。

いたが、しかし、真田本家を没収するのは当然であっても、真田父子への死罪だけは、何としても家康におもいとどまらせようとしている。

これまでにも、機会をえらび、数度、家康の怒りをやわらげようとしてきたが、

「ゆるさぬ」

家康の決意は、かたい。

真田昌幸には、これまでに何度も、

「煮湯《にえゆ》をのまされている……」

しかも今度は、息《そく》・徳川秀忠《ひでただ》の第二軍を上田で押さえ、決戦の日に遅れさせてしまっている。

家康にしてみれば、老臣・本多忠勝の娘を自分の養女にして、これを分家の真田信幸へ嫁がせ、むかしの憎悪《ぞうお》を絶ち切ったとおもっていたところへ、またも本家の安房守昌幸に、

「裏切られた……」

おもいが去らぬ。

これは、他《ほか》の大名たちも、

「上田の安房守と左衛門佐は死罪が当然」

と、おもっていたらしい。

ことに、徳川秀忠の激怒は容易におさまらぬ。

「一日も早く、真田父子の首が見たい」

秀忠は、榊原康政《さかきばらやすまさ》へ洩《も》らしたそうな。

本多忠勝から、

「すぐさま、大坂へまいるように」

との急使を受け、真田信幸が伏見屋敷を発し、大坂へ向かったのは、十月の五日前後であったろう。

翌日。

伊豆守《いずのかみ》信幸は、大坂城・二の丸の殿舎で、徳川家康に謁《えつ》した。

家康は、信幸が大坂へ来ていることを知らなかっただけに、本多忠勝の背後からあらわれた信幸を見て、

「豆州《ずしゅう》ではないか……」

目をみはった。

そして早くも、すべてを察知したらしく、本多忠勝を睨《にら》み据《す》えたものである。

信幸は、岳父からいわれたとおりに、平伏して戦勝の祝辞をのべた。

「む……」

唸《うな》るような声を発した家康が、

「豆州。何とて、断りもなしにまいったぞ」

きびしくいった。

「おそれ入りたてまつる」

いまこのとき、信幸が家康の許可も得ずに西上したことだけでも、咎《とが》めを受けて当然なのだ。

信幸が、こたえに窮していると、本多忠勝が、いきなり、

「豆州殿は、真田安房守および左衛門佐幸村の命乞いにまいってござる」

と、いったものだ。

「ならぬ」

切り返すように家康が、

「去れ」

「去れとは、それがしにでござるか?」

と、本多忠勝。

「両名とも去れ」

すると忠勝が、家康の側《そば》に控えていた二人の侍臣へ、

「去れ」

と、いわんばかりに顎《あご》をしゃくって見せた。

忠勝の面上へ真っ赤に血がのぼっている。

その凄《すさ》まじい眼光に、二人の侍臣は目を伏せ、ついで訴えるように家康を見た。

苦りきった顔つきで、徳川家康がうなずいた。

本多忠勝の要求をいれたことになる。

二人の侍臣は、次の間へ引き下がって行った。

本多忠勝ほどになると、徳川家康といっても、一目を置かざるを得ない。

本多忠勝は家康より六歳の年下で、このとき、五十三歳であった。

忠勝の先祖の本多氏は、豊後《ぶんご》（大分県《おおいたけん》）の本多から出ており、南北朝の時代《ころ》、尾張《おわり》の国へ移住し、足利《あしかが》初代将軍・尊氏《たかうじ》に仕えた。

その分かれが三河《みかわ》の国へ住みつき、本多忠勝から五代ほど前の助時《すけとき》から徳川家（当時は松平氏）の家臣となった。

譜代も譜代、徳川家にとっては、もっとも古い家臣といってよい。

しかも本多忠勝は、その勇猛な戦将ぶりを天下に知られ、

「家康に、すぎたるものが二つあり。唐《から》の頭《かしら》に本多平八」

などと、うたわれたほどの人物だ。

いわゆる、

「徳川家の名物」

と、いってよい。

これほどの漢《おとこ》ゆえ、

「去れ」

と、家康が命じても、去りたくなければ去らぬし、そうなれば家康も無理遣《むりやり》に去らせるわけにもまいらぬのだ。

徳川家康は巨眼を活《かっ》と見ひらき、あらためて、

「真田父子の命乞いは、ゆるさぬぞ」

叫ぶようにいった。

「申しあぐる。伊豆守殿の、徳川家への忠誠は無二のものでござる」

「む……」

いわれるまでもなく、それは、家康にもわかっている。

伊豆守信幸は、開戦前夜において、まったく表裏なく、家康に従って来たし、家康

もまた、信幸へは絶対の信頼をかけていたのである。

だが、それとこれとは別ではないか。

家康は気力をこめて本多忠勝を睨みつけたが、それで目を逸《そ》らすような忠勝ではない。

家康は袴《はかま》をつかんだ両手を微《かす》かにふるわせつつ、

「真田父子に、腹を切らせよ」

と、命じた。

十

だが、いかに徳川家康が、

「腹を切らせよ」

と命じても、本多忠勝は微動もせぬ。

忠勝の双眸《そうぼう》は、家康のそれに負けぬほど巨《おお》きい。

その両眼が、まるで家康へ躍りかかり、これを組み伏せ、

「首を掻《か》き切ってくれよう」

と、いわんばかりの光を湛《たた》え、わが主人を見据えているのだ。

「去れ！」

　またしても家康が、激しくいった。

　忠勝は、ゆっくりとかぶりを振って承知をせぬ。

「真田父子を生かしておいては、天下の見せしめに相《あい》ならぬこと、承知のはずではないか」

　いくぶん、家康の声が説得の調子になりはじめた。

「なれど、伊豆守殿に免じ、真田父子の助命を……」

「豆州の忠節は、よう、わかっておるわ」

「なれば、その忠節を踏み躙《にじ》っても、よいと、おおせられまするか？」

「それとこれとは、別のはなしではないか……」

「別ではござりませぬ」

「何……」

「伊豆守殿が妻は、それがしのむすめなれど、殿の御養女となって沼田の真田家へ嫁いだのでござる」

「それが、どうしたと申す？」

「なれば豆州殿は、殿のむすめ聟に相なりまする」

「む……」

「血筋こそ通わずとも、殿が御子と申してもよろしい」

「う……」

「殿は、先般、関ヶ原の戦陣に後《おく》れを取った秀忠公を罰せられましたか、いかが？」

家康はこたえず、白い眼《め》で、無念そうに忠勝を睨んだ。

そのようなことを、

（何で、豆州の前で申し立てるのか……）

であった。

「あの折、殿は、われらの請《こ》いをいれられ、秀忠公をゆるされたではありませぬか。これとて、ほんらいならば、天下の見せしめにはならぬ事でござる」

「だまれ」

「だまりませぬ」

「何と申しても、真田父子には、死罪を申しつける」

「何としても……」

「いかように嘆願されようとも、わが心に決めてあることじゃ！」

家康の声は、忠勝の面上へ斬《き》りつけるかのような激烈さであった。

すると、本多忠勝は胸を反《そ》らせ、大きく息を吐いて、

「さようでござるか」

気味がわるいほど、物静かになって、

「忠勝、しかと、うけたまわり申した」

「わかったか……」

「はい」

「ならば、よい……」

徳川家康は、ほっとしたらしく、

「所用もあれば……」

腰をあげかけると、本多忠勝が、

「お待ち下され」

「何じゃ？」

「格別の御決心、もはや、いかんともなしがたく存ずる」

「そのとおりじゃ」

「かくなれば、この忠勝、伊豆守殿への義理が立ちませぬ」

「何……？」

つぎに、本多忠勝の口から発せられた言葉は、家康にとっても真田信幸にとっても、予想もつかぬ衝撃的なものであった。

忠勝は、こう言い出た。

「殿は、この忠勝を敵にまわしても、真田父子の首がほしいとおおせある」

「そのほうを、敵じゃと……」

「いかにも」

「な、何と申す」

「かくなるからには、それがし、伊豆守殿と共に沼田城へ立てこもり、殿を相手に戦《いくさ》つかまつる」

駆け引きでもない。

脅しでもない。

本多忠勝は、ついに、そこまで肚《はら》を据《す》えたのである。

忠勝は、真田家（本家・分家をふくめて）を、徳川の傘下《さんか》へ入れるために、わがむすめの小松《こまつ》を伊豆守信幸に嫁がせた。

ただの嫁入りではない。

女ながら、小松殿は、一種の〔外交官〕として、徳川・真田両家の融和にはたらきつづけてきた。

これは徳川家康も、よくわきまえている。

また、本多忠勝父娘《おやこ》の希望を、真田信幸は真摯《しんし》に受けいれ、このたびの大事にも一点の迷いをもたず、父と弟を敵として、東軍へ参加したのである。

その信幸の誠意と決断に対し、本多忠勝は、深い義理を感じている。

なればこそ、自分と信幸の嘆願がいれられぬときは、信幸と共に家康と戦い、いさぎよく、滅び去ろうというのだ。

家康の顔が、灰色に変じた。

さすがの真田信幸も、驚愕《きようがく》のあまり、うつむけた顔があがらぬ。

岳父・本多忠勝が、まさかに、ここまで決意をしていようとはおもわなかった。

岳父からの急使を受け、万一の僥倖《ぎようこう》を念じ、祈りつつ沼田から駆けつけて来たわけだが、実のところ、半ば、あきらめていたところもあったのだ。

「徳川譜代の老臣」

である岳父が、ここまで、家康に対抗してくれようとはおもわなかった。

(かたじけなし)

うつむいたままの信幸の両眼へ、われ知らず熱いものがふきあがってきた。

「う、うう……」

くやしげに、徳川家康が呻《うめ》いた。

本多忠勝は、

「豆州殿……」

と、真田信幸をうながし、

「これまででござる」

こういって、腰をあげかけた。

「待て」

ついに、家康が、

「ゆるす」

と、いった。

「ゆるす、と、おおせられまするか？」

「む……」

「では、真田父子の一命をたすけとらすとおぼしめさるるので？」

「うむ」

わずかに、家康がうなずいた。

本多忠勝は、あらためて坐《すわ》り直し、きっちりと両手をつかえ、口調を正し、

「かたじけなく存じたてまつる」

と、平伏をしたのである。

十一

こうして、真田昌幸《まさゆき》・幸村《ゆきむら》の父子は、上田を出て、紀州の高野山へ押し込められることになった。

わずかな家来たちが従うことはゆるされよう。

しかし、それは、おそらく二十名にみたぬものと看《み》てよい。

いま、上田城は、仙石秀久《せんごくひでひさ》・森忠政・石川康長などの東軍により、包囲されているはずだ。

西軍の関ヶ原における敗報は、上田城へも届いていようが、真田昌幸は、真田本家の処断が決まるまでは城を明け渡すまいとおもわれる。

さて……。

真田父子の助命が決まったと知ったとき、もっとも激怒したのは徳川秀忠《ひでただ》であったろう。

秀忠は再三にわたって、父・家康《いえやす》へ再考を願い出た。

だが、家康は、

「ま、堪《こら》えよ」

秀忠を、なだめた。

真田父子の切腹と、徳川家の名臣・本多忠勝の反逆とを一つにはできない。

無念ではあるが、もしも自分が忠勝の立場に在ったなら、

(同じような決意をしたにちがいない)

そうおもうとき、真田父子を憎んでも、本多忠勝を憎悪《ぞうお》するこころにはなれぬ。

徳川秀忠は、幼少のころから父の薫陶《くんとう》を受け、謹厳実直な性格だし、また怜悧《れいり》でもあったが、このときばかりは、

「自分が父上に叛《そむ》き、上田へ攻めかけたいほどじゃ」

たまりかねて、榊原康政《さかきばらやすまさ》へうったえたそうな。

真田父子の謀略にあやつられ、父・家康が生死を賭《か》けた決戦場で戦うことができなかったくやしさは、秀忠の性格が性格だけに、

「生涯《しょうがい》、忘れ得ぬ……」

汚辱をこうむったといえよう。

同時に秀忠は、分家の真田信幸が本多忠勝を懐柔し、助力嘆願のための有力な武器としたと、そのようにおもいこんでしまった。

このときから、徳川秀忠の、伊豆守信幸へ対する心境が微妙に変わってきたことは否《いな》めない。

(父と弟ではあっても、謀叛人《むほんにん》を庇《かば》い、罪科を逃れさせようとするは、僭越《せんえつ》の事ではないか、まことに怪《け》しからぬ)

このことである。

本多忠勝は、徳川家康のゆるしが出るや、すぐさま自分の家臣を上田城へ送り、助命の事を告げ、

「速やかに城を明け渡されたし」

と、つたえさせた。

「ほう、命を助けてくれるそうな」

真田昌幸は苦笑して、

「左衛門佐《さえもんのすけ》。いかがいたそうかの」

「されば……」

「されば？」

「生きてあれば、いずれ近き日に、おもしろきこともありましょう」

「さようにおもうか？」

「はい」

「うむ」

大きくうなずいた安房守《あわのかみ》昌幸が、

「わしもじゃ」

と、いいはなった。

徳川家康が、

「天下人《てんがびと》……」

への野心を抱いていることは、真田父子《おやこ》の目にあきらかである。

けれども、今度の戦役をもって、徳川の天下が、すぐさま招来されるとは考えていない。

なればこそ、石田三成《みつなり》も、最後まで死を急がなかったのだ。

そもそも、徳川家康自身、これからがむずかしい。これからが大変だとおもっていた。

これからは、ちからずくで諸国の大名を押さえ込むことはできぬ。

自分の野心を最も早く見抜き、性急に自分を討滅しようとはかった石田三成を、かえって利用し、三成を、

「豊臣《とよとみ》家の謀叛人」

として滅亡させた徳川家康だが、依然として家康は、豊臣家の大老なのだ。

その立場で石田三成らを討ったのであるから、ここですぐさま、自分の天下を望むことはできぬ。

これからは二度と、関ヶ原のような機会はあるまい。

となれば、高度の政治力を揮《ふる》って、じりじりと、天下をわが物にせねばならぬ。

東軍に与《くみ》した豊臣恩顧の大名は、福島正則《まさのり》・加藤清正《きよまさ》をはじめ、まだ、いくらもいる。

彼らに恩賞をあたえて懐柔するつもりではいても、一歩が狂えば、彼らも自分に叛

きかねない。

太閤《たいこう》・豊臣秀吉《ひでよし》が亡《な》くなってから、まだ二年しか経《た》っていないのである。

真田昌幸・幸村父子が、たとえ高野山へ押し込められようとも、

「生きてあれば、おもしろいこともある」

といったのは、なおも、豊臣家を護持する勢力を信じていたのだし、したがって、

(これより、まだまだ、一戦も二戦もある)

そのときこそ、真田家の真価を天下に問おうという情熱があったからにちがいない。

本多忠勝からの急使が上田城へ到着した翌日の夜になって、真田昌幸は、樋口角兵《ひぐちかくべ》衛《え》を、地炉《じろ》ノ間《ま》へよんだ。

「角よ。この城を、近きうちに、明け渡さねばならぬ」

「無念でござる」

と、角兵衛が、あまり無念でもなさそうな顔つきでいった。

「無念か?」

「はい」

「聞いたか、わしと左衛門佐は、高野山へ流されるそうな」

「はい」

「おそらく、十名ほどの供をゆるされるのみであろう」

「十名……」

「うむ。なれば、お前は今夜にも母と共に城外へ脱《ぬ》け出すがよい。いまなれば手筈《てはず》もつこう」

「何故に、脱け出さねばなりませぬ」

「お前は、沼田へもどるがよい。もともと、伊豆守へ奉公をした身ではないか。そのほうがよい、そのほうが、お前の身も安堵《あんど》することであろう。そういたせ」

「厭《いや》でござる」

「何じゃと……」

「それがしは、沼田の殿が嫌《きら》いでござる」

「いまは、そのようなことを申しているときではあるまい」

昌幸は、この得体の知れぬ暴れ者を、高野山まで連れて行きたくなかった。

沼田を脱出し、上田へもどって来てからの樋口角兵衛は、不気味なほどにしずまり返っているが、それだけに昌幸は角兵衛の暴発に不安を感じている。

幸村などは、

「父上、角めの目つきを、ようごらんなされ。あの目つきは、まさに狂うておりまする」

と、いう。

無口になり、物静かになったくせに、角兵衛の目は、いつも血走っているのだ。

「ならぬ」

安房守昌幸は、きびしく、

「お前が何とおもおうと、高野山へは連れて行かぬ」

「なりませぬか？」

「ならぬ」

すると、樋口角兵衛がにやりと笑った。

鈴木右近《うこん》の手裏剣に右眼《め》を潰《つぶ》された角兵衛は左眼のみとなっている。その片眼が、笑っているときも血走っていた。

「ならぬといわれても、それがし、ついてまいる」

「何……」

「高野山へ、ついてまいる」

「おろか者め」

叱《しか》りつける昌幸を、角兵衛がじろりと見て、

「どうしても、なりませぬか？」

「ならぬ、邪魔じゃ」

「邪魔……」

「そうじゃ」

突然、角兵衛の巨体がうごいた。

「あっ」

真田昌幸は、あわてた。

角兵衛が短刀を引きぬきざま、これを自分の胸下へ突き立てようとしたからである。

「何をする！」

昌幸は躍りかかったが、角兵衛にははね飛ばされた。

五十四歳になった昌幸だが、まだまだ膂力《りょりょく》には自信があり、このときも角兵衛を押し伏せようとおもったのだろうが、事もなげにははね飛ばされた。

「か、角兵衛、待て」

「なれば、お供をゆるされまするか？」

「む……」

「いかが？」

脅しではない。

角兵衛は、ほんとうに短刀を胸下へ突き入れようとした。

一瞬、昌幸が飛びかからなかったら、まぎれもなく短刀は角兵衛の心ノ臓へ突き刺されていたろう。

「ゆっ、ゆるす」

「まことに？」

「む……」

昌幸ほどの男がむしろ蒼《あお》ざめて、うなずくよりほかに仕方もなかった。

「かたじけのうござる」

こういって、角兵衛が、今度は童児《わらべ》のように無邪気な笑顔となり、ゆっくりと短刀を鞘《さや》へおさめ、

「うれしゅうござる」

と、甘え声でいった。

昌幸は、返す言葉もない。

（第八巻につづく）

表記について

新潮文庫の文字表記については、原文を尊重するという見地に立ち、次のように方針を定めました。

一、旧仮名づかいで書かれた口語文の作品は、新仮名づかいに改める。
二、文語文の作品は旧仮名づかいのままとする。
三、旧字体で書かれているものは、原則として新字体に改める。
四、難読と思われる語には振仮名をつける。

なお本作品中には、今日の観点からみると差別的表現ととられかねない箇所が散見しますが、著者自身に差別的意図はなく、作品自体のもつ文学性ならびに芸術性、また著者がすでに故人であるという事情に鑑み、原文どおりとしました。

（新潮文庫編集部）

池波正太郎記念文庫のご案内

上野・浅草を故郷とし、江戸の下町を舞台にした多くの作品を執筆した池波正太郎。その世界を広く紹介するため、池波正太郎記念文庫は、東京都台東区の下町にある区立中央図書館に併設した文学館として2001年9月に開館しました。池波家から寄贈された全著作、蔵書、原稿、絵画、資料などおよそ25000点を所蔵。その一部を常時展示し、書斎を復元したコーナーもあります。また、池波作品以外の時代・歴史小説、歴代の名作10000冊を収集した時代小説コーナーも設け、閲覧も可能です。原稿展、絵画展などの企画展、講演・講座なども定期的に開催され、池波正太郎のエッセンスが詰まったスペースです。

https://library.city.taito.lg.jp/ikenami/

池波正太郎記念文庫〒111-8621 東京都台東区西浅草 3-25-16
台東区生涯学習センター・台東区立中央図書館内 TEL03-5246-5915

開館時間＝月曜～土曜（午前9時～午後8時）、日曜・祝日（午前9時～午後5時）**休館日**＝毎月第3木曜日（館内整理日・祝日に当たる場合は翌日）、年末年始、特別整理期間

●入館無料

交通＝つくばエクスプレス〔浅草駅〕A2番出口から徒歩5分、東京メトロ日比谷線〔入谷駅〕から徒歩8分、銀座線〔田原町駅〕から徒歩12分、都バス・足立梅田町－浅草寿町 亀戸駅前－上野公園2ルートの〔入谷2丁目〕下車徒歩1分、台東区循環バス南・北めぐりん〔生涯学習センター北〕下車徒歩2分

池波正太郎著

真田騒動
―恩田木工―

信州松代藩の財政改革に尽力した恩田木工の生き方を描く表題作など、大河小説『真田太平記』の先駆を成す〝真田もの〟5編。

池波正太郎著

上意討ち

殿様の尻拭いのため敵討ちを命じられ、何度も相手に出会いながら斬ることができない武士の姿を描いた表題作など、十一人の人生。

池波正太郎著

あほうがらす

人間のふしぎさ、運命のおそろしさ……市井もの、剣豪もの、武士道ものなど、著者の多彩な小説世界の粋を精選した11編収録。

池波正太郎著

おせん

あくまでも男が中心の江戸の街。その陰にあって欲望に翻弄される女たちの哀歓を見事にとらえた短編全13編を収める。

池波正太郎著

あばれ狼

不幸な生い立ちゆえに敵・味方をこえて結ばれる渡世人たちの男と男の友情を描く連作3編と、『真田太平記』の脇役たちを描いた4編。

池波正太郎著

谷中・首ふり坂

初めて連れていかれた茶屋の女に魅せられて武士の身分を捨てる男を描く表題作など、本書初収録の3編を含む文庫オリジナル短編集。

池波正太郎著

黒幕

徳川家康の謀略を担って働き抜き、六十歳を越えて二度も十代の嫁を娶った男を描く「黒幕」など、本書初収録の4編を含む11編。

池波正太郎著

賊将

幕末には「人斬り半次郎」と恐れられ、西郷隆盛をかついで西南戦争に散った桐野利秋を描く表題作など、直木賞受賞直前の力作6編。

池波正太郎著

武士《おとこ》の紋章

敵将の未亡人で真田幸村の妹を娶り、睦まじく暮らした滝川三九郎など、己れの信じた生き方を見事に貫いた武士たちの物語8編。

池波正太郎著

夢の階段

首席家老の娘との縁談という幸運を捨て、微禄者又十郎が選んだ道は、陶器師だった――表題作等、ファン必読の未刊行初期短編9編。

池波正太郎著

江戸の暗黒街

江戸の闇の中で、運・不運にもまれながらも、与えられた人生を生きる男たち女たちを濃やかに描いた、「梅安」の先駆をなす8短編。

池波正太郎著

原っぱ

旧作の再上演を依頼された初老の劇作家の心の動きと重ねあわせながら、滅びゆく東京の街への惜別の思いを謳った話題の現代小説。

池波正太郎著 剣客商売① 剣客商売

白髪頭の粋な小男・秋山小兵衛と巌のように逞しい息子・大治郎の名コンビが、剣に命を賭けて江戸の悪事を斬る。シリーズ第一作。

池波正太郎著 剣客商売② 辻斬り

闇の幕が裂け、鋭い太刀風が秋山小兵衛に襲いかかる。正体は何者か？ 辻斬りを追跡する表題作など全7編収録のシリーズ第二作。

池波正太郎著 剣客商売③ 陽炎の男

隠された三百両をめぐる事件のさなか、男装の武芸者・佐々木三冬に芽ばえた秋山大治郎へのほのかな思い。大好評のシリーズ第三作。

池波正太郎著 剣客商売④ 天魔

「秋山先生に勝つために」江戸に帰ってきたとうそぶく魔性の天才剣士と秋山父子との死闘を描く表題作など全8編。シリーズ第四作。

池波正太郎著 剣客商売⑤ 白い鬼

若き日の愛弟子を斬り殺された秋山小兵衛が、復讐の念に燃えて異常な殺人鬼の正体を追及する表題作など、大好評シリーズの第五作。

池波正太郎著 剣客商売⑥ 新妻

密貿易の一味に監禁された佐々木三冬を秋山大治郎が救い出すと、三冬の父・田沼意次は嫁にもらってくれと頼む。シリーズ第六作。

池波正太郎著　剣客商売⑦　隠れ簑

盲目の武士と托鉢僧。いたわりながら旅を続ける年老いた二人の、人知をこえた不思議な絆を描く「隠れ簑」など、シリーズ第七弾。

池波正太郎著　剣客商売⑧　狂　乱

足軽という身分に比して強すぎる腕前を持ったがゆえに、うとまれ、踏みにじられる侍の悲劇を描いた表題作など、シリーズ第八弾。

池波正太郎著　剣客商売⑨　待ち伏せ

親の敵と間違えられた大治郎がその人物を探るうち、秋山父子と因縁浅からぬ男の醜い過去が浮かび上る表題作など、シリーズ第九弾。

池波正太郎著　剣客商売⑩　春の嵐

わざわざ「名は秋山大治郎」と名乗って辻斬りを繰り返す頭巾の侍。窮地に陥った息子を救う小兵衛の冴え。シリーズ初の特別長編。

池波正太郎著　剣客商売⑪　勝　負

相手の仕官がかかった試合に負けてやることを小兵衛に促され苦悩する大治郎。初孫・小太郎を迎えいよいよ冴えるシリーズ第十一弾。

池波正太郎著　剣客商売⑫　十番斬り

無頼者一掃を最後の仕事と決めた不治の病の孤独な中年剣客。その助太刀に小兵衛の白刃が冴える表題作など全7編。シリーズ第12弾。

池波正太郎著

剣客商売⑬

波紋

大治郎の頭上を一条の矢が疾った。これも剣客商売の宿命か——表題作他、格別の余韻を残す「夕紅大川橋」など、シリーズ第十三弾。

池波正太郎著

剣客商売⑭

暗殺者

波川周蔵の手並みに小兵衛は戦いた。大治郎襲撃の計画を知るや、波川との見えざる糸を感じ小兵衛の血はたぎる。第十四弾、特別長編。

池波正太郎著

剣客商売⑮

二十番斬り

恩師ゆかりの侍・井関助太郎を匿った小兵衛に忍びよる刺客の群れ。老境を悟る小兵衛の剣は、いま極みに達した。シリーズ第15弾。

池波正太郎著

剣客商売⑯

浮沈

身を持ち崩したかつての愛弟子と、死闘の末倒した侍の清廉な遺児。二者の生き様を見守り、人生の浮沈に思いを馳せる小兵衛。最終巻。

池波正太郎著

剣客商売 番外編

黒白（上・下）

若き日の秋山小兵衛に真剣勝負を挑んだ小野派一刀流の剣客・波切八郎。対照的な二人の剣客の切り結びを描くファン必読の番外編。

池波正太郎著

剣客商売 番外編

ないしょないしょ

つぎつぎと縁者を暗殺された娘が、密かに習いおぼえた手裏剣の術と、剣客・秋山小兵衛の助太刀により、見事、仇を討ちはたすまで。

池波正太郎著

忍者丹波大介

関ヶ原の合戦で徳川方が勝利し時代の波の中で失われていく忍者の世界の信義……一匹狼となり暗躍する丹波大介の凄絶な死闘を描く。

池波正太郎著

男（おとこぶり）振

主君の嗣子に奇病を侮蔑された源太郎は乱暴を働くが、別人の小太郎として生きることを許される。数奇な運命をユーモラスに描く。

池波正太郎著

闇の狩人（上・下）

記憶喪失の若侍が、仕掛人となって江戸の闇夜に暗躍する。魑魅魍魎とび交う江戸暗黒街に名もない人々の生きざまを描く時代長編。

池波正太郎著

闇は知っている

金で殺しを請け負う男が情にほだされて失敗した時、その頭に残忍な悪魔が棲みつく。江戸の暗黒街にうごめく男たちの凄絶な世界。

池波正太郎著

雲霧仁左衛門（前・後）

神出鬼没、変幻自在の怪盗・雲霧。政争渦巻く八代将軍・吉宗の時代、狙いをつけた金蔵をめざして、西へ東へ盗賊一味の影が走る。

池波正太郎著

さむらい劇場

八代将軍吉宗の頃、旗本の三男に生れながら、妾腹の子ゆえに父親にも疎まれて育った榎平八郎。意地と度胸で一人前に成長していく姿。

池波正太郎著

おとこの秘図（上・中・下）

江戸中期、変転する時代を若き血をたぎらせて生きぬいた旗本・徳山五兵衛――逆境をはねのけ、したたかに歩んだ男の波瀾の絵巻。

池波正太郎著

忍びの旗

亡父の敵とは知らず、その娘を愛した甲賀忍者・上田源五郎。人間の熱い血と忍びの苛酷な使命とを溶け合わせた男の流転の生涯。

池波正太郎著

編笠十兵衛（上・下）

幕府の命を受け、諸大名監視の任にある月森十兵衛は、赤穂浪士の吉良邸討入りに加勢。公儀の歪みを正す熱血漢を描く忠臣蔵外伝。

池波正太郎著

まんぞくまんぞく

十六歳の時、浪人者に犯されそうになり家来を殺されて、敵討ちを誓った女剣士の心の成長の様を、絶妙の筋立てで描く長編時代小説。

池波正太郎著

秘伝の声（上・下）

師の臨終にあたって、秘伝書を土中に埋めることを命じられた二人の青年剣士の対照的な運命を描きつつ、著者最後の人生観を伝える。

池波正太郎著

人斬り半次郎（幕末編・賊将編）

「今に見ちょれ」。薩摩の貧乏郷士、中村半次郎は、西郷と運命的に出遇った。激動の時代を己れの剣を頼りに駆け抜けた一快男児の半生。

池波正太郎著

堀部安兵衛（上・下）

因果に鍛えられ、運命に磨かれ、「高田の馬場の決闘」と「忠臣蔵」の二大事件を疾けた赤穂義士随一の名物男の、痛快無比な一代記。

池波正太郎
乙川優三郎
五味康祐
宇江佐真理
山本周五郎
柴田錬三郎 著

がんこ長屋
—人情時代小説傑作選—

腕は磨けど、人生の儚さ。刀鍛冶、火術師、蕎麦切り名人……それぞれの矜持が導く男と女の運命。きらり技輝る、傑作六編を精選。

池波正太郎著

剣の天地（上・下）

戦国乱世に、剣禅一如の境地をひらいて新陰流の創始者となり、剣聖とあおがれた上州の武将・上泉伊勢守の生涯を描く長編時代小説。

池波正太郎著

俠客（上・下）

「お若えの、お待ちなせえやし」の幡随院長兵衛とはどんな人物だったのか——旗本水野十郎左衛門との宿命的な対決を通して描く。

池波正太郎著

食卓の情景

鮨をにぎるあるじの眼の輝き、どんどん焼屋に弟子入りしようとした少年時代の想い出など、食べ物に託して人生観を語るエッセイ。

池波正太郎著

散歩のとき何か食べたくなって

映画の試写を観終えて銀座の〔資生堂〕に寄り、はじめて洋食を口にした四十年前を憶い出す。今、失われつつある店の味を克明に書留める。

池波正太郎著　池波正太郎の銀座日記〔全〕

週に何度も出かけた街・銀座。そこで出会った味と映画と人びとを芯に、ごく簡潔な記述で、作家の日常と死生観を浮彫りにする。

池波正太郎著　江戸切絵図散歩

切絵図とは現在の東京区分地図。浅草生まれの著者が、切絵図から浮かぶ江戸の名残を練達の文と得意の絵筆で伝えるユニークな本。

池波正太郎著
料理＝近藤文夫　剣客商売 庖丁ごよみ

著者お気に入りの料理人が腕をふるい、「剣客商売」シリーズ登場の季節感豊かな江戸料理を再現。著者自身の企画になる最後の一冊。

藤沢周平著　驟《はし》り雨

激しい雨の中、八幡さまの軒下に潜む盗っ人の前で繰り広げられる人間模様――。表題作ほか、江戸に生きる人々の哀歓を描く短編集。

藤沢周平著　密謀（上・下）

天下分け目の関ケ原決戦に、三成と密約がありながら上杉勢が参戦しなかったのはなぜか？　歴史の謎を解明する話題の戦国ドラマ。

藤沢周平著　龍を見た男

天に駆けのぼる龍の火柱のおかげで、あやうく遭難を免れた漁師の因縁……。無名の男女の仕合せを描く傑作時代小説8編。

藤沢周平著
用心棒日月抄

故あって人を斬り脱藩、刺客に追われながらの用心棒稼業。が、巷間を騒がす赤穂浪人の動きが又八郎の請負う仕事にも深い影を……。

藤沢周平著
竹光始末

糊口をしのぐために刀を売り、竹光を腰に仕官の条件である上意討へと向う豪気な男。表題作の他、武士の宿命を描いた傑作小説5編。

藤沢周平著
時雨のあと

兄の立ち直りを心の支えに苦界に身を沈める妹みゆき。表題作の他、江戸の市井に咲く小哀話を、繊麗に人情味豊かに描く傑作短編集。

藤沢周平著
橋ものがたり

様々な人間が日毎行き交う江戸の橋を舞台に演じられる、出会いと別れ。男女の喜怒哀楽の表情を瑞々しい筆致に描く傑作時代小説。

藤沢周平著
神隠し

失踪した内儀が、三日後不意に戻った、一層凄艶さを増して……。女の魔性を描いた表題作をはじめ江戸庶民の哀歓を映す珠玉短編集。

藤沢周平著
たそがれ清兵衛

その風体性格ゆえに、ふだんは侮られがちな侍たちの、意外な活躍！　表題作はじめ全8編を収める、痛快で情味あふれる異色連作集。

真《さな》田《だ》太《たい》平《へい》記《き》（七）関《せき》ヶ原《はら》

新潮文庫　い - 16 - 40
全 12 冊

昭和六十二年十二月二十日　発　行
平成十七年五月十五日　四十一刷改版
令和　六　年五月二十日　六十三刷

著者　池《いけ》波《なみ》正《しょう》太《た》郎《ろう》

発行者　佐藤隆信

発行所　株式会社新潮社

郵便番号　一六二―八七一一
東京都新宿区矢来町七一
電話　編集部（〇三）三二六六―五四四〇
　　　読者係（〇三）三二六六―五一一一
https://www.shinchosha.co.jp

価格はカバーに表示してあります。

乱丁・落丁本は、ご面倒ですが小社読者係宛ご送付ください。送料小社負担にてお取替えいたします。

印刷・株式会社光邦　製本・株式会社植木製本所

ISBN978-4-10-115640-8 C0193